PRINCESA
CRUEL

EL IMPERIO KNIGHTS RIDGE : 2

TRACY LORRAINE

Tracy Lorraine, autora de la lista de los mejores vendidos del *USA Today* y del *Wall Street Journal*, te trae la siguiente entrega de su nueva serie romántica de mafia.

Toda mi vida ha sido una mentira…

Y la única persona en la que me permití confiar ha hecho añicos cualquier ilusión que me quedara sobre quién era y de dónde venía.

Los hombres que me rodean han demostrado lo indignos que son, y ahora estoy atrapada en medio de algo mucho más peligroso de lo que jamás podría haber imaginado.

Secretos.

Mentiras.

Todo se confunde como la bruma.

Mi padre tenía que saber que este día llegaría. Que su pasado nos alcanzaría.

Sebastian me quería como peón, y luego para sí mismo, pero parece haber olvidado con quién está tratando.

Soy Stella Doukas… princesa de la mafia. No me doblego ante ningún hombre.

Ni siquiera por el que me ha robado el corazón.

Queridos lectores,

Princesa Cruel es el segundo libro de la trilogía de Stella y Sebastian. Este libro es un romance oscuro que contiene contenido maduro que algunos lectores pueden encontrar perturbador. Léase con precaución.

CAPÍTULO 1

Sebastian

Como era inevitable, la furgoneta dobla una esquina y desaparece. Me arde el pecho mientras intento recuperar el aliento, las piernas no me dan para más por mucho que necesite llegar hasta Stella.

Nada es suficiente.

Admitiendo mi derrota, dejo que mis piernas se detengan. Me agacho, apoyo las manos en las rodillas y lucho por respirar el aire que necesito.

Me arden los ojos por el esfuerzo y la falta de oxígeno, pero eso no es todo. Y a medida que un enorme nudo de emoción me sube por la garganta, cada vez me resulta más difícil negarlo.

Una mano que se posa en mi hombro me da un susto de muerte.

En mi necesidad de luchar, me doy la vuelta, echando el puño hacia atrás, dispuesta a atacar a quienquiera que sea. Pero en cuanto veo a Theo, se me escapa toda la fuerza.

Su pecho también se agita y el sudor le corre por las sienes, mientras me mira con las cejas fruncidas en señal de preocupación.

Mirando por encima de su hombro, veo que Alex, Nico y finalmente Toby y Galen se acercan a nosotros.

—¿Qué pasó? —Galen jadea, tratando desesperadamente de recuperar el aliento.

Probablemente debería fijarme en el hecho de que está luchando más que el resto de nosotros. Pero no lo hago. A mi ira no le importa una mierda su edad.

Me lanzo hacia delante, mi cuerpo actúa por instinto.

—Todo esto es culpa tuya, joder. —Mis dedos se curvan una vez más, pero esta vez, me las arreglo para dar el golpe.

Mi puño impacta en su cara. Un doloroso crujido golpea mis oídos un instante antes de que retroceda, con el dolor grabado en cada centímetro de su rostro mientras la sangre mana de su nariz.

Debería detenerme.

Ni siquiera se acerca.

Me dirijo a él de nuevo, mis puños llueven sobre su cara, mientras le escupo mi odio. Ni siquiera sé qué palabras salen de mis labios. Estoy totalmente perdida en mi ira, en mi pasado, en mi pérdida y mi dolor.

Sabiendo lo mucho que necesito esto, mis chicos me dan un par de minutos antes de que unas manos grandes me rodeen la parte superior de los brazos y me aparten de un Galen ensangrentado y roto.

La visión de su cara destrozada debería hacerme sentir algo. Una sensación de venganza. Alivio.

No es así.

Lo único que ahora corre por mis venas es desesperación.

—Vale, Seb. Ya lo has dejado claro —ladra Theo al oído mientras siguen sujetándome por miedo a que vuelva a estallar si me sueltan.

Con la ayuda de Toby, Galen se sienta y se limpia la nariz y el labio partido con el dorso de la mano.

—¿Quién la tiene? —escupo, dando un paso de advertencia hacia él, aunque no tengo intención de volver a pegarle. Al menos, todavía no.

—No lo sé —tartamudea mientras mira calle abajo, hacia donde desapareció la furgoneta—. Joder. Esto es culpa mía.

—Me alegro de que estemos de acuerdo en algo.

Me sacudo las manos que aún me sujetan, me paso los dedos por el cabello y le doy la espalda al malvado cabrón del suelo. No solo ha arruinado mi vida, mi familia, sino que acaba de joder la suya él solito.

—*JODER* —rujo, mientras me agarro el cabello con fuerza hasta sentir que estoy a punto de arrancármelo.

—La encontraremos —dice Theo, poniéndose a mi lado—. La encontraremos, ¿vale?

Al girarme para mirarle, veo una feroz determinación en sus ojos que tranquiliza algo dentro de mí.

Asiento, incapaz de hacer otra cosa.

—Habrán sido los italianos —añade Alex, obligándome a recordar la razón por la que hice que Theo siguiera a Stella.

La imagen de ella saliendo de aquel cine con el brazo de él alrededor del hombro.

Mis nudillos se abren una vez más.

Ese puñetazo le sentó casi tan bien como el que le rompió la nariz a su padre.

—Vamos a casa. A limpiarte. Y hablaré con mi padre. A buscar alguna señal de ella. La vamos a encontrar, hermano.

Asiento una vez más y me dirijo hacia la casa de Stella, deteniéndome solo para escupir a su padre, que sigue sentado en la acera intentando contener el flujo de sangre de su nariz.

—Te vas a arrepentir de estar vivo para cuando termine contigo.

—Sebastian, por favor —suplica, como si algo de lo que pudiera decir mejorara la situación.

Doy un paso adelante, pero Toby se interpone entre nosotros.

—¿No te has metido en mi camino lo suficiente últimamente, Ariti?

—Luchar no va a encontrarla —sisea, parándose a unos centímetros de mí—. Y la necesito de vuelta tanto como tú.

—Es mía y lo sabes. —Me pongo nariz con nariz con él, más que feliz de probar mi punto de una manera más dolorosa.

—Sí, eso ha quedado muy claro —murmura, haciendo que frunza el ceño.

Como no tengo paciencia para que se ponga en plan críptico conmigo, le doy la espalda y me marcho enfadado.

El camino de vuelta a casa de Stella dura más de lo que esperaba, lo que me demuestra hasta qué punto la perseguí con la esperanza de ayudarla.

Eres un maldito idiota, Seb.

Incluso si hubiera alcanzado esa furgoneta, hay muchas posibilidades de que ella hubiera preferido quedarse dentro con el encapuchado que está claramente tan interesado en nuestra princesa como yo.

Un gruñido retumba en mi pecho mientras sigo avanzando, la pisada de mis chicos ligeramente detrás de mí me llena los oídos.

—¿Por qué huyó de la casa? —pregunta Alex cuando por fin entramos en el carro de Theo y cerramos las puertas tras nosotros.

Cuando ninguno de los dos responde, continúa.

—Ella estaba dentro con Galen y Toby. ¿Qué podrían haber dicho para hacerla correr como si le ardiera el culo?

—La verdad.

—Stella no es idiota, Seb. —Mis dientes rechinan ante sus palabras—. Ella nos había descubierto. Tiene que ser algo más que la Familia.

—Conduce —digo bruscamente cuando Theo arranca el carro, pero se queda ahí sentado. No quiero volver a ver a Galen ni a Toby en mucho tiempo.

Sin decir una palabra, Theo sale del estacionamiento y se dirige a su casa mientras a mí me dan vueltas las posibilidades y se me revuelve el estómago de miedo. Si alguien le hace daño, habrá firmado su propio certificado de defunción, porque haré lo que haga falta para ver cómo se les escapa la vida de los ojos por hacer daño a algo que me pertenece.

El silencio en el carro es casi insoportable mientras aprieto y aflojo los puños, observando cómo la piel se resquebraja y deleitándome con el dolor que se produce con cada movimiento.

Salgo del carro en cuanto Theo se detiene frente a su casa y, sin siquiera echar un vistazo a la mansión, irrumpo en la cochera y subo corriendo las escaleras, de tres en tres.

Atravieso la casa como un tornado. Tomo la botella de Jack que el ama de llaves de Theo debe de haber cambiado desde el otro día y me dirijo a mi dormitorio, engullendo un trago tras otro.

Apenas lo saboreo. Ni siquiera siento el ardor. Lo que sí noto es el calor en el vientre, señal de que el adormecimiento que ansío está casi al alcance de la mano.

Me quito la ropa, me meto en la ducha y echo la cabeza hacia atrás, dejando que el agua caiga sobre mí.

¿Dónde estás, Diablilla?

¿Quién te tiene?

Permanezco allí hasta que la piel empieza a arrugárseme, y sólo cuando la puerta de mi habitación se abre de golpe y los pasos y las voces llenan el espacio, cierro por fin la ducha y agarro una toalla.

Encuentro a Theo y Alex descansando en mi habitación como si fuera otro día normal. Como si la chica que yo… Como si nuestra princesa no acabara de ser birlada delante de nuestras putas narices.

—El jefe no ha oído nada, pero está tanteando el terreno. Tiene gente siguiendo a los italianos, así que, si es alguno de ellos, lo averiguaremos.

—¿Y si no lo es? Entonces, ¿qué coño hacemos?

Ambos me miran como si de repente me hubiera salido una segunda cabeza.

10

—¿Qué? —ladro, me acerco a la cama y cojo la botella de Jack que he tirado. Le quito el tapón y le doy otro trago.

—¿Listo para admitir que es algo más que un plan de venganza? —pregunta Theo.

—¿Tienes que decir eso ahora?

Se encoge de hombros.

—Estás tan ido por ella —murmura Alex, irritándome casi tanto como la primera vez que lo dijo.

—¿Qué coño importa? —Rompo, lanzando mis brazos, con éxito salpicando a Jack por toda la alfombra crema de Theo—. Se ha ido, joder. Y no dudo que ese tipo la llevara a algún lugar divertido.

—La encontraremos —repite Theo por millonésima vez.

—Ten fe, hermano.

—Lo único que tengo ahora mismo es esto —digo, agitando la botella delante de ellos antes de beber más.

—Ya basta —ladra Theo, arrancándomelo de la mano y poniéndose a mi altura—. Cuando la encontremos, te necesita sobrio. Así que contrólate, joder.

Su palma me golpea en la cabeza y yo gruño, cerrando el espacio entre nosotros, mi pecho chocando con el suyo.

—Atrás de una puta vez, Cirillo —grito.

—¿En serio? —Alex ladra—. Porque lo que la princesa necesita en este momento es que ustedes dos se metan en eso.

Sus palabras surten el efecto deseado y me enfrío al instante.

Tiene razón. Maldita sea.

—Gracias —murmura cuando me paro—. Ahora ponte algo de puta ropa y espera, o demonios, sal a buscarla si quieres. Pero pelear no te llevará a ninguna parte.

Me pongo unos calzoncillos limpios, busco unos pantalones de chándal y una sudadera con capucha, me tumbo en la cama y miro al techo.

—Que alguien llame a Toby y averigüe qué coño ha pasado.

—Lo he intentado —confiesa Theo—. No contesta.

—Probablemente en el hospital con Galen arreglándose la nariz.

—El cabrón se lo merecía.

Ambos se callan. No sé si es porque están de acuerdo o porque no quieren enfadarme más de lo que ya estoy.

Apretando los ojos, intento concentrarme, pensar en algo que pueda ayudarnos.

Italianos aparte, después de lo que ha pasado esta tarde, ¿quién la querría? Nadie sabe quién es. ¿Lo saben?

~~~

Los chicos piden comida y nos sentamos a esperar.

Lo odio. Podría salir y buscar. Pero estamos en Londres; ¿por dónde coño iba a empezar?

Necesito ser inteligente. Necesito esperar noticias de Damien. Demonios, incluso Galen, porque si ese hijo de puta sabe algo y no nos lo dice, me aseguraré de que nunca tenga la oportunidad de ponerla en peligro de nuevo.

No como nada de lo que piden los chicos. Ni siquiera salgo de mi habitación. En lugar de eso, me quedo tumbado con el teléfono sobre el pecho, esperando.

He llamado a Toby, pero al igual que Theo, ha saltado el buzón de voz. Le he dejado suficientes mensajes para que sepa que tiene que devolverme la llamada. Pero nunca lo hace.

No tengo ni idea de qué coño está haciendo, pero es imposible que sea más importante que encontrar a nuestra princesa.

Es tarde cuando mi teléfono ilumina por fin mi oscura habitación.

Salto tan deprisa que la maldita cosa se desliza por el suelo y sale disparada directamente debajo de mi cómoda.

—Maldito…

Me arrodillo y meto la mano por debajo.

Theo y Alex salieron hace unas horas, uniéndose a Nico en la búsqueda de información de los italianos.

Quería ir con ellos, hacer algo para ayudar, pero insistieron en que me quedara aquí por si Toby, Galen o incluso Stella se ponían en contacto.

Me sentí inútil, pero lo conseguí.

Cuando se me pasa un poco el enfado, me doy cuenta de que lo importante aquí es mantener la cabeza despejada y estar listo para moverme, para llegar hasta ella.

El corazón me salta a la garganta cuando desbloqueo el teléfono y encuentro un mensaje de texto de un número desconocido.

Me tiembla la mano al abrirlo. Pero eso no es nada comparado con mi reacción ante la foto que aparece ante mis ojos.

Se me revuelve el estómago y tengo que luchar para no vomitar sobre la alfombra de Theo.

—Diablilla —suspiro, mirando su cuerpo sin vida.

Su camisa blanca es roja. Roja con...

—Joder. *JODER.* —Grito, poniéndome en pie para encontrar mis tenis.

Un vistazo a esa foto y sé exactamente dónde está.

El por qué era una pregunta totalmente diferente. Y no podía quitarme la sensación de que tal vez esto no era culpa de Galen, sino que todo tiene que ver conmigo.

¿Por qué si no la dejarían en un lugar que sólo yo reconocería al instante?

No recuerdo el camino hasta allí.

No me detengo a cuestionarlo más mientras corro desde mi carro.

Ni siquiera paro el motor ni cierro la puerta mientras vuelo por la entrada del cementerio.

—Stella —la llamo, a pesar de que probablemente no oiga nada de lo que digo.

La sangre, tan evidente en la foto, es aún más chocante en la realidad cuando la veo acurrucada entre las tumbas de mi padre y mi hermana.

—Ambulancia —ladro al teléfono en cuanto se conecta. Digo nuestra ubicación y le doy al tipo al otro lado todos los detalles que puedo antes de caer de rodillas junto a ella y dejar caer el teléfono al suelo.

Debería haber hecho la llamada de camino, pero sólo pensaba en llegar hasta ella.

—Cariño —suspiro apartándole el cabello de la cara.

Se me corta la respiración al ver lo pálida que está. Me digo que es porque solo nos ilumina la luz de la luna, pero es más que eso.

Presiono con el dedo el punto del pulso en su cuello y rezo a cualquier maldita deidad que me escuche mientras el débil sonido de las sirenas se oye a lo lejos.

—Todo va a ir bien, cariño —susurro—. Te tengo. Te tengo.

Capítulo 2

Stella

Lo primero que pienso es que alguien me ha llenado las venas de cemento y me ha metido algodón en el cerebro.

La segunda es que los pitidos y las voces son altos de cojones.

—Creo que acaba de parpadear.

Esa voz. Conozco esa voz.

El pitido se hace más rápido.

—¿Stella? —El calor se extiende desde mi mano y sube por mi brazo.

¿Qué es eso?

—¿Stella? Abre los ojos, cariño.

Esta vez la voz está más cerca.

—Deberíamos llamar a la enfermera —dice otra persona, alguien más lejos.

—No, espera —dice la voz.

Todo mi cuerpo se estremece cuando algo me toca la cara. Un suave roce de dedos contra mi mejilla.

—Vamos, cariño. Vuelve conmigo —susurra la voz en voz tan baja que estoy segura de que solo yo puedo oírla.

Lucho por entender, por conseguir algún tipo de comprensión de la realidad. Está ahí. Justo ahí, pero no puedo alcanzarla.

Me sigue tocando y, aunque es agradable y reconfortante, hay algo que no encaja. Hay algo dentro de mí que quiere apartarse.

Sebastian.

Justo cuando me doy cuenta, la oscuridad me consume una vez más y todo se desvanece.

No es un mal lugar mientras me hundo en la nada que proporciona la negrura. Bueno, no para empezar.

Pero entonces las imágenes empiezan a hacerse claras en mi mente.

El cementerio. El sótano de Nico. Su cuarto de baño.

Los recuerdos de las manos de Seb sobre mí, de sus embestidas, hacen que mi temperatura se dispare antes de que la imagen de él de rodillas ante mí con mi cuchillo en la mano grabando su nombre en mí se vuelva tan nítida que casi siento que estoy allí mismo. El dolor irradia de mi muslo mientras veo cómo la sangre se acumula en mi pálida piel.

La película en mi cabeza continúa, llevándome a la mañana siguiente, cuando me humilló delante de sus amigos. Su visita a mi habitación, la forma en que tocó mi cuerpo, las cosas que me dijo... todo parece tan real. La pelea con los chicos con los que Calli y yo salimos es lo último que recuerdo antes de que el pitido vuelva a mí.

Esta vez las cosas están más claras, mi cabeza coopera con mi cuerpo cuando vuelvo en mí.

Abrir los párpados en ese momento es una de las cosas más difíciles que he hecho nunca.

Me arrepiento incluso de haberme molestado cuando la brillante luz eléctrica me quema las retinas y me hace palpitar la cabeza.

Durante un segundo, sólo veo la luz blanca. Ni siquiera oigo las palabras que me dicen, ni el roce de las patas de la silla contra el suelo cuando alguien se acerca corriendo.

—Stella. Stella, cariño. No pasa nada.

Parpadeo un par de veces y mi entorno empieza a aclararse, o más bien la cara que tengo delante.

Se me corta la respiración cuando miro fijamente sus ojos oscuros y agotados.

Una amplia sonrisa se dibuja en sus labios mientras me mira fijamente, con su mano agarrando la mía.

—Es tan bueno mirarte a los ojos.

Sigo mirándole fijamente mientras una familiar bola de furia estalla en mi vientre, envenenando mi sangre con odio y necesidad de luchar.

—Lárgate. —Las palabras salen de mi boca antes de darme cuenta de que las he dicho.

Tampoco sé por qué las pienso, pero algo me dice que hay una muy buena razón.

—¿Q-qué?

—Que te largues.

Mi corazón se acelera y el molesto pitido vuelve a sonar con más fuerza mientras mi pecho empieza a agitarse.

—Está bien, Diablilla. Estás bien. Estás en el hospital.

—Lárgate de aquí —grito, las palabras desgarran mi garganta seca mientras las lágrimas me queman los ojos.

Nunca me he sentido más desesperado o inútil en toda mi vida.

Lucho por moverme, pero siento que mi cuerpo pesa un millón de toneladas.

Los ojos de Seb abandonan los míos en favor de quienquiera que sea la otra persona.

—Yo no…

—Fuera. Fuera. Fuera —lo intento de nuevo, preguntándome si estoy hablando en otro puto idioma.

De repente, la puerta se abre de golpe y entra corriendo una enfermera de aspecto acosado.

—Stella, estás despierta —dice suavemente, pulsando un par de botones en la máquina que tengo al lado—. Tienes que calmarte, cariño.

—No. Necesito que se vaya.

—Ya la has oído. Fuera de aquí —dice, apoyándome inmediatamente.

—No, no voy a dejarla sola aquí —afirma Seb.

—Es mi paciente y harás lo que te diga o haré que seguridad te saque.

Seb hincha el pecho, dispuesto a discutir.

—¿Sabes siquiera quiénes somos…?

—Es suficiente. Vámonos.

Alguien se mueve detrás de Seb y, cuando miro a regañadientes, veo a Theo con la mano agarrada al brazo, dispuesto a sacarlo de la habitación si fuera necesario.

—No, ella necesita…

—Espacio, Seb. Ella necesita un poco de espacio. Vamos.

Con una mirada más, confusa y preocupada, Seb deja que Theo lo saque de la habitación.

En cuanto la puerta se cierra tras ellos, me derrumbo.

—Cariño, no pasa nada —me tranquiliza la enfermera mientras sollozo.

Se pone a mi lado y me agarra de la mano mientras me derrito. Lo único bueno es que ha apagado la maldita máquina y ya no emite irritantes pitidos al ritmo de mis latidos.

—Toma —me dice cuando por fin se me pasan los sollozos y, cuando la miro, me tiende una taza con pajita.

—Gracias —susurro.

El silencio que sigue cuando empieza a comprobar mis constantes vitales, algo que probablemente debería haber hecho antes, es ensordecedor.

—¿Qué ha pasado? —Finalmente pregunto—. ¿Por qué estoy aquí?

Sus ojos suaves y comprensivos encuentran los míos.

Lo último que recuerdo es estar huyendo de Seb, Theo y Alex mientras les daban una paliza a Ant y Enzo.

¿Qué fue tan mal después de eso para que yo esté aquí tumbado?

—¿No recuerdas nada?

Sacudo la cabeza, tragándome el comentario sarcástico que quiere salir de mis labios. Parece que incluso en mi estado, sea cual sea, no he perdido el descaro.

—Fuiste apuñalada, Stella.

Todo el aire se me escapa de los pulmones al procesar sus palabras.

—¿Apuñalada?

Aparto los ojos de los suyos para contemplar el estado de mi cuerpo.

—¿D-dónde?

—El abdomen. Tuviste mucha, mucha suerte. No has sufrido ningún daño grave internamente, pero has perdido mucha sangre.

Levanto la mano, cojo la cánula que tiene en el dorso, el peso de la situación me aprieta de repente.

—Vas a estar bien, Stella.

Asiento, pero es todo lo que puedo hacer para reunir energía.

Ahora sé la verdad, es como si mi cuerpo se hubiera rendido.

Miro fijamente mi mano durante tres segundos más antes de perder la lucha y mis ojos finalmente se cierran.

—Stella, espera —dice Toby en voz baja, y mi cuerpo sigue órdenes, demasiado agotado para pensar siquiera en discutir con él—. ¿Estás bien?

Doy un paso atrás, chocando con la pared. Mis rodillas casi ceden y creo que él lo nota, porque se pone delante de mí en un santiamén.

Me mira fijamente a los ojos y las lágrimas llenan los míos más rápido de lo que soy capaz de comprender.

—Mierda. ¿Qué pasa? Dime cómo ayudar.

Respiro entrecortadamente cuando su mano se posa en mi cintura; su apoyo, su presencia, casi bastan para hacerme caer en el reino de los colapsos emocionales.

—Yo no… Sólo quiero olvidarlo todo —susurro.

Sus ojos se apartan de los míos y se dirigen a mis labios mientras hablo, y mi ritmo cardíaco se acelera. Cuando los vuelve a posar en los míos, el azul es mucho más oscuro que hace unos segundos, lo que me dice todo lo que está pensando en este momento.

Mi pecho se agita mientras espero a que gane la batalla interna que esté librando y, cuando lo hace, todo mi cuerpo se hunde de alivio cuando sus labios se encuentran con los míos.

Abro los ojos y el corazón me retumba en el pecho mientras observo la habitación oscura y vacía.

—Dios mío —susurro.

Eso fue tan real.

Demasiado real.

Antes de que pueda pensarlo mejor, pulso con el dedo el botón de llamada.

Las sillas junto a la cama están vacías y suspiro, aliviada al ver que Seb me ha escuchado.

Por un momento, me pregunto dónde estará mi padre. ¿Por qué Seb tuvo que ser la primera persona que vi al despertar?

Habría pensado que estaría a mi lado. Puede que haya estado ausente durante gran parte de mi vida, pero mi seguridad siempre ha sido su máxima prioridad.

Tardo unos segundos, pero finalmente la puerta se abre y la brillante luz del pasillo exterior inunda mi habitación.

—Hola, ¿qué tal? —me pregunta otra amable enfermera.

—Necesito ver a alguien —digo.

—Son las tres de la mañana. No creo…

—¿Me das mi móvil o puedes llamar por mí? Lo necesito.

Arruga las cejas, pero asiente.

—Vale, pero no te decepciones si está dormido.

—Sólo necesito intentarlo.

Rebusca en un armario junto a mi cama antes de salir con mi móvil en la mano.

—La señal es una porquería aquí. Si lo desbloqueas, te conectaré al Wi-Fi para que puedas hacer la llamada.

Tras teclear mi código, cierro los ojos y asiento, aliviada de que no vaya a rechazar mi petición.

En cuanto me lo devuelve, pulso el botón de llamada y me acerco el móvil a la oreja. Tal y como me advirtió, suena y salta el buzón de voz.

La decepción me inunda, pero ¿qué esperaba realmente? Difícilmente va a estar sentado, esperándome.

Dejo un patético mensaje de voz para cuando se despierte y vuelvo a cerrar el móvil. No me molesto en mirar ninguno de los mensajes que seguro que me han llegado. Estoy demasiado agotada para intentar leerlos.

Debo de haberme dormido otra vez, porque lo siguiente que oigo son gritos en el pasillo.

Miro por la ventana y veo que el sol está empezando a salir. Todavía debe de ser temprano. Demasiado temprano para que la gente esté gritando en un hospital, seguramente.

Ignorándolas, agarro el vaso de agua que hay sobre la mesa a mi lado y bebo unos sorbos.

Vuelvo a mirar por la ventana cuando se abre la puerta.

Esperaba que fuera la enfermera, pero se me corta la respiración cuando veo a otra persona en la puerta.

—Stella —respira. Se ve horrible. Realmente horrible.

Pero en cuanto levanto los brazos de la cama, se abalanza sobre mí y atrae hacia sí mi cuerpo débil y destrozado.

—Todo va a salir bien —me susurra al oído—. Te lo prometo, todo va a salir bien.

Y por segunda vez en quién sabe cuántas horas, me desmorono.

CAPÍTULO 3

Sebastian

—Esto es una puta mierda —escupo, arrancando mi brazo del agarre de Theo—. No puede estar ahí sola.

—Todo este hospital está lleno de nuestros hombres. Nadie va a tocarla aquí.

—No lo suficientemente bueno. Debería estar ahí. Necesito estar ahí.

Theo se me queda mirando mientras me paso los dedos por el pelo y tiro.

La única vez en mi vida que me sentí tan inútil fue hace diez días, cuando me arrodillé junto a ella en el cementerio y estreché su cuerpo entre mis brazos.

—Me necesita, joder.

—¿Querías decirle eso? —murmura Theo.

—Maldito…

—Los echaré a los dos si siguen así —ladra por el pasillo una enfermera que da miedo.

Mi mandíbula tics de frustración mientras miro a mi mejor amigo.

No lo entiende.

¿Cómo podría?

No la encontró. No tuvo ese momento aterrador en el que realmente pensé que estaba muerta. Que quienquiera que fuese el que se la llevó me arrancó algo más.

—La necesito, joder.

—Lo sé.

Los ojos de la enfermera siguen clavados en mi costado, su advertencia es fuerte y clara cuando Theo se acerca a mí una vez más, solo que esta vez no es para luchar. Su pecho choca con el mío y me rodea con sus brazos en una inusual muestra de afecto.

La emoción me obstruye la garganta y las lágrimas me queman los ojos, pero me fuerzo a contenerlas.

Necesito estar alerta. Necesito concentrarme, porque no hay ninguna posibilidad de que alguien se acerque a ella nunca más.

Tras unos segundos y un buen par de golpes en la espalda, Theo me suelta.

Sus ojos estudian los míos durante un instante, viendo claramente todo lo que intento ocultar.

—Deberías ir a casa y descansar un rato. O tal vez darte una ducha. Amigo, sabes que te quiero, pero apestas.

—No me voy —afirmo, con voz firme—. Acaba de despertarse, joder. No me voy. Ahora no.

Exhalando un suspiro frustrado, Theo se deja caer en una de las sillas que bordean el pasillo. También conocido como mi nuevo hogar.

Siguiendo su movimiento, me dejo caer a su lado, apoyo los codos en las rodillas y dejo caer la cabeza entre las manos.

Estoy jodidamente agotado. Pero me niego a hacer nada al respecto.

Yo no soy el que tiene una puta puñalada en el estómago. Yo no soy el que casi muere por pérdida de sangre.

—Me odia —digo, con voz fría y vacía. Igual que mi alma, supongo.

—Esto no es culpa tuya, Seb.

No es la primera vez que intenta convencerme de ello, pero todos estos días sigo sin creérmelo.

—Tienes razón —digo. Esto no es culpa mía—. También es culpa suya —escupo, pensando en su padre.

Él es la razón por la que huyó de la casa. Él es la razón por la que corrió directamente hacia quienquiera que fuera ese hijo de puta que la cortó con su propio puto cuchillo.

Lo único que no sé es por qué.

El ascensor suena en el otro extremo del pasillo y Alex sale con una bolsa de comida colgando del brazo.

—Toma —dice, pasándomelo directamente—. ¿Alguna novedad?

—Está despierta. Se ha vuelto loca y nos ha echado —me responde Theo mientras rebusco en la bolsa la bebida energética que sé que va a estar ahí.

Lo que realmente necesito es una botella de vodka y un porro, pero ya estoy en la lista de mierda de las enfermeras, así que no creo que me salga bien.

—Oh, mierda. ¿Está bien?

—Por lo que sabemos. La enfermera aún no ha salido.

Abro la tapa de la lata y bajo el contenido de una vez.

—¿Cómo estuvo la escuela? —Theo pregunta.

—Sí, ya sabes. Lo mismo que. Ambos deberían tener emails con las tareas de esta semana.

27

—Genial —murmuro, abriendo el envoltorio de un sándwich precocinado. Me vendría bien algo caliente, pero la última vez que Nico vino con McDonald's, Janice, la maldita enfermera que da miedo, casi se enfada por el olor. Así que, a menos que me vaya, lo cual es imposible, estoy atascado con esta mierda.

Me lo meto en la boca y mastico sin saborearlo.

Estoy corriendo con el maldito vacío.

Me niego a irme para poder protegerla, pero lo cierto es que si alguien apareciera por aquí a por ella, probablemente podría aplastarme como a una puta mosca ahora mismo.

Necesito dormir. Necesito comida decente. Necesito luz solar de verdad, no sólo la que entra por la ventana de su habitación.

Dejo caer el paquete vacío en la bolsa, me siento, apoyo la cabeza contra la pared y cierro los ojos.

—Realmente necesitas…

—No lo hagas —digo bruscamente, deteniendo el intento de Alex de repetir las preocupaciones anteriores de Theo—. Sé lo que tengo que hacer. Y lo estoy haciendo, joder.

El silencio ondea a mi alrededor cuando ambos deciden, afortunadamente, no discutir conmigo. Lo hacen a diario y aún no ha funcionado. Uno pensaría que ya habrían captado el mensaje.

Theo se sienta con los dos durante treinta minutos, poniéndose al día con la mierda de Alex antes de largarse a por comida de verdad y a dormir en una cama de verdad.

La enfermera salió de la habitación de Stella antes de que él se marchara, sin decir nada aparte de una advertencia muy estricta de que ni siquiera intentara entrar allí.

Odio seguir órdenes, pero la amenaza de que me echen para siempre es demasiado real.

Estar aquí fuera es una mierda cuando debería estar sentado junto a su cama, pero que me destierren al aparcamiento sería peor.

—¿Necesitas algo? —pregunta Alex, rompiendo el insoportable silencio.

Les he dicho que no necesitan sentarse aquí conmigo. Son más que bienvenidos a seguir con sus vidas. Pero como son leales hasta la médula, han organizado algún tipo de horario entre ellos para que siempre haya alguien aquí.

Agradezco el apoyo más de lo que podría expresar.

—No, estoy bien.

—¿Conseguiste hacer algo de esa tarea de literatura?

—Oh, sí. Me pasé toda la puta noche en ello.

—Seb —advierte.

—Lo sé. Lo haré, ¿vale? Mi portátil está en su habitación y… —Me detengo, sin necesidad de contarle otra vez cómo Theo me sacó de allí—. Puedes ir si quieres. Seguro que tienes algo mejor que hacer.

Me mira, pero no le miro a los ojos. Es demasiado doloroso.

—¿Sabes algo de Galen? —pregunta en lugar de aceptar mi oferta.

—No. Tal vez no es tan estúpido como parece.

—No puedo creer que te haya hecho caso —confiesa Alex, estirando sus largas piernas hacia delante.

—La culpa hará eso, supongo. ¿Cuánta mierda le habrá estado ocultando? —murmuro.

Es lo único que tiene sentido en mi cabeza.

Tenía que haber descubierto algo.

Mi verdad, tal vez.

No lo sabré a menos que me deje entrar en la puta habitación.

~~~

Inclino la cabeza hacia un lado y me despierto al mismo tiempo que el ascensor anuncia la llegada de alguien.

Gracias a sus contactos, Stella está en un hospital privado y está siendo tratada por los mejores médicos del país. También significa que es bastante tranquilo.

A los pocos días de estar aquí, ya sabía cómo funcionaban las cosas, los horarios del personal y cuáles eran las horas de visita correctas.

También descubrí que, por cortesía hacia sus pacientes, intentaban no utilizar el ascensor en las horas de oscuridad porque la cosa es ruidosa como la mierda. En un hospital repleto de tecnología punta, uno pensaría que alguien lo habría arreglado, pero parece que no.

Parpadeo contra las luces brillantes. Las bajan por la noche, pero no es suficiente cuando estás medio dormido.

Aunque en cuanto se abren las puertas y sale un cuerpo conocido, me despierto y me pongo en pie al instante.

—¿Qué haces aquí? —Ladro, mi voz resuena en el silencioso pasillo.

—Vete a la mierda, Seb. No eres su guardián. —Se abalanza hacia mí, con los hombros erguidos y los puños, listo para pelear.

Su ojo morado por fin se ha desvanecido, y nada me gustaría más que darle uno nuevo.

Lo que sea que haya pasado en la casa de Stella ese día, él lo sabe.

Toby lo sabe y no me lo dirá. No nos lo dirá a ninguno de nosotros.

—Y no eres bienvenido aquí.

Una sonrisa de suficiencia se dibuja en la comisura de sus labios mientras sostiene mi mirada.

—Bueno, ahí es donde te equivocas. Sólo estoy aquí porque ella quiere que esté.

—Mientes —escupo, aunque sé que no lo hace. Cuando miente, su ojo izquierdo tiene un tic molesto.

—¿Eso crees? —pregunta con un movimiento de cabeza mientras camina a mi alrededor.

Mi brazo sale disparado antes de que él pase, mis dedos se clavan en la parte superior de su brazo.

—¿Qué escondes? —Mi voz es casi suplicante, y lo odio. Pero joder, necesito saber qué me está ocultando. Lo que Galen me oculta a pesar de mis intentos por sonsacárselo.

—Quítate de encima. Ella no te quiere aquí, Seb. Deberías irte a casa.

Me suelto de él y cuelgo la cabeza mientras se marcha y se cuela en la habitación en la que tan desesperadamente quiero estar.

Sabiendo que no está sola, me dirijo hacia el baño.

—Aaaaaaa —grito una vez dentro, mi puño choca con la pared, mis nudillos curativos se abren inmediatamente en el momento en que conectan—. Joder. Joder. Joder.

Agotada, caigo hacia delante, apoyando los antebrazos en la pared ensangrentada y apoyando la cabeza en ellos.

Un sollozo me desgarra la garganta, el sonido resuena a mi alrededor, atormentándome mientras lágrimas ardientes me llenan los ojos.

No estaba previsto que fuera así.

Y suponía que no me importaría tanto.

CAPÍTULO 4

Stella

Volví a quedarme dormida después de desplomarme sobre el hombro de Toby y empapar su sudadera con mis lágrimas.

Pero cuando vuelvo en mí y me fuerzo a abrir los ojos, está justo ahí, en la silla junto a mi cama, con sus ojos preocupados clavados en mí y su mano sujetando la mía de forma protectora.

Me duele el corazón, aunque no tanto como el estómago.

No había notado mucho dolor las dos últimas veces que había venido, pero ahora mismo no tengo motivos para no creer lo que dijo ayer la enfermera de que me habían apuñalado. De hecho, me siento como si me hubieran cortado por la mitad con el dolor ardiente en el vientre.

—¿Qué pasa? —pregunta, aunque por la forma en que frunce el ceño, probablemente se da cuenta de su error bastante rápido.

¿Qué no va mal ahora mismo?

—Me duele.

—La enfermera dijo que han estado reduciendo tus analgésicos.

—Genial —murmuro.

—Llámala, pueden darte más.

—Estaré bien —digo, intentando poner cara de valiente. Sé que cuantos más medicamentos necesite, más tiempo voy a estar atrapada aquí. Y ahora que estoy despierta, este es el último lugar en el que quiero estar. Puedo soportar un poco de dolor si eso significa que puedo escapar pronto.

—Stella —advierte.

Lo miro fijamente, mis ojos recorren sus rasgos. Me falta algo, lo sé. Pero no tengo ni idea de qué es.

Una suave sonrisa se dibuja en sus labios.

—¿Me veo diferente ahora? —me pregunta, sirviéndome un vaso de agua fresca y pasándomelo.

—Umm… no. ¿Por qué?

—¿Cuánto recuerdas del día en que te atacaron?

Mis ojos se posan en sus labios mientras mi sueño vuelve a mí.

No fue sólo un sueño, ¿verdad?

—Recuerdo estar en casa. Recuerdo que estabas allí. Recuerdo… —Me corto, mordiéndome el labio inferior mientras se me hace un nudo en el estómago.

¿Eso pasó de verdad? ¿De verdad Toby me besó?

¿Es por eso que vino a mí tan rápido anoche, porque algo podría estar pasando aquí?

—¿Recuerdas lo que pasó después de… eso? ¿Lo que nos contó tu padre?

Cerrando los ojos, lucho con la oscuridad que nubló aquellas horas antes de que me apuñalaran. Pero no tengo nada.

Recuerdo su cuerpo apretado contra el mío. Recuerdo el alivio cuando nuestros labios se tocaron. La huida, aunque fuera efímera.

Sacudo la cabeza y por fin vuelvo a abrir los ojos.

—No. Simplemente no está todo ahí —susurro, intentando no mostrar lo frustrada que estoy por no ser completamente consciente de partes de mi vida. Partes importantes, por la forma en que me mira.

—Mierda —respira, frotándose nerviosamente la nuca.

—Dímelo, por favor.

Se muerde el interior de los labios durante un instante, sus ojos caen antes de encontrar algo de fuerza en alguna parte, porque cuando vuelven a los míos, hay una determinación en ellos que no estaba allí antes.

—Stella, eres mi hermana.

—Vete a la mierda —me río, arrepintiéndome al instante cuando me estalla un dolor punzante en el vientre—. Mierda, eso duele. No más bromas, por favor —ruego, presionando suavemente mi vientre con la palma de la mano.

—No estoy bromeando.

Todo el humor que quedaba de su declaración se desvanece inmediatamente cuando le miro a los ojos serio.

—N-no lo eres. P-pero… me besaste.

Se pasa la mano por la cara y suelta un fuerte suspiro.

—No tenía ni idea, Stella. Si la hubiera tenido… joder. Si la hubiera tenido, no habría pensado las cosas que he pensado en las últimas semanas. Y no te habría besado.

—Esto es tan jodido.

—Sí —dice riendo—. Puedes repetirlo.

—Joder. —Levanto la mano que tengo libre y me aparto el cabello de la cara, intentando una vez más recordar algo.

Toby permanece en silencio a mi lado, dándome el tiempo que necesito para intentar hacerme a la idea, si es que eso es posible.

—Por eso hui —susurro.

—Sí —confirma—. Lo siento mucho. —Su mano aprieta la mía, devolviendo mis ojos a los suyos, agotados.

Una risa sin humor sale de mis labios.

—No es culpa tuya.

Levanta las cejas.

—No, ahí me has pillado.

—Entonces… mi padre es realmente mi padre o…

—Sí, lo es.

—Bueno, eso es un alivio. Algo en lo que no me ha mentido.

Toby rezuma empatía. Posiblemente por primera vez, alguien entiende cómo me siento.

Lo traicionado que me siento por haberme mentido durante… bueno, toda mi vida.

—No conozco los detalles. Sólo lo que tu padre me contó después… sí. Él y mi madre, tuvieron una aventura.

—Mierda.

—Pero sólo eres… ¿un año mayor que yo?

—Once meses.

—Dios.

—Sí.

—¿Has hablado con tu madre sobre esto?

Sacude la cabeza, algo oscuro pasa por sus ojos.

—¿Qué pasa? —pregunto, con el pavor instalándose en mi vientre.

—Las cosas no van bien. Mamá, ella…

—Dímelo, Toby —exijo. Ya me han dado suficiente mierda. Un poco más apenas supondrá ninguna diferencia ahora mismo.

—Buenos días —canta una enfermera que no he visto antes un segundo después de abrirme la puerta—. Me alegro de verte despierta. ¿Cómo te encuentras?

—Umm…

—Le duele —responde Toby por mí, y yo le recompenso con una mirada cortante.

—De acuerdo. Déjame ver qué puedo hacer. Estaba pensando que podríamos intentar ponerte de pie hoy, cariño.

—Umm… claro. —La idea de levantarme de la cama me llena de pavor. Ya sé que me va a doler muchísimo, pero ponerme en pie es un paso más hacia la puerta, así que haré lo que pueda—. Una ducha suena tan bien.

—No estoy segura de que lo logremos hoy, pero definitivamente podemos refrescarte un poco.

—¿Cuánto tiempo he estado aquí? —pregunto.

—Diez días.

—Diez días —lloro—. ¿He estado dormido durante diez malditos días?

—Tu cuerpo necesitaba tiempo para curarse. Pasaste por algo muy serio.

—Vale —murmuro mientras ella saca mis apuntes de debajo de la cama.

Me he perdido una semana y media de clase. Pero más importante que eso, me perdí mi maldito cumpleaños. Me convertí en adulto mientras estaba inconsciente en el hospital.

Echo un vistazo a la habitación, preguntándome si alguien se acuerda o lo sabe.

Llevo despierto un rato y aún no he visto a mi padre.

Dudo que nadie más supiera que iba a ser mi gran día.

Supongo que es algo que ahora pasará como si nunca hubiera ocurrido. Al menos cuando salga de aquí podré beber legalmente. Supongo que eso es una ventaja.

—Te daré un poco más de alivio del dolor ahora, y luego después del desayuno, podemos tratar de levantarnos, ¿de acuerdo?

Asiento mientras comprueba mis constantes vitales. Toby retrocede hasta un rincón de la habitación, dejándola trabajar.

—Si comes bien hoy, espero que puedas dejar esto pronto —dice, dando golpecitos en el lateral de la máquina a la que estoy conectado.

—Estupendo. ¿Cuándo puedo irme?

Una suave carcajada cae de sus labios.

—Aún faltan unos días, cariño.

La comida llega antes de que haya podido terminar sus comprobaciones matutinas. Me revuelve el estómago, pero al menos tengo que intentarlo.

—Para ser comida de hospital, parece bastante decente —dice Toby, volviendo a mi lado en cuanto la enfermera termina y desaparece de la habitación.

Hurgo en la papilla con la cuchara, deseando que mi cuerpo quiera probarla.

—Sólo toma un poco. O puedo ir a buscarte algo más si quieres.

Sacudiendo la cabeza, le miro.

—¿Qué pasó, Toby? ¿Quién me ha hecho esto?

El arrepentimiento inunda sus facciones.

—No lo sé, Princ…

—No te atrevas —le digo—. No me llames así.

—Vale —suspira—. Estamos tratando de averiguar todo lo que podamos.

—¿Nosotros? —pregunto, frunciendo una ceja.

—Sí, todos.

Le miro fijamente, necesitando más.

—La familia. El jefe. Todos.

Se me abren los ojos. No sé si es la sorpresa de que alguien que no sea Calli se sincere conmigo sobre esto, o que a todo el mundo le importe tanto.

—Vaya. Entonces, ¿de verdad eres de la mafia? —murmuro, llevándome por fin la cuchara a los labios.

—No puedo creer que no me hubiera dado cuenta antes de que estuvieras conectada a nosotros—.

—Intenta vivir toda tu vida sin tener ni idea.

—Lo siento, yo…

—Para, por favor —le ruego—. Nada de esto es culpa tuya. —Sólo hay una persona a la que culpo—. ¿Y dónde está? —La confusión parpadea en la cara de Toby, así que añado rápidamente:

—Mi padre.

—Tratando de encontrar al imbécil que te hizo esto.

—Huh.

Aunque pueda apreciarlo, ¿por qué no está aquí?

Toby me sonríe, con una expresión extraña en la cara.

—¿Qué es lo que no me dices?

—Stella —murmura.

—No —siseo—. No. Tú también. Necesito la verdad, Toby. Toda la puta verdad.

Suena un suave golpe en la puerta y la enfermera vuelve a entrar, disculpándose cuando se da cuenta de que estamos en medio de algo, pero no nos deja solos.

—Te lo prometo, te lo contaré todo. Pero…

Un gruñido frustrado retumba en mi garganta. La enfermera se acerca y me cambia la bolsa de lo que sea que gotea en el dorso de la mano.

—Te necesitamos sana, Stella. Concéntrate en mejorar y salir de aquí, y luego hablaremos.

—Eso es mentira, Toby.

Se encoge de hombros, se echa hacia atrás en la silla y parece que no le importa una mierda. Aunque el rebote de su pie me dice algo más.

Le sostengo la mirada, negando con la cabeza. No estoy contento con esto, pero ¿qué voy a hacer al respecto? Ni siquiera puedo levantarme de la puta cama.

—Volveré en diez minutos —me dice la enfermera, ignorando por completo la evidente tensión de la habitación—. Entonces voy a ayudarte a levantarte.

Desaparece antes de que pueda decir nada.

—Supongo que es mi señal para irme —dice Toby, sentándose hacia delante una vez más.

—Toby, yo…

—Te lo contaré todo, lo prometo. Sólo… sal de aquí, ¿vale? Odio verte así.

Le sonrío tristemente.

—Créeme, yo tampoco quiero estar aquí.

—Si me necesitas, llámame.

A mi móvil de la mesa y lo coloca a mi lado.

—Si necesitas algo, estoy al otro lado, ¿vale?

Una bola de emoción me atasca la garganta mientras le miro a los ojos.

Mi hermano.

—Gracias —susurro, apenas capaz de hablar por miedo a echarme a llorar de nuevo.

Odio esto. Odio ser débil. Odio depender de otras personas para literalmente todo.

Pero más que todo eso, odio todas las mentiras. Los secretos.

CAPÍTULO 5

Stella

Nunca he rehuido el dolor. Normalmente me encanta. Me exijo todo lo que puedo en mis sesiones de entrenamiento con Calvin, en el gimnasio y en las prácticas de porrista. Pero salir de esa maldita cama de hospital no se parece a nada que haya experimentado. Y no es algo que quiera repetir pronto.

Mis piernas eran como gelatina y mis músculos, gritaban en su intento de sostenerme. Mi estómago ardía como un hijo de puta. Puede que no recuerde el momento en que ese cuchillo se deslizó en mi vientre, pero puedo imaginarme exactamente lo que sentí, porque si no fuera porque vi el equipaje pegado a mi piel, pensaría que todavía estaba empalado en mí.

Me obligaron a sentarme mientras Carla, la enfermera, me limpiaba. Nunca me había sentido más inútil en toda mi vida. Apenas podía levantar los brazos tras el trayecto desde la cama hasta el baño, a escasos metros de distancia.

Fue patético.

Era patético, y no hizo más que consolidar lo que ya sabía.

No voy a salir de aquí pronto.

En cuanto Carla estuvo a punto de llevarme a la cama, me desmayé casi de inmediato. El cansancio de ese pequeño movimiento era demasiado para luchar contra él.

Cuando vuelvo a abrir los ojos, el sol de finales de verano se cuela por las ventanas. La vista me hace sentir un poco mejor.

Mi estómago ruge ruidosamente, señalando exactamente por qué estoy despierta cuando todavía me siento como muerta. Sólo he comido un par de cucharadas, pero el hecho de que ahora tenga hambre es una buena señal.

Pulso el botón de la enfermera antes de volver a mirar por la ventana. Se acercan los primeros signos del otoño: las hojas empiezan a marchitarse y algunos árboles se tiñen de naranja.

Un golpe procedente del otro lado de la habitación me sobresalta, y grito al girarme demasiado deprisa, tirándome de la herida cuando intento ver qué ha sido.

La puerta de mi cuarto de baño se abre de golpe y un Seb preocupado y muy mojado sale corriendo de la habitación, directo a mi lado.

—¿Estás bien? —pregunta, con el ceño fruncido mientras su cabello gotea empapando la sábana que me cubre.

Mi mirada se detiene en la suya durante un segundo, con cualquier tipo de respuesta atascada en mi garganta, antes de bajar a su pecho, y luego más abajo.

Las gotas de agua se adhieren a cada centímetro de él, haciendo que su piel brille de la forma más deliciosa bajo las luces eléctricas.

Algo que no debería sentir se agita en mi bajo vientre a pesar del dolor.

Cuando llego a la toalla con la que apenas se cubre, me doy cuenta de que nunca le he visto desnudo.

—¿Diablilla? —gruñe, arrastrando mis ojos hasta los suyos.

Haciendo caso omiso del hecho de que mi respiración se entrecorta, fuerzo las palabras a salir de mi boca.

—¿Qué estás haciendo?

—Necesitaba… —Mueve la cabeza en dirección al baño.

Supongo que era una pregunta bastante estúpida.

—¿Te quedaste sin agua en casa? —Me quejo.

—Más o menos —murmura, pasándose los dedos por el pelo empapado y apartándoselo de la frente.

Su estómago y los músculos de su pecho se ondulan con el movimiento, y se me hace la boca agua.

Maldito sea por tener tan buen aspecto.

Él también lo sabe, si la sonrisa de su cara me dice algo.

—Ponte algo de ropa y lárgate.

Su sonrisa cae de inmediato.

Forzando cualquier tipo de sentimiento que la visión de su piel arrastra dentro de mí, mantengo sus ojos firmes, mi propia máscara impenetrable firmemente en su lugar, mientras que la que estoy acostumbrada a ver en él parece haberse desvanecido.

—Diablilla, sólo quiero…

Una risa amarga cae de mis labios.

—¿Crees que me importa lo que quieres? Has hecho de mi vida un infierno desde la primera vez que te

vi. Me has mentido, me has acosado, me has hecho daño. Estoy aquí tirada por culpa de todo eso.

—He terminado, Seb. He terminado, joder. Así que puedes irte y continuar con tus jueguecitos en otra parte. Tal vez ir a ver si Teagan está ocupada, porque ustedes, cobardes, se adaptan el uno al otro.

Me mira fijamente, separa los labios como si fuera a discutir, pero finalmente decide no hacerlo y da un paso atrás.

—Si estás esperando a que me raje y te diga que estoy de broma, vas a tener que esperar un rato.

Creyéndome, da media vuelta y entra en mi cuarto de baño, enseñándome su culo perfecto.

—Dios —murmuro mientras la imagen de su trasero desnudo permanece en mi mente.

Todo esto sería mucho más fácil si fuera horrible mirarle, o si mi cuerpo no pareciera tan adicto al suyo.

Vuelvo a concentrarme en los árboles del exterior cuando la puerta se abre y sus pesados pasos llenan la habitación.

Me cuesta más esfuerzo del que debería, pero consigo mantener la mirada apartada de él y mantener la respiración tranquila.

—Entiendo que estés enfadada, Stella. Créeme, lo entiendo. Pero yo no soy el enemigo aquí.

—Pfff —me burlo—. Eres el enemigo desde que supiste mi nombre y no me dijiste lo que significaba —digo, con la voz vacía de cualquier tipo de emoción.

—No pensé que acabaríamos aquí.

La cabeza me da vueltas antes de que pueda detenerme.

—No, sólo me querías en una morgue. Ahora hazme un favor. Termina el trabajo mientras puedas, o vete a la mierda. No te quiero aquí, Sebastian.

—Eres un verdadero dolor de cabeza, Stella —resopla, marchando hacia la puerta.

—No pedí ser nada para ti, imbécil.

—No, y ese es el puto problema.

Frunzo el ceño cuando la puerta se cierra de un portazo, cuya vibración recorre mi cuerpo y resuena en mi estómago.

—Jodido gilipollas que se cree con derechos —murmuro para mis adentros, apartándome el pelo de la cara e intentando calmarme.

Es como si su mera presencia activara algún tipo de interruptor dentro de mí.

Tengo dos minutos de paz antes de que la puerta se abra una vez más y aparezca la cabeza de Carla.

—Llamaste, cariño.

¿En serio?

—Umm... —Dudo, sin recordar por qué he pulsado el botón... hasta que mi estómago gruñe tan fuerte que hace que Carla se ría entre dientes.

—¿Alguna posibilidad de comer o cenar o... qué hora es?

—Te dormiste durante el almuerzo, pero veré qué puedo encontrar para ti. Dame unos minutos.

Me acuerdo de lo que dijo Toby sobre mi móvil, lo agarro de la mesa y miro la hora.

Dos y media de un miércoles.

Todo el mundo estará—o debería estar—en clase.

No puedo evitar preguntarme si alguien se habrá dado cuenta de que me he ido.

¿A quién quiero engañar? Todo lo que hice desde que llegué fue causar drama. Probablemente estén aliviados.

Por suerte, Carla vuelve unos minutos más tarde con una bandeja llena de todo tipo de comida.

—He cogido un poco de todo —dice, bajándola a mi mesa y llevándola sobre ruedas.

Hay bocadillos con diferentes rellenos, un rollo de salchicha, un paquete de patatas fritas, tarta, fruta.

Me vuelve a rugir el estómago y enseguida agarro uno de los bocadillos.

—Creo que nunca he tenido tanta hambre —confieso un latido antes de meterme casi todo el triángulo en la boca.

—Esa es una muy buena señal, Stella. Sólo trata de no exagerar. No has tenido nada en el estómago durante días, así que puede ser un shock.

Asiento, demasiado ocupada masticando para prestar realmente atención.

—Gracias —murmuro entre dientes.

—De nada. Volveré en un rato con tu medicación.

Desaparece de nuevo, dejándome sola.

He estado sola muchas veces en mi vida. Como hija única y con unos padres casi ausentes, aprendí hace mucho tiempo a ser feliz con el silencio compañía. Pero desde que me mudé aquí, no puedo deshacerme de la soledad.

Pienso en Seb. Está aquí cuando debería estar en la escuela.

Hubiera sido tan fácil permitirle quedarse aquí conmigo. Para hacerme compañía.

Pero ¿puedo hacerlo?

¿Puedo olvidar todo lo que ha pasado entre nosotros y fingir que somos… amigos?

Sacudo la cabeza, sabiendo que ni siquiera merece la pena contemplarlo.

Está donde tiene que estar. Lejos, muy lejos de mí.

Cojo el móvil y abro los mensajes que me esperan mientras cojo otro bocadillo.

Harley: Llámame cuando puedas. Estamos rezando porque te mejores pronto.

Ruby: Recupérate pronto, chica. Te queremos.

Miro fijamente los dos mensajes de mis chicas de Rosewood y frunzo el ceño.

Al abrir mi registro de llamadas, descubro que se han realizado múltiples llamadas a ambos desde el día en que me apuñalaron.

Alguien les ha mantenido informados.

¿Pero quién?

Mi respuesta entra literalmente por mi puerta menos de cinco minutos después.

—¡Estás despierta! —Calli casi chilla y vuela hacia la cama.

Emmie entra un poco más recatada detrás de ella.

—Me alegro mucho de verte —continúa Calli—. ¿Cómo te sientes?

—Adolorida. Confundida. —Sola. No digo la última en voz alta. No necesito que nadie se sienta culpable de que yo esté aquí.

—No me puedo creer que hayas estado tanto tiempo inconsciente —dice Emmie, tomando asiento en el lado opuesto de la cama al de Calli.

—¿Verdad? He perdido literalmente una parte de mi vida. ¿Cómo estás? La última vez que te vi estaba limpiando sangre de tu cara.

Emmie me hace señas para que me vaya.

—Estoy bien. Deberías ver a la otra chica.

—Dime que terminó con un ojo morado.

Emmie ahoga una carcajada mientras saca su móvil de la americana.

—¿Qué tal esto?

—Dios mío —jadeo, y me tapo la boca con la mano mientras miro fijamente la imagen de Teagan. Está ampliada desde el otro lado de la habitación, pero sus dos ojos morados por el sólido puñetazo de Emmie en la nariz son claros como el día—. Maldita sea, no puedo creer que no lo viera.

—Intenté conseguir una foto mejor, pero por alguna razón no estaba dispuesta a posar para ti.

—Me pregunto por qué —bromeo.

Emmie se encoge de hombros.

—Ni idea.

—De todos modos —dice Calli, interrumpiéndonos—. Te trajimos algunos regalos.

Sube a su regazo una bolsa en la que no había reparado antes, mete la mano y empieza a colocarlo todo sobre mi mesita.

—Te perdiste tu gran día, y hemos estado esperando a que abrieras los ojos para venir a celebrarlo contigo.

Mis ojos recorren los objetos de mi mesa antes de que Calli me ponga una carta delante.

—No estoy de humor para celebraciones —confieso, cogiéndoselo.

—Bueno, eso es difícil, porque tenemos toda la noche para tratar de hacerte sentir mejor con la vida.

—Puede que los hombres estén ahí fuera intentando atrapar al gilipollas que se atrevió a ponerte un dedo encima, pero nosotras no somos inútiles.

—Creo que preferiría estar ahí fuera con una pistola en la mano —murmura Emmie.

Mis ojos encuentran los suyos.

—¿Qué? Conozco toda la mierda de la mafia.

—¿Sí? —pregunto, pensando que ha estado extrañamente fría al respecto.

—¿Tienes idea de quién es mi abuelo?

—Literalmente ni idea. Cuéntamelo.

—Me quedo con tu mafia, te la cambio por el MC.

—¿MC? —pregunto, sin entender del todo. Culpo a los analgésicos.

—Sí, club de motociclistas. Ya sabes, *Sons of Anarchy* y todo eso.

—Vete a la mierda. Tu abuelo no está en un MC.

Aunque diciendo esto, he visto a su padre, y me lo imagino perfectamente.

—Oh no, él no está en un MC. Él es el MC. Él es prez.

No puedo evitar reírme, lo que hace que ambos me miren como si estuviera perdiendo la maldita cabeza. Para ser justos, podría estarlo.

—Vaya. ¿No somos un trío que va directo al infierno con nuestra herencia? La mafia y las princesas MC. Ohhh… deberíamos empezar nuestra propia banda.

—Vale, ¿cómo de fuerte es tu medicación? —pregunta Calli, un poco aterrorizada por mi sugerencia.

—No lo suficientemente fuerte —murmuro.

—Vale, pandillas y matar gente aparte… —dice, saltándose cualquier otra cosa sobre ese tema—, como puedes ver, te hemos traído el spa.

Miro entre las dos, demasiado emocionada por el esfuerzo que han hecho. Lucho para que no se me note en la cara, pero por las miradas de compasión que me devuelven, creo que no lo consigo.

Me dan un tratamiento facial, me pintan las uñas y me cepillan y trenzan el pelo.

Carla asoma la cabeza unas cuantas veces para hacer lo que tiene que hacer y, para cuando las chicas han terminado conmigo, no puedo negar que me siento un poco mejor. Bueno, podría ser eso o el hecho de que Carla finalmente me desenganchó de la máquina y me dio más analgésicos.

El sol se ha puesto hace rato, pero Calli y Emmie parecen más que felices haciéndome compañía.

Calli ha puesto un reality horrible que Emmie y yo intentamos ignorar mientras me ponen al día del drama de *Knight's Ridge* de los últimos diez días.

—Tengo hambre —gimotea Calli de repente.

Tengo una bandeja llena de cena que estoy picoteando, pero ellos no tienen nada. La comida aquí es mejor de lo que esperaba, pero no es realmente lo que me apetece.

Quiero tacos. Tacos como en América.

Oh… o una hamburguesa de Aces en el paseo marítimo de Rosewood.

Aparto mi bandeja de comida apenas caliente e intento no perderme en pensamientos sobre comida que no puedo tomar.

—¿Crees que la cafetería sigue abierta?

—Sólo hay una forma de averiguarlo. Si es así, tráeme un panini —dice Emmie.

—Oh, así que me voy, ¿no? —Calli se burla.

—Tú sacaste el tema.

—Pero está claro que tienes hambre.

Me siento y miro entre los dos con una sonrisa divertida en la cara.

Me gusta esto. Esto es algo normal en toda esta mierda.

—Uf, vale —concede finalmente Calli, levantándose de la silla y cogiendo su bolso—. ¿Quieres algo? —me pregunta.

—No, estoy bien, gracias.

—Vale, ahora vuelvo.

Emmie espera a cerrar la puerta para hablar.

—Realmente eres la princesa perfecta de la mafia, ¿no?

—Oye —me quejo en broma—. ¿Intentas decir que no me queda bien?

—Oh no, es más probable que estés al lado de los chicos, entrando a matar. No estoy segura de que sea el tipo de princesa que esperaban.

—Sí, me parece justo. Me encanta la sensación de envolver mi dedo alrededor de un duro... —Emmie arquea una ceja, divertida—. Una pistola, Emmie. Estoy hablando de una pistola.

—Por supuesto que sí. No estás en condiciones de hablar de meter la mano en otra cosa. —Ella guiña un ojo.

—No lo hagas —le suplico. Las imágenes de Theo, Alex y Nico con su dureza en las manos aquella noche en el sótano vuelven a mí.

Dejando todo eso a un lado, miro a Emmie.

—¿Qué? —pregunta nerviosa.

—¿Serías capaz de hacer algo por mí? ¿Algo... grande?

—Si aceptas mantener mi MC en secreto. ¿Qué necesitas?

CAPÍTULO 6

Sebastian

Han pasado cinco días desde que Stella se despertó, y aparte de esas dos oportunidades que he tenido de hablar con ella, las únicas veces que la he visto ha sido cuando está durmiendo y he conseguido colarme sin que se diera cuenta.

Me está matando, pero sé que su tiempo aquí está llegando a su fin. Por lo que he oído, ya se ha recuperado y su medicación se ha reducido a casi nada.

Cualquier día saldrá de aquí, lejos de la seguridad que hemos establecido, y volverá al mundo. Un mundo donde el hombre que la apuñaló sigue suelto y potencialmente esperando.

Me despierto el lunes por la mañana, con un familiar calambre en el cuello por haber dormido en las sillas del pasillo, y miro fijamente la pared que tengo delante.

En las últimas dos semanas he memorizado cada marca y cada guión. Este lugar me resulta casi más familiar que la casa de mi familia. Juro que he pasado más tiempo aquí que en ese lugar en años.

El ascensor suena, anunciando la primera llegada del día, y me empujo hacia arriba.

—Buenos días, alegría —canta Toby, con una sonrisa demasiado amplia para ser lo primero de la mañana.

—¿No deberías estar en la escuela?

—Me voy. Le he traído el desayuno a la princesa.

—Levanta la bolsa de comida para llevar y la taza de café que lleva como si tuviera que demostrar algo.

—¿Traes algo para mí?

—No, debes haber olvidado tu pedido.

—Gilipollas —murmuro, menos que divertido por su intento de humor.

—¿Alguna novedad? —pregunta.

—No que yo sepa. ¿Y tú?

—No. Los italianos son un callejón sin salida. Nadie chilla una palabra.

—Tal vez no fueron ellos —digo, afirmando lo obvio.

—Sí, tal vez no. Aunque eso no ayuda a saber quién fue, ¿verdad?

—Pronto saldrá —digo, dejando que mi miedo se refleje en mi rostro agotado.

—Lo sé. Galen ya está aumentando la seguridad en la casa, pero ella no se va a quedar allí, seamos sinceros. No podemos envolverla en algodón. Sólo la alejará más rápido.

Me restriego la mano por la cara cubierta de desaliño. Ya casi tengo barba. Admito que no es mi mejor aspecto. Pero es lo que es.

Tiene razón, sé que la tiene. Pero la necesito a salvo. Protegida.

Necesito estar a su lado.

—¿Todavía no se lo has dado? —pregunta, señalando con la cabeza la caja que lleva debajo de la silla que he convertido en mi nuevo hogar desde su cumpleaños.

—No. Ha estado concentrada en pedirme que me vaya.

El cabrón se ríe como si realmente estuviera disfrutando de que me echen a la calle mientras él aparece alegremente para visitar a mi infernal.

Juro por Dios que, si llega a tocarla, lo mato.

—Bien, será mejor que entregue esto.

Me pongo en pie y lo veo caminar hacia su habitación, celoso de poder hacerlo, de que ella lo quiera, amenazando con tragarme entero.

No me doy cuenta de que se ha detenido en la puerta hasta que dice mi nombre.

—¿Sí?

—¿Dónde está?

Arrugo las cejas.

—¿Baño, tal vez?

Toby entra corriendo en la habitación y, sin pensarlo, le sigo rápidamente.

Su cama está vacía, las sábanas arrugadas como si hubiera estado allí recientemente, pero el resto de la habitación está extrañamente silenciosa.

No hay nada en la mesa junto a la cama ni pertenencias en el aparador.

—No está aquí —dice Toby, con cara de preocupación.

—Bueno, no puede haberse ido sin más. Ella…

—¿Dónde está Stella? —pregunta Toby apresuradamente cuando unos pasos se detienen detrás de nosotros.

Me doy la vuelta y me encuentro cara a cara con una de sus enfermeras.

—Oh, ¿no lo sabías? Se dio de alta anoche.

Se me cae el estómago a los putos pies.

—¿Qué coño? —Ladro, haciendo que la enfermera retroceda en estado de shock—. ¿Dejaste que se escapara?

—Lo siento, pero tiene dieciocho años. No hay mucho que podamos hacer para evitarlo. Además, le iban a dar el alta hoy o mañana.

—Dios. Joder.

Me paso los dedos por el cabello y tiro de él hasta que estoy a punto de arrancármelo del cuero cabelludo.

—¿Adónde ha ido?

—A casa, supongo. Lo siento, no pillé sus planes. —La cara de la enfermera muestra claramente su falta de diversión con esta conversación.

—¿Pero cómo salió? Estuve fuera toda la noche.

—Estaba dormido —añade Toby, como si estuviera pidiendo que le rompieran la nariz a Stella por el coño de su padre.

—Joder. Joder. Toby, vámonos. Tenemos que encontrarla.

Salir del hospital por primera vez en dos semanas es jodidamente extraño. Sentir el sol en la piel y respirar aire fresco, no esterilizado, es aún más extraño.

Sólo unos minutos después estamos en el carro de Toby y nos dirigimos a casa de Stella y Galen.

Toby guarda silencio durante todo el trayecto. Agarra el volante con tanta fuerza que se le ponen blancos los nudillos, y su mandíbula se contrae de frustración.

Centrarse en su reacción es más fácil que intentar descifrar la mía.

Detiene bruscamente el coche frente a la casa y corre hacia la puerta, dejándose entrar, lo que me hace levantar la ceja.

Corro detrás de él y me detengo en la puerta del salón cuando veo a Galen relajado en el sofá, como si el mundo entero no hubiera cambiado a nuestro alrededor.

—Toby, ¿estás bien? —pregunta, ignorando por completo mi presencia.

No le culpo. Nuestros últimos intercambios no han sido precisamente agradables.

El cabestrillo que lleva actualmente puede dar fe de ello.

No creo que los rumores de que era uno de los mejores soldados de Damien sean ciertos, porque el hijo de puta no opuso resistencia ninguna de las dos veces que me enfrenté a él en las últimas dos semanas.

—¿Está aquí?

—¿Quién?

—Stella, maldita puta. ¿De quién crees que está hablando?

Quitando a Toby de en medio, me planto delante de Galen y le dirijo una mirada de odio no deseada.

—Ella no está aquí. No la he visto. Tú eres el que se supone que debe protegerla. ¿Fallaste, Sebastian?

Me rechinan los dientes hasta el punto de que estoy segura de que se me va a romper el esmalte mientras cierro los puños.

—No puede haberse esfumado sin más.

Algo en el tono de Toby me hace volverme para mirarle.

Y joder, me alegro de hacerlo, porque su ojo izquierdo tiene tics.

Una risa amarga se desgarra en mi garganta.

Maldito mentiroso.

Capítulo 7

Stella

Probablemente fue una mala idea.

Pero ya es tarde para arrepentirse, porque estoy aquí. Y joder, me siento mejor.

Por primera vez desde que me desperté, puedo respirar.

Sabía que el padre de Calli tenía el hospital rodeado, buscando cualquier tipo de amenaza. Y mientras estuve dentro, me sentí segura.

Pero en cuanto salí, se me erizó la piel. Era como si él—sea quien sea—me estuviera esperando.

No pudo ser.

Emmie, Toby y yo nos escabullimos de aquel lugar en plena noche. La única otra persona que sabía lo que estaba pasando era Carla, que se aseguró de que tuviéramos vía libre hacia la salida trasera.

El corazón me da un vuelco al pensar en el chico que estaba acurrucado en una hilera de sillas justo delante de mi habitación, pero me niego a centrarme en él.

Que él esté allí no cambia nada.

No lo había visto desde el día en que salió de mi ducha, tentándome con todo lo que podía tener.

Supuse que se había ido y había dejado de intentar verme.

—Ha estado aquí desde el momento en que saliste del quirófano —me susurró Emmie al oído sin mucha ayuda mientras nos alejábamos de él.

Habían pasado más de dos semanas.

Eso no puede estar bien. No hay forma de que se hubiera quedado.

De ninguna manera.

Pero una parte de mí sabe que tiene razón. Sabe que eso es exactamente lo que él habría hecho.

Me sentí culpable, me di la vuelta y me alejé de él sin mirar atrás ni una sola vez.

Ambos me ayudaron a subir a la parte trasera del carro de Toby y él condujo lo más suavemente posible, a pesar de que le dije repetidamente que estaba bien.

Cada pocos minutos miraba por el retrovisor. Pensaba que estaba haciendo lo incorrecto. Huyendo.

Estaba huyendo. Pero no por las razones que él podría creer.

Supuso que tenía miedo. No lo tengo.

Sólo… sólo necesito respirar.

Necesito dejar atrás los secretos, las mentiras, la mierda en que se ha convertido mi vida en Londres.

No soy estúpida. Sé que lo único que hago es tapar la herida con una tirita. En algún momento, tendré que afrontarlo todo. Aprender todo lo que todos parecen contentos de ocultarme.

Incluso mientras conducíamos hacia el aeropuerto, Toby seguía negándose a darme la información que ansiaba sobre mi realidad.

Pues que se joda. Que se jodan todos, porque no necesito su engaño en mi vida.

Me niego a que ellos, mi padre, me den vueltas en círculos.

Nunca he necesitado a nadie, y no voy a empezar ahora.

Me detengo en la puerta y dejo la maleta y el bolso detrás de mí. Recorro con la mirada el gimnasio que me resulta familiar, observo a todas las chicas que tengo delante y me fijo en las dos de delante.

—Uno, dos, tres, cuatro. Uno, dos, tres, cuatro —cuenta Ruby, tocando una palmada con cada número, tratando de mantener a su equipo en el tiempo mientras practican.

Nadie se fija en mí durante unos minutos, lo que me permite deleitarme con la sensación de familiaridad y seguridad.

Quienquiera que sea, no me va a buscar aquí.

De eso estoy casi segura.

Sólo un segundo después de que un par de chicas me ficharan, Harley se gira para ver qué ha captado su atención

—Mierda, Stella —jadea, corriendo hacia mí.

—¿Q-qué? —Ruby tartamudea antes de girarse—. Dios mío.

—Ay, joder —gimo cuando ambos me engullen.

—Mierda. Lo siento, lo siento —dice Harley con una mueca de dolor.

—¿Qué demonios estás haciendo aquí? —pregunta Ruby, con los ojos todavía muy abiertos mientras me mira como si se lo estuviera imaginando.

—Yo… eh… necesitaba alejarme.

—¿No deberías estar en el hospital?

—Me di de alta.

—Stella —advierten ambas simultáneamente—. Deberías estar descansando, recuperándote.

—Lo hice. Descansé durante todo el vuelo hasta aquí.

—Dios —murmura Ruby, retorciéndose su larga coleta con preocupación antes de volverse hacia su equipo—. Se cancela el entrenamiento. Vayan a divertirse.

—N-no tienes que…

—Te llevamos a casa. Sin discusiones.

Harley agarra mi maleta, Ruby mi bolso, y yo les sigo hasta los vestidores para que puedan coger sus cosas, con la familiaridad que me producen las vistas y los olores del único lugar al que he sentido que pertenecía, antes de que me lleven al coche de Harley.

—Mamá está de viaje de negocios esta semana. Iremos allí. Tendrás algo de paz.

—Vale —respiro mientras me cierra la puerta y discute con Ruby antes de meter mis cosas en el maletero.

Odio que me dejen fuera, pero agradezco haber aparecido en medio de sus vidas.

—Lo siento, sé que me he dejado caer sobre ti —digo en cuanto Harley cae en el asiento del conductor y Ruby se desliza en la parte trasera.

Harley me mira con simpatía. Extiende la mano y me la agarra.

—No necesitas disculparte, Stel. Siempre eres bienvenida aquí. Quiero decir, un pequeño aviso habría estado bien, pero…

—Todo fue un poco como un torbellino. Sólo necesitaba estar… aquí, contigo.

—Aw, ¿te estás ablandando con nosotros, chica? —Ruby pregunta.

—Casi morir le hace eso a una persona.

—Oh mierda, yo no…

—No pasa nada. Si no podemos bromear sobre ello, ¿qué podemos hacer?

—Vamos a llevarte a casa, zorra loca —bromea Harley.

Las tres ignoramos al elefante en la habitación mientras Harley nos conduce hacia su casa. Se centran en ponerme al día sobre el colegio, las animadoras y las tonterías que ha hecho el equipo de fútbol este año.

Es todo tan fácil, tan natural insertarme de nuevo en la vida aquí.

Este lugar era realmente mi hogar, y me hace apreciar por qué lo eché tanto de menos cuando me mudé al otro lado del charco.

Dejo escapar un suspiro satisfecho cuando entro en casa de Harley.

—Dios mío —grita Poppy desde la cocina, viéndome entrar—. ¿Qué demonios?

—Sorpresa —canta Harley.

—¿Qué haces aquí?

Miro a las tres, las únicas que han derribado mis muros y se han colado en mi vida.

—Es una historia un poco larga. ¿Nos sentamos? —pregunto, consciente de que empiezo a sentirme agotado—. ¿Alguna posibilidad de un poco de agua? Necesito tomar unas pastillas.

—Sí, sí. Espera —dice Harley, corriendo hacia delante—. Ve a hacerla descansar —dispara por encima del hombro antes de desaparecer en la cocina.

—Vamos, tiene razón.

Me dejo caer suavemente en el asiento central de la seccional de Harley e intento disimular el dolor y el malestar persistentes que quieren aparecer en mi rostro.

Seré la primera en admitir que llegar hasta aquí después de lo que acabo de pasar es una auténtica locura.

Pero no podía quedarme allí.

Iba a tener que irme a casa y ocuparme de papá. Me encantaba la seguridad que me proporcionaban las enfermeras al alejar a Seb cuando se lo pedía. Pero sin ellas…

Es que… no necesito nada de eso.

Necesito paz. Necesito… No sé lo que necesito.

Pero cuando el Uber pasó junto al océano, me sentí mucho mejor sobre la vida.

Sé que correr no es la respuesta.

No puedo esconderme aquí para siempre. En algún momento, voy a tener que volver a Londres y lidiar con toda la mierda que he dejado atrás.

Aún no estoy preparada. No soy lo bastante fuerte, y eso no es algo que quiera confesarle a nadie que intente arruinar o controlar mi vida.

Quiero afrontarlo de frente. Y ahora mismo, no puedo hacerlo.

Los ojos preocupados de Ruby y Poppy se clavan en mí mientras estoy allí sentada con la cabeza dándome vueltas, escuchando a Harley chocar en la cocina.

—Aquí tienes —anuncia, uniéndose a nosotros.

Les pasa a Ruby y Poppy latas de refresco antes de colocar un enorme cuenco de patatas fritas en la mesita entre todos nosotros.

—Y para el paciente —dice, entregándome una botella de agua y mi propio cuenco de patatas fritas.

—No, por favor. Me iban a dar el alta hoy de todas formas. Sólo me he perdido unas horas de estar tumbado en esa cama incómoda.

—Estoy segura de que no te iban a dejar salir si sabían que ibas a meterte directamente en un avión —reprende Ruby.

—Así que adelante —empieza Poppy—. Cuéntanoslo todo.

Las tres me miran fijamente, con preocupación e intriga en sus ojos y en sus facciones.

Cuando no empiezo a hablar de inmediato, Harley se desahoga un poco.

—¿Quién te apuñaló?

Sacudo la cabeza y me miro las uñas, hurgando en la piel que ha recibido un buen golpe en los últimos días, mientras pienso en todo esto una y otra vez.

—No lo sé. Parece que nadie lo sabe.

—¿Cómo es eso posible? —Ruby ladra—. ¿Alguien debe haber visto algo?

—Sea quien sea, tiene algo que ver con mi padre, apostaría dinero.

—¿Tu padre? ¿Por qué? —pregunta Ruby, juntando las cejas.

Exhalo un largo y lento suspiro y me dispongo a contarles todo lo que he aprendido en los días previos a encontrarme en el hospital.

—¿Recuerdas cómo te reías de que mi padre formara parte de la mafia? —le pregunto a Harley, recordando las bromas que hicimos al respecto después de que la ayudara a salvarse de un psicópata de su pasado a principios de año.

—¿No? —pregunta, con los ojos muy abiertos.

—Eso parece.

—Pero tú no eres italiana —señala Poppy, como había hecho yo.

—Nope. Griego. Mi padre nos trasladó a Londres y justo en medio de la mafia griega.

—De acuerdo —dice Ruby, frotándose la frente.

—Créeme, lo sé. Pero espera, está a punto de empeorar.

—Dios, Stel. Realmente sabes cómo llevar el drama.

—Uno de los tipos de los que te he hablado. El simpático.

—¿Toby? —Harley confirma.

—Sí. Es mi hermano.

Ruby se echa a reír, hasta que sus ojos vuelven a posarse en mí y observa mi expresión seria.

—No estás bromeando, ¿verdad?

Sacudo la cabeza.

—¿No estabas deseándolo? —Harley pregunta, divertida en su propio tono.

—Te envié fotos. ¿Puedes culparme?

—Bueno, no, pero…

—Vale, ¿entonces cómo funciona esto? Uno de ustedes fue adoptado al nacer o…

—La verdad es que no lo sé. Como todo lo demás, parece que todo son secretos y mentiras, incluso ahora que sé parte de la verdad. —Miro entre las tres, irritada con Toby por guardarse todo en el pecho. Me aseguró que era por mi propio bien, pero yo digo que no.

¿Cómo es que mentirme sobre mi procedencia, sobre mi propia madre, es por mi propio bien?

—Tenemos la misma madre, eso lo sé. Ella y mi padre tuvieron una aventura, y yo llegué sólo once meses después que Toby.

Harley abre la boca como si quisiera decir algo, pero no sale ninguna palabra. De hecho, el único sonido que se filtra por la habitación es el de los neumáticos crujiendo sobre la grava mientras el peso de todo lo que les he contado, o no he podido contarles, pesa sobre todos nosotros.

Permanecemos en silencio mientras la puerta principal se abre y dos pares de pasos entran en la casa.

—No, te lo estoy diciendo, hombre. Lo va a conseguir. Has visto sus estadísticas —dice una voz grave y familiar.

—En la sala de estar —Harley llama.

—Te equivocas. Él no es todo eso. Él es... —Ash y Kyle aparecen en la puerta, las palabras de Kyle se detienen en el momento en que sus ojos se posan en mí—. ¿No deberías estar en Inglaterra? ¿Y en un hospital? —Arquea las cejas y ladea ligeramente la cabeza como si fuera un cachorrito.

—Larga historia —murmura Ruby.

—Bueno, lo sería si conociera todos los detalles —añado.

—Voy a pedir pizza. Les llamaremos cuando esté aquí —les dice Harley a los chicos.

—Oh, ¿es así? —Ash bromea—. Sabemos cuándo no nos quieren. Vamos, hermano.

—Eh... sí —murmura Kyle, todavía un poco conmocionado por mi presencia—. Me alegro de que estés bien, Stel —dice antes de que ambos desaparezcan.

—Entonces, ¿cuál es el plan, Stella? —Harley pregunta después de hacer nuestro pedido—. Supongo que no vas a volver con una sola maleta.

Apoyo la cabeza en el cojín y miro al techo.

—No. Voy a volver... en algún momento. Puedo mantenerme al día con el trabajo escolar en línea. Sólo faltan unas semanas para las vacaciones. Así que supongo que podría volver después de eso. No lo sé.

—¿Crees que te dejarán estar fuera tanto tiempo? —Harley pregunta, una mirada que no me gusta en sus ojos.

—¿Qué es lo que no me dices? —pregunto.

—Nos dijiste que Seb pasaba cada minuto junto a tu cama o fuera de tu habitación en el hospital. ¿Realmente crees que te dejará pasar el rato aquí?

—No sabe dónde estoy —argumento, aunque sé que suena débil.

—¿En serio?

—Difícilmente va a subirse a un avión y arrastrarme de vuelta. ¿Verdad? —pregunto, odiando sonar cualquier cosa menos confiada mientras la imagen de él haciendo exactamente eso se reproduce en mi mente.

Las tres me miran fijamente con la respuesta que no quiero.

Un pensamiento me asalta y sale de mi boca antes de que pueda pensarlo mejor.

—Él fue quien llamó, ¿no?

En sus labios se dibujan sonrisas de simpatía.

CAPÍTULO 8

Sebastian

—Hijo de puta —trueno, volando hacia Toby y llevándolo conmigo hasta que su espalda choca con la pared.

Aprieto mi antebrazo contra su garganta y le miro fijamente a los ojos azules.

—¿Dónde está?

—Que te jodan, Seb. No te voy a decir nada —gruñe.

—Necesito saber dónde está. Necesito…

—¿Para qué? ¿Hacerle más daño? Todo esto es tu puta culpa.

Mi puño choca con su pómulo, forzando su cabeza hacia un lado mientras lucho con el monstruo que llevo dentro y que desea más que nada continuar hasta que sea físicamente incapaz de responderme.

—Y te preguntas por qué no quiere decírtelo —retumba una voz profunda desde detrás de él—. Intentamos protegerla.

—No —grito—. La estás dejando correr. La estaba protegiendo.

—¿A quién quieres engañar, Sebastian? Le has mentido tanto como al resto de nosotros.

—¿Me estás tomando el pelo? —Suelto a Toby para girarme hacia Galen—. Le has estado mintiendo desde el día en que nació.

—No es la única —se burla Toby desde mi lado.

71

—¿Y qué, no le dije lo que realmente significaba su nombre? ¿Y qué? ¿No le dije lo que hiciste? Esos son tus secretos. No míos. No tienes derecho a opinar sobre cómo protegemos lo nuestro. Cómo protejo lo que es mío.

—No es tuya —afirma Toby.

Una risa sin humor cae de mis labios.

—Oh, así que eso la hace tuya, ¿no?

—No. Ella nunca va a ser mía.

—Por fin —anuncio a la sala, extendiendo los brazos a los lados—. Por fin lo entiende.

—No, tú eres el que no lo entiende, joder. Ella nunca va a ser mía de la manera que dices que es tuya.

—¿Por qué? Es lo que quieres —escupo.

—Porque es mi hermana.

Sus palabras hacen que el silencio se apodere de la sala. Juro que los tres dejamos de respirar.

¿Hermana?

¿Su hermana?

—No. No lo es. Eres hija única.

—Sí —se burla—. Yo también lo pensaba, joder.

Miro fijamente a Toby, con los ojos entrecerrados por la confusión, antes de volver a girarme hacia Galen.

—Eres un puto mentiroso. ¿Lo sabías? No te mereces una hija como ella. Es demasiado buena para una basura como tú.

Salgo de casa antes de darme cuenta de lo que he hecho.

Se me agita el pecho cuando me paro en medio de la entrada, mirando el Porsche de Stella.

No salgo de mi aturdimiento hasta que unos pasos golpean la grava detrás de mí.

—¿Dónde está, gilipollas? —gruño cuando veo a Toby mirándome, con la mejilla roja por mi golpe.

—A salvo. Lejos de ti, lejos de él. Lejos de toda esta mierda.

—La necesito —confieso en un momento de debilidad.

—Eso puede ser cierto, pero ella no te necesita. Está mejor donde está. Está a salvo.

—Como quieras —murmuro, cruzando el camino de entrada.

Me duele el cuerpo a cada paso que doy. Apenas dormir en una puta fila de sillas durante dos semanas empieza a pasar factura.

—¿Quieres que te lleve a casa? —Toby grita. Siempre el jodido buen chico.

Lo tiro por encima del hombro y sigo moviéndome, sintiéndome cada vez más desesperado a cada segundo que pasa.

Camino a casa.

Bueno, a la casa de Theo. Ha sido más un hogar para mí en los últimos años que el mío propio.

Entrar y ver que casi todo estaba exactamente igual que antes de irnos esa mañana hace que me duela el pecho.

Mientras todo en mi vida se ha puesto patas arriba, el resto del mundo sigue girando como siempre.

Asalto el armario, encuentro una botella de vodka y me la llevo a mi habitación, agradecida de que haya algo más que esa botella de Jack.

Hago una mueca de dolor mientras me arrastro la sudadera por la cabeza y la arrojo en dirección al cesto de la ropa sucia, aunque por el olor que desprende, probablemente debería sacarla fuera y quemarla.

Me desnudo y enrosco el tapón de la botella mientras camino hacia el baño.

No recuerdo la última vez que comí algo decente, así que en cuanto el líquido llega a mi barriga, juro que empiezo a sentir los efectos.

Lo anhelo. El adormecimiento, la nada.

Necesito olvidar.

A ella.

A nosotros.

Todo.

El agua caliente llueve sobre mi cabeza, pero no suelto la botella. Me quedo ahí de pie, dejando que el olor del hospital estéril me bañe mientras me preparo para la oscuridad que me va a proporcionar el vodka.

No salgo hasta que se acaba, y sólo entonces lo bajo, abandonándolo en la encimera junto a la palangana.

Absurdamente, me pongo ropa limpia y salgo de casa mucho antes de que Theo regrese de la escuela y el entrenamiento.

Mi cabeza ya empieza a nadar, mis miembros se sienten pesados mientras me dirijo a la tienda más cercana para comprar otra botella.

~~~

Mi entorno da vueltas y mi estómago se aprieta con su necesidad de comida, no sólo de alcohol, mientras me siento, apoyo la cabeza hacia atrás y miro el cielo oscuro.

El sol se puso hace poco más de una hora.

Dejé mi teléfono en mi habitación para asegurarme de que nadie pudiera rastrearme hasta aquí. Stella no es el único que puede zanja y correr.

Intenté rastrear su teléfono con la aplicación que todos tenemos, a la que conecté el suyo cuando estaba borracha en la fiesta de cumpleaños de Nico, pero su última ubicación fue en el hospital anoche.

La zorra lo ha dejado o lo ha apagado.

Puede que Toby no me haya dicho adónde ha ido, pero eso no significa que no tenga una buena sospecha.

No conoce a nadie aquí, y no puedo imaginarla yendo sola a algún sitio. Toby está aquí, y según la aplicación, Calli está en casa. Seguramente, si quería llevarse a alguien con ella, sería a esos dos.

Eso sólo deja una opción.

Se ha ido a casa.

No hizo falta investigar mucho para averiguar todos los lugares en los que ha vivido en los últimos años.

Su cuenta de Instagram me ayudó a averiguar adónde la había arrastrado Galen. Algunos lugares solo tenían un puñado de imágenes. Pero el último lugar - Rosewood, Florida—tenía montones. Amigos, fiestas, animadoras, en la playa, en diferentes casas. Un vistazo y estaba claro que tenía una vida allí.

Eso sólo se confirmó cuando llamé a sus dos amigas desde la cabecera de su cama.

Se preocupaban por ella, eso era obvio.

Aprieto con fuerza la botella. La necesidad de pedir un Uber hasta el aeropuerto y reservar un billete para el próximo vuelo es demasiado tentadora como para ignorarla.

Exhalo un largo suspiro y trato de concentrarme en lo que tengo que hacer.

Necesito encontrar al hijo de puta que pensó que apuñalar a nuestra princesa con su propio cuchillo era una buena idea.

Tengo que averiguar cómo llegó a tener su cuchillo en primer lugar. La última vez que lo vi, lo había colocado en su bolsa después de su pelea con Teagan.

Frotándome la mano por la cara, intento poner en orden mis pensamientos, pero el alcohol en mis venas lo hace cada vez más difícil.

No me doy cuenta de que me he desmayado hasta que el crujido de una rama a lo lejos me sobresalta, haciéndome incorporarme y girarme hacia la entrada.

Imágenes de ella caminando por la oscuridad, sus curvas iluminadas por la luz de la luna mientras viene a buscarme pasan por mi mente como una película.

Pero es una fantasía. Un sueño.

Ella no está aquí, y no va a venir por mí.

En cuanto aparece la figura, se me hace un nudo tan grande en la garganta que no tengo ninguna posibilidad de dirigirle la palabra.

En silencio, camina delante de mí y baja el cuerpo para apoyarse a medias en la misma lápida que yo.

Extiende la mano y me la toma entre las suyas, apretándolas con fuerza en señal de apoyo.

—Te he traído esto —dice, sacando otra botellita de vodka de su bolso, seguida de la imagen más increíble de un porro recién liado—. Se lo robé a Jason. Estoy segura de que no le importará.

Lo tomo con la mano, colocándolo entre mis labios mientras ella saca un encendedor y lo abre, iluminando su cara con un suave resplandor naranja mientras enciende la punta.

—Gracias —digo a la fuerza antes de dar el primer golpe.

Vuelvo a reclinar la cabeza y me deleito con el subidón, aguantando el humo hasta que mis pulmones arden en busca de aire.

—Esto no es muy responsable de tu parte, hermanita.

—No hace tanto que tenías dieciocho años. Dieciocho.

Me doy cuenta de que Stella no ha sido la única que se ha perdido su gran día en las últimas dos semanas.

Todo el mundo intentó que saliera del hospital por un día para al menos intentar celebrarlo, aunque solo fuera para ducharme y afeitarme, pero me negué.

Stella ni siquiera participó en la celebración, así que ¿por qué iba a poder disfrutar yo? ¿Por qué iba a dejar atrás nuestra realidad y fingir que todo era normal?

—Fuiste una buena chica.

Sophia se burla.

—Sólo te dejé ver lo que quería que vieras, Seb. Ya tenías suficientes malas influencias en tu vida. No necesitabas que yo fuera otra.

Siento un gran aprecio por mi hermana. A pesar de nuestra drástica situación, ella siempre, siempre, intentó hacer lo mejor para mí.

Es un maldito ángel.

—La echo de menos —susurro, mirando hacia la lápida que hay detrás de nosotros.

—Yo también. Todos los días.

El silencio se extiende entre nosotros, pero su apoyo me rodea y me hace sentir un poco mejor.

—Cuéntame, Seb.

—Se ha ido. —Sophia no dice nada, pero la veo asentir por el rabillo del ojo—. Ha huido de mí. De esto.

—¿Puedes culparla?

—No —respondo honestamente sin perder el ritmo—. Doukas nunca debió traerla aquí.

—¿Por qué? ¿Cuál es tu problema con él?

Recibiendo otro golpe, apoyo el antebrazo en la rodilla doblada.

—Él… él mató a papá.

—¿Eso es lo que crees?

—Eso es lo que sé —confirmo, asegurándome de que mi voz no muestra ningún signo de vacilación.

—Seb —suspira, con dolor en el tono—. Este mundo en el que vivimos es… peligroso. Cada día arriesgamos nuestras vidas y las de nuestros seres queridos. Y, por desgracia, la muerte forma parte de ello. Es inevitable. Estábamos en guerra. Luchar es complicado, y a veces los hombres equivocados hieren a los tipos equivocados. Pero así son las cosas.

Su calma, su racionalidad me chocan.

—¿Así que estás de acuerdo con que uno de los nuestros mate a nuestro padre?

—No hay pruebas de ello, y aunque las hubiera… simplemente… es lo que es. Nada puede cambiar el pasado, Seb. Nada puede traerlo de vuelta.

—Pero yo lo oí. Oí a Damien decirlo. Galen mató a nuestro padre.

Deja escapar un suspiro.

—Dime la verdad, Seb. Esto es más profundo que una pelea pasada entre nuestros padres.

Mi cabeza se llena de vodka mientras intento formular una respuesta. Una respuesta sincera. Pero la sola idea de confesar las cosas que Stella me hace sentir, lo que su ausencia me hace sentir, me aterroriza.

—Es una de los nuestros. Deberíamos haberla protegido.

—¿Así que es la culpa lo que te mantuvo fuera de su habitación de hospital todo este tiempo?

—Algo así —murmuro.

—Está bien admitirlo, sabes. Que sientes algo. No te hace débil.

—¿No es así?

—No. No si tú no lo permites.

Sus palabras se repiten en mi cabeza durante un par de largos segundos y me da tiempo para intentar procesarlo todo.

—No sé nada de ella, Seb, así que puede que me equivoque, pero… no es débil. Puede que no haya tenido elección al mudarse aquí, pero me parece que encaja perfectamente. Por los rumores que he oído, te ha dado una carrera por tu dinero.

—¿Tú qué sabes? —pregunto, exasperado.

Se ríe entre dientes.

—Sé todas las cosas que eres demasiado gallina para admitir. La deseas y eso te está matando. Estás aterrorizado, así que la atacas. Crees que la odias, la culpas de toda esta mierda que no tiene nada que ver con ella, pero en realidad, todo lo que quieres es a ella.

—Vaya, es una gran opinión, teniendo en cuenta que no la conoces.

—No necesito conocerla. Te conozco, Seb. Sé cómo funciona esa cabeza tuya.

—Genial —murmuro.

—Sé que intentas hacer lo correcto protegiéndola. Quedándote fuera de su habitación todo ese tiempo. Diablos, eso es cosa de putos cuentos de hadas, Seb. Pero ella está sufriendo, y no sólo por sus heridas.

—No tengo ni idea de lo que ha pasado realmente entre ustedes, pero algo me dice que ambos necesitan este tiempo, esta distancia.

—Se conocen, ¿desde hace cuánto? Seis semanas como mucho. Da un paso atrás, respira, y trata de averiguar lo que realmente quieres aquí. Y confía en que Damien y todo el mundo está haciendo todo lo posible para encontrar a este imbécil y mantenerla a salvo. No tienes que asumir todo esto. Confía en la gente que te rodea.

—Yo sólo… la quiero aquí. Necesito saber que está bien.

—Confía en que sabrá lo que necesita y espera que eso implique volver a ti.

—¿Y si no lo hace?

—Entonces, y sólo una vez que hayas averiguado lo que realmente quieres, muestras tus cartas.

—¿Cuánto tiempo llevará?

—Sólo tú lo sabes, Seb. —Ella suspira—. Si en, no sé, dos semanas, ella no ha reaparecido y tú sigues sintiéndote así, entonces tal vez sea hora de hacer algo al respecto.

—¿Dos semanas? —pregunto. Ahora mismo me parecen un millón de años.

—Aquí no hay reglas. Sólo tienes que confiar en tus instintos.

—Porque son muy dignos de confianza.

—Eres una buena persona, Seb. Tal vez sólo necesitas mostrarle un poco más de la persona que vemos, el tipo que ve Phoebe.

—Sí, tal vez —murmuro.

Apago el canuto en el suelo y miro las estrellas parpadeantes.

—¿Quieres que te lleve a casa?

—Umm…

—Necesitas una buena noche de sueño. Tal vez después de eso, todo será un poco más claro.

Con su brazo alrededor de mi cintura, Sophia consigue llevarme hasta su carro sin que me caiga de bruces contra el suelo húmedo. Mi vida ya está en ruinas; no necesito añadir una cara destrozada a la mezcla.

Recuerdo que caí en el asiento del copiloto, pero lo siguiente que recuerdo son unas manos fuertes que me sujetan por los brazos y me lanzan por los aires.

—¿Qué coño? —balbuceo, el mundo gira a mi alrededor.

—Cállate, bufón borracho —gruñe una voz conocida mientras otra dice—: Al menos intenta que te funcionen las piernas.

Parpadeo, intentando recobrar el sentido y averiguar dónde coño estoy.

El aire fresco de la noche es sustituido por algo más cálido, y entonces me llega el aroma del hogar.

—¿Stella? —Su nombre sale de mi boca sin que mi cerebro lo piense.

—Volverá. Ten fe —dice Theo, sonando mucho más confiado de lo que me siento. No es que pueda sentir nada ahora mismo. Tengo la cara entumecida y estoy seguro de que mis piernas no están pegadas al cuerpo.

Todo pasa de la oscuridad al color mientras me arrastran por el piso, pero al poco tiempo, la suavidad de mi cama golpea mi espalda e inmediatamente me dejo hundir en ella.

—No voy a desvestirlo —murmura Alex—. El maldito estúpido puede quedarse así.

—Lo tengo —dice Sophia—. Gracias por tu ayuda.

CAPÍTULO 9

Stella

Cuando me doy la vuelta y abro los ojos, la jornada escolar en el instituto Rosewood ya ha comenzado.

Me quedo acostada, mirando al techo, escuchando la nada que me rodea. Lo único que sería mejor es que las ventanas estuvieran abiertas y pudiera oír el océano a lo lejos.

El latido sordo al que me estoy acostumbrando irradia desde mi estómago, pero no puedo negar que una noche de sueño lejos del ruido de un hospital—aunque sea una noche extrañamente tranquila—me ha hecho mucho bien.

Junto a la cama encuentro mis pastillas matutinas y una botella de agua, me las tomo y salgo caminando hacia las ventanas.

Juro que todo mi cuerpo suspira de alivio ante la vista.

Estoy aquí. Estoy a salvo.

La sensación es de pura felicidad, hasta que me asalta otro pensamiento.

¿Qué habrá hecho Seb al descubrir mi partida?

Alargo la mano y la apoyo en la pared junto a la ventana, sin querer reconocer el dolor que me recorre el pecho al pensar que se despierta de su cama improvisada y no me encuentra.

Es lo que se merece. Puede que no fuera él quien empuñó la navaja aquella tarde, pero tuvo algo que ver.

¿Había sido él quien lo había organizado?

No. Seguro que no.

Si realmente me quería muerto como había amenazado en el pasado, lo habría hecho él mismo.

Le he visto luchar. No se contiene. Salta al medio y se asegura de dar el primer golpe.

Pero incluso sabiendo todo eso, hay algo que no me cuadra.

Mi estómago refunfuña, obligándome a moverme de mi sitio junto a la ventana, y voy a refrescarme para el día.

Como era de esperar, la casa está desierta, y lo único que encuentro para demostrar que hubo vida aquí en algún momento de esta mañana es una nota en la encimera de la cocina.

Stella,
Sírvete lo que quieras. Poppy estará en casa justo
después de clases y yo volveré después del
entrenamiento.
Por favor, descansa.
Besos,
H x

Una sonrisa se dibuja en mis labios al leer las palabras de Harley. Junto a la nota hay un juego de llaves de casa, que me indica que estoy a salvo dentro, y adjunta está la llave de su carro. Cuando miro por la ventana, la encuentro ahí fuera, por si la necesito.

No tengo intención de ir a ninguna parte, pero le agradezco que supiera que no me gustaría quedarme atrapada. Mi plan es hacer exactamente lo que ella ha sugerido. Descansar.

Me preparo un desayuno rápido y un café, agarro una manta de la caja del salón de verano y me la llevo a la piscina.

El sol brilla, pero el calor del verano que dejé atrás ha empezado a alejarse.

Extiendo la manta en una de las tumbonas, me envuelvo como un burrito y cojo mi bol de fruta y granola.

La paz es increíble, pero cuando miro la hora en el móvil que compré al aterrizar, sé que tenía que hacer algo.

Aunque puede que me alegre de haberme largado de la ciudad, dejando atrás a todo el mundo en mi nueva vida, sé que habrá gente que estará como loca ahora mismo.

La culpa me invade.

No tanto para mi padre. Ni siquiera se molestó en visitarme en los días posteriores a mi despertar. Pero Calli... tiene todo el derecho a odiarme.

En el trayecto en Uber hacia el instituto Rosewood, encuentro el número que había guardado en mi teléfono, pulso el dial y me lo acerco a la oreja, con la esperanza de que se arriesgue con un número desconocido.

El alivio me inunda cuando la línea crepita y se conecta.

—¿H-hola?

—Calli, soy Stella.

—Oh, Dios mío —jadea, una ráfaga de aire pasa por encima del micrófono—. ¿Dónde demonios estás? ¿Qué demonios está pasando?

—Es que… necesitaba alejarme.

—¿Y no confiaste en mí lo suficiente como para decírmelo? —Su tono se llena de dolor y mi pecho se contrae—. Podría haberte ayudado. Emmie dijo… —Su voz se quiebra por la emoción, y al instante me siento la peor amiga del mundo.

—Lo sé. No es por eso por lo que no te lo dije. —Intentaba protegerte. Me trago las palabras que ella no querrá oír.

Tal vez tomé la decisión equivocada al ocultarle esto. Pero lo hice pensando en lo mejor para ella.

—Esos tipos son despiadados. No quería que fueran a por ti por información.

—Habría guardado cualquier secreto que quisieras de ellos.

—Lo sé. Nunca cuestioné tu lealtad. Simplemente no quería que te enfrentaras a su ira. —El silencio desciende sobre la línea—. Lo siento. Yo…

—No pasa nada. No me gusta, pero lo entiendo.

—¿Te han ido a buscar? —pregunto con una mueca de dolor.

—Sí.

Lo sabía. Sabía que irían directamente a ella pensando que conseguirían todo lo que necesitaran.

—No he visto a Seb. Hoy no ha venido a clase.

Odio que me duela el corazón con sus palabras.

—¿Qué les dijiste?

—La verdad. Querían un número de teléfono para ti. Cualquier cosa. —Exhalo un largo suspiro y me reclino—. No se lo daré, lo prometo.

—Sé que no lo harás. —Pero honestamente, ¿qué va a hacer él llamando? Puedo simplemente no contestar.

—¿Cómo estás? ¿Dónde estás? He estado tan preocupada.

—Estoy bien. Estoy… Probablemente ya lo habrás adivinado —digo, aún cuestionándome darle cualquier tipo de información. Puede que sea su princesa, pero no confío en que Seb no haga lo que sea necesario para sacarle información.

—Sí, más o menos. ¿Es agradable estar de vuelta?

—Como volver a casa —digo sinceramente.

—No vas a volver, ¿verdad? —La emoción en su voz me conmociona.

Sólo somos amigos desde hace semanas, pero su reacción me dice que reconoció nuestra conexión tanto como yo.

—¿Qué? No seas loca. Claro que voy a volver. Sólo… necesito algo de tiempo, algo de paz. Las últimas semanas han sido…

—De locos.

—Sí, eso servirá. —Me río, aunque carece de cualquier tipo de diversión.

Las últimas semanas han sido dolorosas, tortuosas.

Emocionante.

Bloqueo ese pensamiento.

—Vale, bien. Así está bien. Te echo de menos —susurra.

—Aparte de todo esto, ¿qué ha pasado desde la última vez que te vi? —pregunto, intentando que hable de otra cosa, cualquier otra cosa que no me implique oír su nombre.

Ella charla sobre las clases y los entrenamientos de gimnasia, y yo me pierdo en el drama sin sentido de *Knight's Ridge*.

Ese lugar es tan diferente a aquí. A todos los sitios en los que he estado antes.

No sólo todo el mundo es increíblemente rico, sino que es como un mundo completamente diferente del que no estoy seguro de poder formar parte nunca.

Estoy acostumbrada a los partidos de fútbol de los viernes por la noche y al *beer pong*, no al club de remo y a escuchar a todo el mundo hablar como si fueran parientes de la reina. Demonios, la mayoría de ellos piensan que son tan importantes como para ser de la realeza.

Sería tan fácil ponerme firme e intentar volver a matricularme aquí. Estoy segura de que podría alquilar fácilmente un piso sólo con los gastos de matrícula que papá se ahorraría. Podría conseguir un trabajo, podría...

—¿Estás bien? —pregunta Calli, al oír mi sonoro suspiro.

—Sí. Sólo tengo pensamientos corriendo a un millón de millas por hora alrededor de mi cabeza. Es difícil mantener el ritmo.

—Me lo imagino. ¿Alguna idea de cuándo podrías volver?

Pronto, pienso. Pero eso no es lo que se me cae de la boca, porque siento que he perdido la cabeza hasta para plantearme volver ahora mismo.

No debería echar de menos ese lugar. Debería odiarlo y alegrarme de haber escapado.

La intimidación, el acoso, el tormento. Todo eso debería ser suficiente para mantenerme alejado.

Pero no puedo negar que ansío ese tipo de drama, esa emoción, ese riesgo.

Nunca he sido de tomar el camino fácil en nada, y huir aquí significa que he huido. Y a pesar de saber que hice lo correcto, estando aquí, descansando, curándome… siempre voy a sentir que elegí la opción del cobarde.

—Cuando me sienta bien. —Cuando tenga la fuerza para mirarle a los ojos y mantenerme firme.

—Vale, bueno… estoy aquí. Para lo que necesites. Por favor, llámame —dice, intuyendo que estoy a punto de colgar.

Hablar con ella es increíble, pero no es más que un recordatorio de la nueva vida que estaba construyendo y que dejé atrás.

—Lo haré. Siento habértelo ocultado, yo…

—Sé que sólo intentabas protegerme. —Hay un borde en su tono que espero totalmente.

—No soy ellos, Calli. Siempre te lo contaré todo, te lo prometo. Eres la primera persona a la que he llamado. Eres la primera persona con la que quería hablar.

—Está bien. Sinceramente. Lo entiendo. Llámame mañana, ¿sí?

—Lo haré. Buenas noches.

—Para ti también. Adiós.

Permanezco sentada durante largo rato con el móvil aún en la mano y apoyado en el pecho.

¿He cometido un error ocultándoselo?

Sacudo la cabeza y me alejo de los quizás. Ya es demasiado tarde. El daño ya está hecho.

Empiezo a teclear números y pulso llamar antes de cambiar de opinión. No necesitaba guardar este número; lo conozco como la palma de mi mano desde hace años.

—Doukas —la profunda voz de papá retumba en la línea.

—Papi.

Su fuerte jadeo llena la línea.

—Stella —suspira—. Lo siento mucho.

Me trago la emoción que amenaza con aflorar ante el tormento de su voz, contraigo los hombros y sigo adelante, desesperada por encontrar respuestas.

—¿Por qué? ¿Por qué no viniste a verme cuando me desperté?

—Cariño, las cosas no son tan simples.

Suelto un rebufo. ¿Casi me muero y las cosas no eran tan sencillas como para que él estuviera allí y me apoyara?

—Estaba solo, papá.

—Puedo asegurarte de que no lo estuviste.

Me doy cuenta.

—Dios mío, es por él, ¿no? No me digas que te alejaste porque te lo dijo un puto crío. —Mi ira empieza a sacar lo mejor de mí y soy incapaz de permanecer sentado.

Levanto mi cuerpo dolorido de la tumbona y empiezo a pasear de un lado a otro frente a la piscina.

—Es complicado. He estado ocupado intentando encontrar a quien te hizo esto, y sí, Sebastian y yo tuvimos… palabras, de algún tipo.

—No me lo puedo creer —murmuro, preguntándome cómo Seb ha conseguido de repente tener el poder de tomar todas las decisiones—. Él no tiene nada que decir en todo esto. En quién puede visitarme. No es nadie. Insignificante.

Papá suspira, moviéndose como si él también fuera incapaz de quedarse quieto.

—Él se preocupa por ti, cariño.

—Es un gilipollas —siseo.

—Sí, bueno. Todos tomamos decisiones poco acertadas en la vida de vez en cuando —confiesa.

Me detengo en seco.

—No me digas —murmuro—. La mafia. El hecho de que tengo un hermano. El hecho de que mi madre no esté realmente muerta. ¿Por dónde quieres que empiece con tus jodidas elecciones, papá?

—Todo lo que he hecho es para intentar protegerte.

—¿Y cómo te está funcionando eso? —Escupo, mis piernas me mueven hacia adelante una vez más.

—¿Por qué huiste? Podríamos haberte cuidado aquí.

—¿Nosotros? ¿De qué hablas, papá? Porque por lo que veo, no has hecho gran cosa desde que me apuñalaron.

Un gemido de cansancio brota de mi padre en cuanto pronuncio la última palabra, y no puedo evitar que la culpa me invada.

A pesar de todas sus mentiras, sus engaños, sé que en el fondo no es una mala persona. No lo es. Soy mejor juez de carácter que eso. Creo… espero.

—Sólo queremos que estés a salvo.

—Y decidiste que la mejor manera de hacerlo era mintiéndome toda mi vida. Me dejaste entrar en esa escuela, sin tener ni idea de quién era. Quién era.

—Tenía medidas para protegerte.

—¿Para protegerme, o para proteger tus mentiras? —Escupo.

Su silencio lo dice todo.

—¿Por qué es tan malo saber quién soy? ¿Quién eres?

Empiezo a pensar que no va a responder con lo que tarda en formular palabras.

—Las cosas en Londres antes de irnos… eran… desordenadas.

—¿Tener un bebé con la mujer de otro hombre? Sí, eso causará algún lío, papá.

—Es mucho más complicado que eso, cariño.

—Bueno, ahora tengo todo el tiempo del mundo. ¿Qué tal si me lo explicas? —digo, bajándome suavemente de nuevo a la tumbona.

—¿Qué tal si vienes a casa y lo hacemos en persona?

—Vaya, qué excusa para alguien que no me ha visto desde que me desperté.

—No pude, Stella. Créeme, no fue por elección.

—¿Qué te hizo?

—Te está protegiendo.

—Estoy harta de que los hombres piensen que necesito protección. Soy más que capaz de cuidar de mí misma. —El silencio de papá lo dice todo—. Sí, bueno, si no hubieras mentido, no habría estado huyendo.

—Por favor, Stella. Ven a casa.

—Te sugiero que olvides este número a menos que tengas algo importante que decir. —Cuelgo antes de que pueda responder y tiro el móvil a la tumbona.

Sabía que no me iba a decir la verdad, pero esperaba algo más que eso.

Aunque no puedo negar que estoy frustrada. Ahora mismo, tengo más curiosidad por saber qué hizo Seb para alejarlo de mí. Tuvo que haber sacado la artillería pesada… quizá literalmente.

Mis dedos se curvan mientras mi necesidad de averiguarlo empieza a sacar lo mejor de mí. Pero no vine aquí para llamarle el primer día. Mi plan cuando me fui era no volver a hablar con él si era posible.

Capítulo 10

Sebastian

Me desplomo en la silla mientras el profesor parlotea sobre algo que no escucho. Como en todo momento desde que Stella decidió darme esquinazo e irse del puto país, mi mente está firmemente centrada en ella.

Han pasado casi dos semanas desde que el mentiroso de mi supuesto hermano intentó engañarme y convencerme de que estaba tan sorprendido como yo por su repentina desaparición.

No he hablado con ella. No he intentado ponerme en contacto con ella, a pesar de que tengo su número de teléfono, cortesía de Nico, que se lo birló a Calli la semana pasada.

Me dije a mí mismo que no llamaría, que le daría el tiempo que obviamente quería, pero mi paciencia se está agotando cada día. También mi temperamento.

—¿Vas a ser capaz de mantener la compostura para el partido de esta noche? —Theo pregunta, claramente prestando mínima atención a lo que está pasando también.

Lo miro, con el rostro inexpresivo.

—Sólo digo que, si vas a causarnos problemas, entonces no te molestes.

—Vaya, tu fe en mi capacidad de concentración me asombra.

—Jugamos contra el Westminster. Sabes que olfatearán cualquier debilidad incluso antes de que saltemos al campo.

—Yo me encargo, y vamos a ganar, joder. ¿De acuerdo?

Está cabreado. Lo entiendo. Perdimos los dos últimos partidos, y él lo achaca a mi ausencia. Quiero decir, soy bueno, pero no soy tan jodidamente bueno. El resto del equipo todavía tiene que estar en forma, y parece que todo lo que pasó con Stella no sólo me afectó a mí, porque fueron pisoteados durante los noventa minutos.

Me niego a sentirme culpable. Me niego a asumir la responsabilidad, por mucho que Theo parezca querer echármela encima.

—Vale, de acuerdo —suelta. Pero es completamente insincero.

Quiere un trofeo este año. Demonios, yo también. Pero posiblemente no tanto como él. No ahora, al menos. Encontrar a Stella en ese cementerio podría haber puesto algunas cosas en perspectiva para mí.

Ninguno de nosotros va a llegar pronto a la Premier League, así que ganemos o perdamos, no importa demasiado en el gran esquema de las cosas.

~~~

—¿Vas a hacer esto o no? —ladra Theo unas horas más tarde, con su ansiedad por el resultado de este partido aún mayor que antes.

Hay mala sangre entre nuestras dos escuelas. Por no mencionar que nos han ganado durante cinco años seguidos. Theo quiere probarse a sí mismo.

Cierro la página web que estaba consultando, meto el teléfono en el bolso y empujo para levantarme.

—Estoy bien. Yo me encargo. —Theo levanta las cejas. Al mirar detrás de él, veo que Alex y Nico me miran con la misma expresión de preocupación.

Pasando por encima de todos ellos, me dirijo hacia donde el entrenador está listo para darnos su discurso antes de que intentemos darles una paliza a estos hijos de puta.

—Hoy te dejan jugar, ¿eh? —murmura el jugador de Westminster que está detrás de mí mientras esperamos el silbato.

Respiro hondo y lucho por mantener la calma y no reaccionar ante él.

Todas las miradas se volvieron hacia mí en cuanto salimos. Saben que pasa algo. Saben que hay una buena razón por la que me perdí los dos últimos partidos, y ya sé que han ideado más de una táctica sucia para que les beneficie.

—¿Qué pasa, número diez? ¿El gato te comió la lengua?

Mis puños se curvan en mi necesidad de ignorarlo. Theo nunca me perdonaría que le diera un puñetazo antes de que sonara el silbato.

A este tipo, su número nueve, se le ha encomendado una tarea, porque cada vez que puede me lanza una pulla.

Tengo fama de ser un poco impulsivo. El año pasado me sacaron más de una tarjeta roja, algo que me dije que cambiaría esta temporada. Pero si nos guiamos por la primera parte de este partido, puede que no lo consiga.

—¿Qué pasa, diez? —se burla segundos antes de que suene el silbato—. ¿Tu puta no te pone?

—Que te jodan —siseo. Me arrepiento inmediatamente de haber respondido al ver cómo una sonrisa de satisfacción se dibuja en sus labios.

—Estoy bien. Mi chica me la chupó anoche. La ofrecería, pero no sopla escoria.

Mis fosas nasales se inflaman mientras aspiro profundamente para calmarme.

Funciona por un segundo. Hasta que el estúpido hijo de puta vuelve a abrir la boca.

—Pensé que tu nueva americana estaría como en casa de rodillas con tu pequeño…— Sus palabras se cortan cuando mi puño choca con su boca.

—Hijo de puta —ladra mientras le doy otro puñetazo.

—Si vuelvo a oírte hablar de ella, una puta nariz rota será la menor de tus preocupaciones —gruño, tirándolo al suelo antes de que las manos me rodeen la parte superior de los brazos.

—Maldito estúpido —me ladra Theo al oído—. No podías haber mantenido la puta calma, ¿verdad?

—Cuando la mencionó, no. —Le escupo, mostrándole lo que realmente pienso de él.

—Tienes que arreglarte, Seb —ladra Theo, apartándome del gilipollas y acercándose a mí—. O te olvidas de ella, o vas a por ella, joder. No puedes seguir con esta mierda. Si no estás borracho como una cuba, te estás partiendo la cara. Pon tu puta cabeza en su sitio.

Sus palmas golpean mi pecho mientras me empuja hacia atrás.

—El entrenador te va a hacer pedazos por esto, y yo estaré detrás de él para hacerlo de nuevo. Eres un puto lastre.

—Que te jodan —siseo. Puede que sea mi mejor amigo, pero ahora mismo tiene que apartar sus putas opiniones de mi cara.

—Sebastian —grita el entrenador desde el lateral del campo—. Mete tu culo en el vestidor.

Girando sobre mis talones, ni siquiera me doy cuenta de que el árbitro me muestra la que inevitablemente será mi primera tarjeta roja de la temporada.

—Hablaremos de esto…

—Sí, sí —murmuro, dejando atrás a Theo y abalanzándome sobre el entrenador y el resto del personal de entrenamiento y los suplentes que están en los laterales.

El sonido de la puerta golpeándose contra la pared resuena en el vestidor vacío.

—Hijo de puta —rujo, terminando en su lugar los pocos puñetazos más que se merecía el jodido en la pared.

El primer golpe me produce dolor en el brazo, pero no es suficiente para detenerme. Mi ira y mi frustración han cobrado vida propia.

No me molesto en esperar la paliza que me han prometido. En lugar de eso, saco mi mochila del banquillo, me la echo al hombro y salgo furioso de los vestidores, todavía cubierto de sudor y de una mezcla de sangre mía y de ese estúpido.

Mi bolso vuela por el carro, golpea la ventanilla del acompañante antes de estrellarse contra el asiento y caer en el espacio para los pies. Me dejo caer en el asiento del conductor y pulso el botón de arranque para encender el motor.

Agarro el volante con tanta fuerza que la sangre se me acumula en los nudillos y, cuando llego a casa de Theo, ya me corre por el dorso de las manos.

No recuerdo ni un segundo del viaje de vuelta a casa. Mi cabeza estaba fija en ella, preguntándome qué estará haciendo ahora. Es temprano por la tarde donde está. ¿Estará divirtiéndose o revolcándose en sus malas decisiones?

Consciente de que tengo que volver a salir antes de que Theo entre en tromba, dispuesto a ponerse como una fiera conmigo por mi comportamiento, me doy la ducha más rápida de mi vida, me pongo ropa limpia, meto otra en una bolsa y agarro la cartera, el teléfono y, lo más importante, el pasaporte.

Esto se está acabando. Ahora mismo.

~~~

Evidentemente, era demasiado pedir que llegara a Gatwick y cogiera un vuelo directo a Florida. Sabía que no iba a ser posible; llevaba un par de días estudiando los horarios de los vuelos para decidirme a reservar uno e ir a buscarla.

Había intentado hacer lo correcto.

Pero se había acabado el tiempo. No podía esperar más.

Después de desembolsar más de lo que esperaba por el último asiento del siguiente vuelo -que aún estaba a horas de salir-, me encuentro descansando de nuevo en un sofá de la sala VIP.

Soy la persona más joven aquí por lo menos quince años, algo que la mayoría de la gente a mi alrededor ha notado. Bueno, es eso o el estado de mis manos. No gritan precisamente riqueza y primera clase. Pero que les jodan a todos. Pagué un buen dinero por esto. He trabajado mi culo durante años por el dinero que tengo.

Por mi mente pasan imágenes de las cosas que he hecho desde que tenía poco más de catorce años para pagarme el viaje.

Demi odiaba lo que estaba haciendo. Sophia y Zoe también. Pero ambas eran lo bastante mayores para entenderlo, para saber que era inevitable que yo trabajara para la Familia. Más aún en la situación en la que estábamos. Necesitábamos dinero, un techo bajo el que cobijarnos y, aunque Sophia y Zoe hacían lo que podían, yo sabía que, para ayudar de verdad, tenía que dar un paso al frente. Y lo hice. Renuncié a mi infancia y me convertí en un hombre aquel primer día en que Damien me entregó la vieja pistola y la navaja de mi padre y me indicó la dirección correcta.

La vibración de mi móvil en el bolsillo me saca de mis pensamientos. Ya sé quién va a ser, y lo único que hago es sonreír cuando lo saco y compruebo que estoy en lo cierto.

Podría ignorarlo, pero no tiene sentido.

Deslizo el dedo por la pantalla y me lo acerco a la oreja.

—Siguiendo mi consejo al fin entonces —murmura Theo.

—Hago lo que hay que hacer.

—Claro que sí, joder. ¿Ya has pensado cómo vas a hacer que hable contigo?

—Nop. Ni puta idea.

—Buena suerte con eso, hermano.

—Gracias —murmuro, llevándome a los labios la cerveza que descansaba sobre la mesa a mi lado.

—¿A qué hora es tu vuelo?

—Un par de horas. Me llevará a primera hora de la mañana.

—Estará encantada de verte, amigo —bromea.

—Si no regreso, ¿puedes asegurarte de que todo lo que tengo se ponga en un fondo fiduciario para Phoebe?

—Claro que sí —se ríe.

—¿Se enfadó el entrenador?

—Cabreado— ni siquiera lo cubre. Su cara estaba casi morada cuando se dio cuenta de que te habías ido a la mierda. Va a perder la cabeza cuando descubra que ni siquiera estás en el país—.

—Puede que vuelva el lunes.

—Es más probable que estés muerto para el lunes, amigo.

—Buen punto.

—Me tengo que ir. Nos dirigimos a casa de Nico para celebrar nuestra victoria.

La culpa me invade por no haber preguntado siquiera cómo había ido el resto del partido, aunque les dije que no me necesitaban.

—Sí, vale.

—Hazme saber que aún respiras cuando la encuentres, ¿sí?

—Entendido. Adiós.

Cuelgo, pero no guardo inmediatamente el teléfono. En lugar de eso, me arriesgo y envío un mensaje a alguien que podría estar de mi lado cuando llegue al otro lado del charco.

Necesito un plan. Uno jodidamente bueno.

CAPÍTULO 11

Stella

—¿Estás lista? —Poppy llama a través de la puerta de mi habitación en casa de Harley.

Suele pasar los fines de semana en el condado de Maddison con su novio, el hermano mayor de Harley, pero este fin de semana tiene un partido fuera de casa, así que se queda en Rosewood.

—Sí —grito desde el baño—. Puedes entrar.

Sigo alisándome el cabello y termino de maquillarme mientras ella se posa en el borde de mi cama.

—Tienes buen aspecto —me dice, mirando mi falda y mi jersey.

—Yo también me siento bien —admito.

El dolor es mucho más soportable ahora, sobre todo un dolor si no he descansado lo suficiente o una punzada si me muevo demasiado rápido. No voy a volver a hacer gimnasia ni a animar en un futuro próximo, pero al menos puedo volver a funcionar como un ser humano normal. Y pasar el día sin necesitar desesperadamente una siesta.

—¿Algún plan para volver ya? —pregunta, como hace ahora uno de ellos casi todos los días.

Necesito tomar una decisión. La escuela no va a esperar para siempre. Sólo puedo intentar mantenerme al día en Internet durante un tiempo, pero ahora que estoy aquí, viviendo mi antigua vida libre de dramas y gilipollas que quieren hacerme daño, las ganas de volver son cada vez menores. Incluso si la idea de no ver a alguien que no debería importarme una mierda me hace doler el pecho.

—Necesito mirar los vuelos —digo. Es la verdad. La realidad no va a esperar para siempre.

Calli está desesperada por que vuelva. Toby y papá también. Y estoy más que preparada para recibir respuestas de todos.

—Por mucho que te vaya a echar de menos, sabes que tienes que hacerlo.

—Lo sé. Creo que he llegado al máximo de mi melancolía.

—No estoy segura de que recuperarse de lo que pasaste pueda clasificarse como abatimiento, Stel.

—Bueno, lo que sea. Ha sido divertido. Me ha encantado volver con ustedes tres.

—Tal vez la próxima vez podríamos ir a ti.

—Sí —chillo—. Eso tiene que pasar. El próximo verano, antes de que empiecen la universidad.

—Será mejor que empiece a ahorrar —murmura, golpeada por su propia realidad.

—Todo está bien. Tienes tiempo de sobra —le digo, sin querer decirle que la tengo cubierta, porque sé cuánto odia sentirse como un caso de caridad, aunque eso esté lejos de la verdad.

—Vamos. Me muero de hambre, y los panqueques y el tocino de Bill me llaman —digo, marchando hacia ella y dejando caer mi brillo en el bolso.

—Vamos. —Se levanta de un salto y nos dirigimos a la puerta.

Poppy agarra la llave de Harley de la cómoda del pasillo y, tras despedirnos de Jada, que regresó de su viaje de negocios el fin de semana pasado, nos dirigimos a reunirnos con los demás en Aces.

Como todas las veces que he estado aquí desde que volví, atravieso las puertas del anticuado restaurante americano con una sonrisa en la cara.

Somos los primeros en llegar y, tras saludar a Bill, el dueño, nos deslizamos hasta nuestra cabina habitual. Tanto Harley como Ruby tenían entrenamiento de animadoras esta mañana, y sus chicos estaban entrenando.

—Buenos días, señoritas —dice Bill con una enorme sonrisa en su amable rostro—. ¿Qué les sirvo?

Ambas pedimos batidos, diciéndole que ya pediremos comida cuando lleguen los demás.

—Oh, mierda —sisea Poppy unos minutos después, buscando frenéticamente en su bolso.

—¿Qué pasa?

—No puedo encontrar mi celular. Zayn dijo que llamaría. Mierda.

—Lo pusiste ahí antes de irte —digo, recordando que ella lo hizo.

—Debe haberse deslizado en el carro. Sal y yo iré a ver.

—Dame las llaves, voy yo —digo tendiendo la mano. Necesito todas las excusas posibles para hacer algo de ejercicio ahora mismo.

He comido como un cerdo desde que aterricé aquí, y lo estoy notando. Aunque eso no va a impedir que pida panqueques en menos de una hora.

—¿Estás segura?

—Por supuesto.

Con las llaves en la mano, me dirijo al estacinamiento, respirando el aire fresco del océano mientras avanzo.

Voy a echarlo de menos en cuanto entre en el mostrador de salidas para volver a Inglaterra. Puede que haya muchas cosas que me gusten de Londres, pero también hay muchas cosas que echo de menos de este lugar.

Busco en el carro, pero no encuentro nada.

Suponiendo que ha desaparecido en el enorme bolso de Poppy, cierro la puerta y me dirijo hacia la cafetería.

Ya casi estoy allí cuando un movimiento por el rabillo del ojo me sobresalta un segundo antes de que un fuerte par de brazos me rodeen por detrás, impidiéndome luchar.

—Ni se te ocurra, Diablilla —retumba en mi oído una voz grave y familiar mientras levanto el pie del suelo, dispuesta a estrellar el tacón de mi bota contra su pie.

—¿Seb? —Respiro, mi cuerpo se relaja inmediatamente, aunque no estoy segura de por qué. Probablemente sea más peligroso para mí que un atracador cualquiera.

—¿Quién más es tan estúpido como para asaltarte a plena luz del día?

—Tienes razón —murmuro mientras mantiene la longitud de su cuerpo pegada a mi espalda y me acerca a la pared lateral de la cafetería.

Me suelta, me agarra por los brazos y me hace girar para que apoye la espalda contra la pared.

Mantengo la cabeza gacha, temerosa de lo que pueda ocurrir en el momento en que le mire a los ojos oscuros.

—Stella —gruñe, arriesgándose a soltarme con una de sus manos para meterme los dedos bajo la barbilla y obligarme a levantar la cabeza.

Si espera que mi ira se haya debilitado en el tiempo que hemos estado separados, se va a llevar un susto.

—¿Qué haces aquí? —Escupo en cuanto le miro a la cara.

Se ve horrible. Pues no. Eso no es cierto en absoluto. Sigue siendo tan impresionante como siempre. Gilipollas. Pero se ve destrozado. Como si no hubiera dormido en un mes.

Tiene el pelo más largo y desordenado, y el desaliño de la mandíbula casi podría considerarse barba, pero lo que me preocupa son sus ojos. Son tan oscuros. Agotados.

Pero me niego a permitir que nada de eso amortigüe mi frustración hacia él.

—He venido a llevarte a casa, Princesa. No perteneces aquí.

Se acerca un paso más hasta que sólo hay un palmo entre nosotros.

Su olor, su calor se filtra en mí, haciendo que me cueste mantenerme firme.

—Estoy donde pertenezco, imbécil. Con gente que realmente se preocupa por mí.

Traga saliva con fuerza y su manzana de Adán se balancea.

—Tienes que venir a casa, joder —gruñe.

—¿Y qué vas a hacer al respecto? ¿Colgarme de tu hombro y obligarme a subir a un avión?

—Si es lo que hace falta.

—¿Por qué? Me odias. Has dejado claro una y otra vez que no me quieres allí. ¿No es esto exactamente lo que querías en cuanto supiste mi nombre?

—Calli quiere que vuelvas. T-Toby... te necesita de vuelta.

Entrecierro los ojos.

—¿Toby? ¿Esperas que crea que estás haciendo esto por él?

—Es tu hermano.

Todavía se me corta la respiración al oír eso.

—¿Él te lo dijo? —Susurro.

Su mandíbula tics mientras me mira fijamente.

—Creo que es hora de desterrar los secretos, ¿no?

No puedo contenerme, echo la cabeza hacia atrás y me río. Aunque se detiene bruscamente cuando los dedos de Seb se cierran en torno a mi garganta y se acerca tanto que nuestras narices se rozan.

—Vete a la mierda, Seb. Eres un maldito hipócrita y el mayor mentiroso de todos.

Sus ojos rebotan entre los míos.

—Esa es una acusación bastante grande cuando ambos sabemos que ese título pertenece a tu padre.

Detrás de él hay cierto alboroto, pero con su enorme cuerpo apiñándome, no puedo ver lo que ocurre.

Aunque pronto descubro que me la han jugado totalmente cuando cuatro caras conocidas aparecen a nuestro lado.

—Me alegro de que hayas podido venir —le dice Kyle a Seb como si fueran los mejores putos amigos.

—Tienes razón, Stel. Está más bueno en la vida real —anuncia Harley, para enfado de Kyle.

—Lo sabías —me quejo, mirando a los cuatro—, ¿y no se les ocurrió avisarme?

—Ya eres mayorcita, Stella. Todos sabemos que puedes luchar tus propias batallas —dice Ash con una sonrisa en los labios.

—Ahora, ¿se van a besar y hacer las paces, y van a venir a desayunar? —Ruby pregunta.

Apoyando las palmas de las manos en el sólido pecho de Seb, lo empujo lejos de mí. Por alguna razón, se apiada de mí, me suelta la garganta y retrocede.

—Voy a desayunar. Pero que se vaya a la mierda —le digo por encima del hombro mientras me alejo de él, asegurándome de que mis caderas se mueven bien.

Su gemido me hace sonreír mientras avanzo hacia mis amigos.

—Todos necesitamos tener palabras —les digo, pero por sus sonrisas me doy cuenta de que no se lo toman muy en serio.

—Tú habrías hecho lo mismo por nosotras. En realidad, ahora que lo pienso, puede que ya te hayas entrometido —dice Harley, frunciendo una ceja—. ¿Te suena una foto mía en bikini rojo?

—No tengo ni idea de lo que estás hablando, cariño —ronroneo inocentemente.

Me vuelvo hacia Aces y me dirijo a la puerta, sabiendo que todos me van a seguir.

—Eres una mentirosa de mierda, Poppy Thorn —anuncio, sentándome esta vez frente a ella y deslizando mi batido hacia mí, dando un largo sorbo mientras le ruego a mi corazón que deje de acelerarse por su contacto.

—Lo siento, me dijeron que tenía que…

—Está bien. No puedo creer que le haya tomado dos semanas, si soy honesta.

Sus ojos se apartan de los míos mientras sigo hablando. Ya sé por qué. Fue como si todo el aire fuera aspirado de la cafetería en el momento en que entró.

—Vaya, parece cabreado.

¿Cuándo no lo hace?

—Buen trabajo, Pops —dice Harley riendo mientras se detiene junto a la mesa, y los demás van más despacio detrás de ella, todos menos Seb, que rodea a nuestro pequeño público y se deja caer a mi lado, deslizándose hasta dejarme casi clavado en la pared.

—¿Esto es necesario? —Suelto un chasquido, los ojos de todos clavados en nosotros dos.

—Hacía semanas que no tenía la oportunidad de acercarme tanto a ti —susurra, colocándome un mechón de cabello detrás de la oreja.

Su aliento caliente recorre mi piel y mi cuello. Mis pezones se endurecen de inmediato y me maldigo internamente por mi reacción ante él cuando debería odiarlo.

Era más fácil hacerlo cuando estaba dopada con analgésicos en el hospital. Pero aquí, sin el recuerdo constante de lo que él y esa vida me hicieron, es más fácil olvidar.

—Sí —siseo—. Ha habido una muy buena razón.

Su mano grande y caliente se posa en mi muslo. Me quema, el calor me sube por la pierna y se instala en forma de dolor en mi interior, pero intento apartarlo de un empujón.

—Seb —dice Ruby, rescatándome de su exceso de impaciencia—. Aquí está el menú.

Alarga la mano y lo coge cuando ella se lo entrega, pero no aparta su atención de mí.

—Ya sé lo que quiero comer —gruñe, su áspera voz llena de promesas por las que no debería tener ningún interés.

—Puedes comer con nosotros. Y luego puedes volver a coger un avión y largarte a Londres. ¿Trato hecho? —pregunto, todos los demás guardan silencio mientras esperan su respuesta.

Aparta sus ojos de los míos y mira a nuestro grupo.

—Entonces, ¿qué hay de bueno aquí?

Se desplaza hacia delante para poder leer el menú, desliza su mano más arriba sobre mi muslo, sus dedos se cuelan justo por debajo del dobladillo de mi falda. Pero, una vez más, no consigo moverla.

Bill se acerca unos minutos más tarde para tomar nuestros pedidos. No estoy segura de sí es su necesidad de alimentarnos lo que le hace venir tan rápido o su necesidad de saber quién es el novato. Bill se enorgullece de saber todo lo que hay que saber sobre Rosewood. Así que, en su manera única y ligeramente grosera, exigió saber quién era Seb antes de siquiera considerar tomar nuestros pedidos.

—¿Así que juegas al fútbol? —empieza Kyle una vez que Bill se ha ido, contento con las opiniones encontradas mías y de Seb sobre quién es.

Seb parecía pensar que tenía algo que ver conmigo. Yo, por mi parte, me limité a informar a Bill de que sería la única vez que tendría el disgusto de conocerle.

—¿Fútbol? Por favor. —enuncia Seb—. Ya sabes, donde realmente pateas una pelota con el pie, como el nombre elude.

Kyle y Ash lo miran fijamente durante un rato antes de que los tres se embarquen en una discusión sobre qué juego es el fútbol de verdad mientras los cuatro nos quedamos mirando asombrados.

Se acaban de conocer, pero se sienten tan cómodos el uno con el otro como si fueran amigos desde hace años.

Es raro.

Demasiado raro.

No debería tener la capacidad de meterse en mi vida de esta manera. No en Londres, y ciertamente no aquí.

—Puedo tener problemas con tu opinión sobre el fútbol, pero con esto puedo estar de acuerdo —dice Seb, cortando un trozo de panqueque con el tenedor y llevándoselo a la boca.

Insiste en comer con una mano mientras la otra permanece sujeta a mi muslo.

Pero mientras él está más que feliz de comerse su peso en almíbar, a mí se me hace un nudo en el estómago.

Está diferente. El aura de odio e ira de la que suele estar rodeado parece haberse disipado, y no tengo ni idea de cómo manejarlo mientras ríe y bromea con mis amigos.

En sus caras se ve claramente que los tiene hechizados.

Imbéciles traidores.

—¿Qué planes tienen para el resto del día? —les pregunto a las chicas, esperando que lo que sea implique dejar atrás a los chicos.

—Te vas a casa a ver el partido, ¿recuerdas? —me recuerda Harley. No solo Zayn juega ahora para los *Maddison Kings Panthers*, sino también el hermano de Kyle, que es titular en su primer año.

—Oh, sí —murmuro.

—Suena divertido —anuncia Seb.

—Has tenido un largo viaje. Deberías ir a donde te alojas y descansar un poco antes de volver a casa —le digo, intentando de nuevo quitarle la mano.

—Eso no va a pasar —gruñe, subiendo la mano, tanto que sus dedos rozan mis bragas.

Doy un grito ahogado, pero, aunque a todos los de la mesa les extrañe, a Seb no.

Inclinándose más cerca, me susurra al oído:

—Sé que estás mojada por mí, Diablilla. Podrías dejar de fingir que no lo deseas.

—Yo no —susurro, pero tengo que ahogar rápidamente un gemido cuando su dedito roza el encaje húmedo.

—Claro —ronronea, su voz profunda y áspera me estremece.

—El partido no empieza hasta dentro de unas horas. Quizá deberían... hablar —sugiere Harley, claramente consciente de lo que está ocurriendo a este lado de la mesa.

—No.

—Suena como una gran idea —dice Seb, continuando el movimiento de su dedo.

—No —repito—. Voy con vosotros. No tenemos nada de qué hablar.

—Creo que ambos sabemos que eso no es cierto, Diablilla.

—Oh, Dios —gimo cuando el encaje de mis bragas roza mi clítoris.

—Creo que deberíamos hablar. Tal vez en la playa.

—Puedes tener las llaves de la casa de Kyle si quieres. Estará vacía. Puedes tener algo de privacidad —ofrece Harley.

Entorno los ojos y la amenazo con poner fin a nuestra amistad aquí y ahora, pero ella se limita a sonreírme.

—Recuerda que aún está curándose —le dice a Seb—. Así que sigue hablando... suave.

—No reconocería la suavidad ni, aunque le diera una bofetada en la cara —me burlo, ganándome otro roce en el clítoris.

—Oh, no lo sé —murmura, logrando de alguna manera deslizar su dedo por debajo del borde de mis bragas—. Me encanta sorprenderte.

Mis dedos rodean su antebrazo por debajo de la mesa, mis uñas se clavan en su piel con suficiente fuerza como para que acabe con pequeñas semilunas ensangrentadas cuando se las quite.

—Tómate todo el tiempo que quieras —ofrece Kyle.

Estoy a punto de responder cuando Seb empuja su dedo dentro de mí.

—Te voy a hacer daño por esto —advierto en voz baja.

—Oh, cuento con ello, Diablilla. ¿Con qué crees que he estado fantaseando las últimas semanas?

—Te odio —siseo.

—Sí, por eso estás goteando por mi mano ahora mismo.

CAPÍTULO 12

Mis labios se curvan mientras seguimos a las amigas de Stella fuera de la cafetería poco después. Aún puedo sentir su sabor en la lengua, desde donde me metí el dedo en la boca -mientras ella me miraba, con ojos que delataban sus verdaderos sentimientos a pesar de sus palabras- segundos antes de que me deslizara fuera del reservado para dejarla subir.

La tentación de hacer que se corriera allí mismo, en la mesa, era fuerte. Era imposible que nadie supiera lo que estaba haciendo, pero, por una vez, mi necesidad de hacer lo correcto y mantener su placer para mí solo era más fuerte. En cuanto alguien sugirió que nos fuéramos, le arranqué el dedo, para su disgusto, si es que su chillido de protesta decía algo.

En cuanto salimos al cálido sol, gira hacia mí y, sin pestañear, me golpea el estómago con su pequeño puño curvado.

—Joder —gruño, agachándome mientras intento recuperar el aliento. El orgullo por mi chica me invade, y mi polla se pone aún más dura que antes.

—Dios mío —jadea Ruby riendo—. Le has dado.

—Es lo menos que se merece el cabrón.

—Hermano, deberías haber acabado con ella —afirma Ash, como si fuera algo jodidamente normal de decir.

Una sonrisa se dibuja en mis labios mientras miro de él a Stella.

—Oh, no lo sé. Hacerla esperar sólo lo hace más divertido.

—Tu funeral, amigo —añade Kyle, rodeando a su chica con el brazo y alejándose con los demás.

—Mi carro y la casa de Kyle son tuyos mientras los necesites.

—Sólo asegúrese de que cualquier sangre o partes del cuerpo se limpian completamente antes de salir.

Está claro que los amigos de Stella la conocen bien.

—Veremos qué podemos hacer —murmuro, sin apartar los ojos de los furiosos de Stella.

En un abrir y cerrar de ojos, sus amigos desaparecen y nos quedamos solos los dos y la química crepitante que hay entre nosotros.

—¿Vamos? —Hago un gesto hacia el aparcamiento, pero ella ni se mueve.

—¿Por qué iba a ir a algún sitio contigo? —escupe, con la voz llena de veneno.

—Porque tenemos cosas de las que tenemos que hablar—.

Una carcajada malvada brota de sus labios.

—¿Cuándo has querido hablar?

—Desde que casi te mata un tipo cualquiera que de alguna manera tenía tu cuchillo.

Sus labios se entreabren como si quisiera seguir luchando, pero su intriga vence.

—De acuerdo. Pero si no me gusta lo que tienes que decir, te haré daño.

—Cuento con ello, Diablilla —le digo, siguiéndola alegremente hacia el coche que buscaba en su interior antes de anunciar mi llegada.

No digo ni una palabra mientras la acompaño en el asiento del copiloto, sintiéndome raro por estar en el lado equivocado del puto coche.

Aprieta con rabia el botón de inicio y sale del espacio.

—¿Estás lo suficientemente curada para ser...?

—Cállate —suelta—. No te preocupes por mí. No después de toda la mierda que has hecho.

—Me parece justo —murmuro, con los ojos clavados en ella mientras conduce con soltura.

Está muy sexy con la falda subida sobre los muslos, los nudillos blancos al agarrar el volante y la mandíbula dura, como si estuviera acumulando un montón de insultos para cuando inevitablemente los necesite.

—Oh, esto es... diferente —digo mientras el tipo de casas cambia a nuestro alrededor.

—Es la casa del hermano de Kyle. Es lo que podía permitirse.

Se detiene frente a lo que sólo puedo describir como un bungalow de ancianos antes de apagar el motor y salir del carro, como si el mero hecho de respirar el mismo aire que yo le molestara.

—Tienes que dejar de huir de mí, Diablilla —le digo mientras sube corriendo los escalones que conducen a la cubierta envolvente.

—Lo sé. Parece que siempre me encuentras.

Mete la llave en la puerta y desaparece, dejándome aquí como un perdedor o siguiéndola.

Cuando cierro la puerta, la encuentro agachada, buscando algo en el refrigerador.

Agarra lo que quiere, se levanta de nuevo y le quita la tapa a la botella de Bud Light que ha encontrado.

—Estoy bien, gracias.

—No me estaba ofreciendo.

Se lleva la botella a los labios y traga una generosa cantidad, con los músculos del cuello ondulándose de la forma más deliciosa. Se me hace la boca agua por probarla, y no por la cerveza.

—Cualquiera pensaría que estás nerviosa, Princesa.

—¿Yo? ¿Nerviosa? —pregunta señalándose a sí misma—. Creo que no.

—Oh, es cierto —murmuro, dando un paso hacia ella—. Nada se le resiste a Estella Doukas.

Sus ojos se entrecierran en los míos antes de levantar la mano en un vano intento de mantener cierta distancia entre nosotros.

No funciona.

Lo rechazo y me acerco a ella, sabiendo que mi cercanía hace que su cerebro falle.

—Pensé que querías contarme algunas cosas. Sigue con ello para que pueda irme y puedas irte a la mierda.

—Nena —susurro, con la voz áspera por la necesidad, mientras mi mano se desliza por su cuello, le agarra la mandíbula y la obliga a mirarme.

Algo parpadea en sus ojos, algo que hace que un cosquilleo de excitación se extienda por mi cuerpo y mi polla se hinche en mis vaqueros.

—Te he echado de menos.

Se ríe entre dientes.

—Sutil, Seb. De verdad. Cualquier otro probablemente caería en la trampa—.

—Es la verdad. Cuando te encontré... joder, Stella. Pensé que estabas jodidamente muerta.

Su jadeo me da la pista de que todos han hecho lo que les pedí y no le han contado los detalles de esa noche. Quería que ella lo oyera de mí. Quería que supiera lo jodidamente destrozado que me sentí en esos pocos minutos en los que sostuve su cuerpo inerte y sin vida entre mis brazos, esperando a que llegara la ayuda.

—Ese cabrón... te dejó en el cementerio. —Todo el aire sale de sus pulmones—. Me envió una foto. No tengo ni idea de si pretendía que te encontrara muerta o qué. Pero te dejó allí.

—¿Por qué?

Sacudo la cabeza, deseando tener algún tipo de respuesta para ella.

—No tengo ni idea.

—¿Así que quienquiera que sea tiene algo que ver contigo?

Me encojo de hombros, deseando poder decirle que no. Pero, aunque crea que todo esto tiene que ver con Galen, no soy tan ingenuo como para pensar que no estoy acumulando mi propia lista de enemigos épicos.

—Pensamos que eran los italianos. Represalias por lo que hicimos...

—¿Los italianos? ¿Quién…? Dios mío —suspira—. Ant y Enzo. Ellos…

—Parte de la familia Mariano.

Trabaja la mandíbula mientras piensa, baja la cabeza y rompe nuestro contacto.

Intuyo que está a punto de escabullirse, la agarro de la mano y la conduzco a uno de los sofás. Me dejo caer y la arrastro a mi lado. Ahora que estoy aquí, con ella, la necesito cerca. Soy como un puto yonqui.

—Pero estaban en la fiesta de Nico. ¿Por qué les dejaste…?

Su ceño se frunce.

—Vale, bien, así que no les dejaste hacer nada exactamente.

Mi corazón se hunde por Calli.

—¿Lo sabe Calli?

—Lo hace ahora, sí.

—¿Ves? —escupe, intentando y fracasando en el salto.

—Deja de correr —gruño.

—Por eso tienes que dejar de ocultarle cosas a Calli. Si ella supiera la verdad, entonces…

La miro fijamente.

—Ella no lo habría conocido si lo supiera, Seb. No es idiota.

—Tienes razón.

—Lo siento, ¿qué?

No puedo evitar reírme al ver su cara de incredulidad.

Con una sonrisa, repito mis palabras anteriores.

—Tienes razón.

—Vaya —respira, apoyándose de nuevo en el sofá—. El infierno realmente se congeló.

—¿Eso significa que me perdonas? —pregunto, girándome hacia ella y deslizando mi mano por su muslo desnudo.

—Oh, sí —se ríe, sus ojos se arrugan con su falsa diversión—. Eso no va a pasar.

—Pero tengo todas estas formas en mente para ayudar a convencerte.

—Seguro que sí. —Sus dedos se enroscan en el borde del sofá y se levanta—. Bueno, esto ha sido divertido y todo…

No es lo bastante rápida y me muevo con ella. Mi mano en su garganta detiene su movimiento, aunque ella no me mira. Mantiene los ojos fijos en la puerta, dispuesta a huir.

—Aún no hemos terminado, Diablilla. Ni mucho menos.

Paso la nariz por su mandíbula y un escalofrío recorre su cuerpo.

—Y creo que estás más que preparado para ello.

Su rostro se endurece, sus ojos se entrecierran mientras mis dedos aprietan su garganta.

—No he pensado en otra cosa que en esto desde el momento en que te encontré —confieso en voz baja—. Me muero por tenerte aquí, nena.

Percibo que su determinación se resquebraja, pero sigue firme.

—He hecho todo lo que se me ha ocurrido para protegerte, pero lo único que has hecho ha sido huir.

El movimiento de su pecho aumenta a medida que su respiración se vuelve agitada.

—Pasé dos semanas en el hospital contigo. En el maldito pasillo cuando me forzaste la mano.

—No te pedí que…

—No hacía falta —gruño, agarrándola por la barbilla y girándola para que me mire. Le sostengo la mirada para que vea lo serio que estoy—. No tenías que pedírmelo porque es mi puto trabajo.

Su pequeño grito ahoga el aire y yo aprovecho su conmoción para acercar mi boca a la suya y empujar mi lengua más allá de sus labios.

Me muevo contra ella, con mi lengua provocando su acción, pero la perra testaruda sigue resistiéndose.

—Stella —le advierto, con los dedos en el cabello, manteniéndola quieta mientras mi cabeza se aprieta contra la suya, mis ojos clavándose en los suyos, azules, furiosos y cachondos—. Bésame. Bésame.

Su cuerpo se tensa, sus ojos se entrecierran una vez más.

—Bésame como si me odiaras, y te follaré de la misma manera.

Un reloj en algún lugar de la habitación hace tictac, burlándose de mí mientras me hace esperar.

Pero entonces se mueve. Es la más mínima inclinación de su cabeza, pero lo veo, y finalmente hago mi movimiento.

Esta vez, sus labios se encuentran con los míos en un violento beso lleno de odio, pasión y necesidad. Nuestros dientes chocan, nuestras lenguas se baten en duelo mientras sus dedos se enroscan alrededor de mis hombros en un doloroso abrazo.

—Joder, sí —murmuro en su beso—. Esto es lo que necesitaba.

—Seb —gime cuando me agacho un poco y la levanto contra mi cuerpo, rodeándome la cintura con las piernas.

—¿Dormitorio? —pregunto, más que feliz de follármela en el sofá de su amiga, pero sabiendo que se merece más que eso.

—Umm…

—No te pongas tímida conmigo ahora, Diablilla. Todos saben exactamente lo que vamos a hacer aquí.

Mis labios conectan con la larga columna de su garganta y la lamo, su dulzura estalla en mi lengua.

—Decide, o te llevaré aquí mismo.

—De acuerdo. Por el pasillo a la izquierda.

—Buena chica.

Empujo la puerta con su espalda y la cierro de una patada, sin molestarme en mirar a mi alrededor. Todo lo que necesito está aquí, en mis brazos. Me importa una mierda dónde estemos ahora.

Sus pies tocan el suelo un segundo antes de que le suba el jersey por el cuerpo y mis manos rocen sus costados, deleitándome con la sensación de sus curvas que tanto he echado de menos.

Durante las últimas semanas he dado vueltas a este momento en mi cabeza una y otra vez. Tenía muchas ideas sobre cómo sería. Resulta que mi planificación fue inútil, porque todas las cosas que pensé que quería decirle se marchitaron y murieron en el momento en que la miré a los ojos. En el momento en que descubrí cómo me afecta su presencia, su tacto.

Echa la cabeza hacia atrás con un gemido cuando le aprieto los pechos cubiertos de encaje hasta hacerle daño.

—Sí, Seb. Por favor.

—Sabía que estabas desesperado por mí, Diablilla. Estabas jodidamente empapada en la cafetería.

—Ha… Ha pasado un tiempo.

Una sonrisa se curva en mis labios.

—¿Me estás esperando, cariño?

Abre los ojos y me mira fijamente cuando se da cuenta.

—¿Qué vas a hacer al respecto si lo fuera?

No puedo evitar sacudir la cabeza y reírme. Incluso ahora, no puede admitirlo. No puede aceptar lo que sea que hay entre nosotros.

—Demuéstrame lo buena que fue esa decisión. —Mis dedos vuelven a rodear su garganta y ella levanta la barbilla, con una expresión desafiante en cada centímetro de su cara—. Te lo dije, nena. Me perteneces. Este cuerpo… —Mi mano libre se mueve para abrazarla—. Este coño. Es mío. ¿Lo entiendes? —Aprieto más fuerte y sus ojos se encienden de calor, sus bragas ya empapadas sólo se mojan más—. Sí, a ti también te encanta, ¿verdad?

Al soltarla, mis manos se dirigen al botón de su falda, pero algo más llama mi atención antes de que consiga abrirlo.

—¿Seb? —susurra mientras caigo de rodillas ante ella, mis manos sujetan su cintura mientras mis ojos se posan en su herida.

Mi corazón retumba en mi pecho, mi necesidad de venganza contra el hombre que la hirió así, que dejó su marca en su cuerpo, arde en mí como un incendio.

—Lo encontraré, Diablilla. Lo encontraré y lo mataré por hacerte esto.

Respira entrecortadamente y escucha mi determinación mientras rozo suavemente con la yema del pulgar la piel que se está curando.

—¿Todavía te duele? —pregunto, sintiéndome de repente como un gilipollas por haberla manoseado y no haber pensado en esto en mi necesidad de meterme dentro de ella.

Su cuerpo se mueve mientras supongo que sacude la cabeza, pero no levanto los ojos de su vientre para confirmar mis sospechas.

—No, la verdad es que no. Tuve un chequeo aquí el otro día. Todo está sanando bien.

Inclinándome hacia delante, aprieto los labios en la parte superior de la incisión, la imagen de su cuchillo cortando su piel es lo único que tengo en mente, haciendo que mi agarre a su cintura se tense.

—Lo siento, cariño. Lo siento mucho, joder.

CAPÍTULO 13

Stella

Un nudo me sube por la garganta y lágrimas ardientes me queman el fondo de los ojos mientras lo miro arrodillado ante mí, con los labios apretados sobre la cicatriz que me dejó aquel día.

La visión me hace algo, amenaza con abrirme el pecho de par en par. Pero no puedo permitirlo.

Esto, él, nosotros. Todo lo que está diciendo. Todo es una fantasía.

Todo entre nosotros siempre lo ha sido.

Ha sido este exorcismo de odio y química ardiente. No es real. No es real.

Y aunque diga todas las palabras adecuadas para que me derrita, todo es una actuación.

Por la razón que sea, está aquí con un motivo oculto. Me quiere en casa por algo que aún no ha confesado, pero estoy segura de que no sólo le preocupa mi educación.

—Si te vas a quedar ahí de rodillas mirando, ¿qué tal si me haces una foto y me dejas seguir con mi vida? —Me burlo.

Aspira agudamente antes de que sus ojos recorran mi cuerpo y encuentren los míos. Son oscuros, peligrosamente oscuros, y, por un segundo, la armadura de hierro que he erigido alrededor de mi corazón casi se rompe ante la sinceridad que me devuelve su mirada.

—Haz algo —susurro—. Por favor. —Antes de que acabe desangrándome por todo el suelo de la habitación de Kyle.

Afortunadamente, por una vez, hace lo que se le dice, y un latido después vuelve a acercar sus labios a mi vientre, besando a lo largo de mi cicatriz, haciendo que esas malditas lágrimas ardan una vez más antes de abrir el botón de mi falda, empujándola desde mis caderas.

—Joder, nena. Es como si supieras que iba a por ti —gruñe, sentándose sobre sus ancas y recorriendo mi cuerpo con la mirada.

Mi piel se eriza dondequiera que su mirada toca, mis pechos se hinchan, mis pezones se endurecen en mi necesidad de él.

—Si hubiera sabido que venías, habría metido una pistola en mi bolso esta mañana —digo sombríamente.

—Me encanta cuando me dices guarradas. —Sus ojos se encienden de calor, sus dedos se crispan donde descansan sobre sus muslos.

Con los ojos todavía clavados en mí, se levanta de un empujón, se echa la mano a la espalda y se quita la camisa del cuerpo.

Trago saliva y recorro con la mirada los centímetros de piel tensa y bronceada que deja al descubierto. No contento con quitarse la camisa, se lleva las manos a la cintura y, tras quitarse las zapatillas, se baja los pantalones y los calzoncillos, dejando libre la polla.

Mis ojos se centran en él cuando da un paso hacia mí.

Al notar mi atención, gruñe:

—Sabía que me habías echado de menos.

Aparto los ojos de su polla y los clavo en los suyos, oscuros y peligrosos, sin perderme su alegría.

—N-no, es que nunca he visto…

—¿Algo tan impresionante? —termina por mí, cerrando el último espacio entre nosotros y rodeando con su mano el lateral de mi cuello al chocar nuestras frentes.

—Tú desnudo. Es… sí —suspiro, sin querer decirle lo jodidamente impresionante que es. Sus músculos, su tinta, su poder. Todo eso me habla de una forma que realmente no debería. Me hace desear cosas que no debería, cosas que al final me van a doler en un futuro no muy lejano.

No estoy segura de poder hacerlo todo de nuevo.

—No puedo hacer esto, Seb —susurro, odiando sonar tan vulnerable.

—Shh —me dice, pasándome la yema del pulgar por el labio inferior—. Déjame enseñarte todas las razones por las que es lo único que deberíamos hacer.

Se inclina hacia delante y roza mis labios con los suyos. El movimiento es de prueba, vacilante. Todo lo contrario, a lo que estoy acostumbrada de él.

Su mano se desliza desde mi cintura, hasta mis costillas y luego alrededor de mi espalda.

—Déjame demostrarte lo en serio que te echo de menos. Déjame demostrarte que la persona que crees que soy no es la única parte de mí.

—¿Así que no eres un completo cabrón, entonces? —pregunto, intentando mantener la cabeza en su sitio. No puedo caer directamente en esta… esta mierda. No puedo.

Mi cabeza sabe que está mal, pero mi corazón… que quiere zambullirse de cabeza en lo que Seb le ofrece, y no puedo permitir que eso ocurra.

—Pero no se lo digas a nadie más. Normalmente sólo hay una chica que llega a ver otro lado de mí.

—¿Otra chica? —pregunto mientras la tela alrededor de mis caderas se afloja.

—Mi sobrina. Ven a casa y podrás conocerla. Solía ser la única que podía envolverme alrededor de su dedo meñique.

—¿Solía serlo? —Susurro mientras sus dedos me quitan los tirantes de los hombros, descubriéndome ante él.

—Sí. Joder, nena.

Antes de darme cuenta de que me ha levantado, mi espalda choca con el colchón y él se arrastra sobre mí, aprisionando mi cuerpo a la cama con el suyo y bajando la cabeza para capturar mis labios en un beso abrasador.

En silencio, me dice todo lo que me aterra demasiado reconocer en sus palabras. Y cuando lleva sus manos a mi cuerpo, me toca como si fuera la cosa más delicada y preciosa del mundo.

Hace que cada centímetro de mí cante de una forma que nunca había experimentado.

Y lo odio, joder.

Necesito al antiguo Seb. El amante vicioso y brutal que se aseguraba de que yo supiera que lo único que había entre nosotros era placer, si él lo permitía.

Esto… esto es demasiado.

—Necesito que pares —le digo, con voz firme mientras planto la mano en medio de su pecho e intento apartarlo de mí.

Apiadándose de mí, se levanta.

Frunce el ceño y me mira fijamente.

Parece un cachorro confundido. Es casi tierno. O lo sería, si no conociera la brutalidad de la que es capaz.

Empujando un poco más fuerte, le obligo a girar sobre sí mismo y salgo rápidamente de la cama antes de coger su camisa del suelo y huir del dormitorio.

Mi pecho se agita mientras lucho por aspirar el aire que necesito, las paredes siguen cerrándose a mi alrededor.

—Joder —respiro, apartándome el pelo de la cara mientras corro hacia la libertad.

Estoy en la puerta de entrada, dispuesta a abrirla de un tirón para respirar aire fresco, cuando su voz atronadora me detiene.

—¿Qué coño estás haciendo?

La ira en su tono me detiene en seco.

—Tienes que dejar de actuar, Sebastian. Deja de fingir que estás aquí por mí porque te importo cuando ambos sabemos que no es así.

Jadea, aspirando todo el aire de la habitación como si acabara de golpearle.

Giro sobre mis talones y casi sonrío al ver la furia en su rostro.

—No puedes seguir huyendo de mí, Stella.

—¿Quién lo dice? ¿Tú? —pregunto, extendiendo los brazos—. Noticia de última hora, gilipollas. No respondo ni responderé nunca ante ti.

131

Le cruje la mandíbula y le rechinan los dientes.

Por suerte, se puso la ropa interior antes de salir corriendo detrás de mí. No estoy segura de poder soportar esta discusión con él aún desnudo, tentándome.

—Dime por qué estás realmente aquí —exijo—. Y no me vengas con que te he echado de menos. Lo único que podrías haber echado de menos es humillarme delante de cualquiera que quisiera mirar.

Sus labios se separan para discutir y un gruñido de advertencia retumba en mi garganta.

—La verdad, Seb. Por una puta vez en tu vida.

Frunce los labios, pero algo brilla en sus ojos. Culpa.

Joder, sabía que esto no era tan simple como que me echaba de menos.

—Bien —escupe—. El jefe quiere que vuelvas para atraer al atacante.

—Por fin —grito—. La puta verdad. —Le sostengo la mirada, esperando como el demonio que no pueda ver el dolor que me azota por dentro cuando no sigue alegando que me echa de menos.

Sabía que tenía razón. Sabía que me estaba hilando una línea.

—¿Y qué, te dijo que hicieras lo necesario para devolverme a donde pertenezco?

—Algo así —murmura, claramente cabreado.

—¿Y mis amigos?

—¿Qué pasa con tus putos amigos?

—¿Cuándo decidiste hacerlos tuyos e insertarte en cada parte de mi vida?

—Y yo que pensaba que agradecerías que les llamara para explicarles por qué no estarías en contacto durante un tiempo.

—¿Esperas que crea que hiciste eso por mí?

—Cree lo que coño quieras, princesa. Está claro que no importa lo que yo diga. Podría decirte que el puto cielo es azul y saldrías a comprobarlo.

—¿Puedes culparme? —Le grito, la rabia que hace temblar mi cuerpo empieza a dominarme—. Lo único que has hecho desde que nos conocimos es mentirme.

Sus labios se separan para discutir, pero me le adelanto.

—¿Por qué me odias, Seb? Ya estamos aquí. Cuéntamelo todo.

—Tu padre —escupe—. Él mató al mío.

La incredulidad me inunda y me obliga a soltar una carcajada.

—Joder —murmuro—. ¿Todo esto es una jodida táctica de venganza contra mi padre? Humillándome, dejándome putos mensajes espeluznantes, siendo en general un puto cabrón… ¿todo esto es por él?

Sacudo la cabeza. Incapaz de quedarme quieto, empiezo a pasear.

—¿Y tu plan era qué, exactamente?

No responde inmediatamente y, cuando le miro, traga saliva, nervioso.

—Un poco tarde para ser tímido, ¿no crees? ¿Qué estabas planeando, Seb?

—Quería romperte, herirte, y luego entregarte de nuevo a él en el mismo tipo de desastre en el que dejó a mi familia.

—Vaya —respiro, todo cobra sentido de repente.

—Mató a mi padre, te cogió a ti y huyó como un maldito marica. Nunca debió volver.

—¿Y por qué lo hizo? —Suelto en mi desesperación por saberlo todo.

Exhala un largo suspiro.

—No sé. Está claro que no era para que conocieras a Toby. Pero él quería protegerte.

—¿Protegerme? —pregunto con las cejas fruncidas.

—Sí, tu padre tenía cosas preparadas cuando llegaste para mantenerte a salvo.

No puedo evitar reírme. —Qué broma, cuando era de ti de quien necesitaba protección.

—Es más listo de lo que parece. Claramente sabía que yo no era su peor amenaza.

El recuerdo de que alguien ahí fuera me quiere muerta me produce una oleada de miedo, pero lo bloqueo rápidamente. No debería tener ese poder sobre mí.

—¿Y ahora qué? Vuelvo, me usas como cebo y que... espero que me mate esta vez como venganza por... mi padre...

No llego a pronunciar la última palabra porque mi espalda choca con la pared y se me escapa todo el aire de los pulmones cuando los labios de Seb se abalanzan sobre los míos en un beso contundente. Es un movimiento al que estoy mucho más acostumbrada, y cuando sus dedos se clavan en mi culo y me aprieta con fuerza, me olvido de mi miedo y finalmente me dejo ahogar por él.

Atrás quedaron las caricias suaves y delicadas de antes, y en su lugar están sus toques brutales que me queman por dentro.

—Te odio —gimo cuando por fin me suelta la boca, no sin antes hundirme los dientes en el labio inferior hasta que el familiar sabor a cobre me cubre la lengua.

—Joder, sí —gruñe, arrancándome las bragas del cuerpo y arrojándolas a algún lugar detrás de él antes de que sus dedos encuentren mi núcleo—. Te encanta que te odie, ¿verdad, Diablilla?

—Seb —grito, mi cabeza cae de espaldas contra la pared con un fuerte golpe mientras él clava dos dedos dentro de mí—. Joder.

—Tan húmeda —murmura contra mi cuello—. Tan apretada.

Un gemido lascivo brota de mis labios cuando dobla los dedos y encuentra mi punto G justo cuando chupa un trozo de piel y lo roza con los dientes.

—Voy a follarte el coño hasta dejarte en carne viva, princesa. Ha pasado demasiado tiempo. Demasiado.

Me sujeta la cadera con la mano y vuelve a arrodillarse, pero los besos tiernos y las palabras reconfortantes desaparecen cuando me lanza la pierna -la que aún tiene sus iniciales grabadas en la piel- por encima del hombro y se lanza a por mi coño.

—Me perdí esto. Me moría de hambre. —La vibración de su voz contra mi piel sensible es casi insoportable mientras sus dedos y su lengua me empujan hacia lo que sé que será una liberación estremecedora.

Tiene razón en una cosa. Ha pasado demasiado tiempo.

Su lengua lame mi clítoris, sus dientes muerden y rozan mientras sus dedos frotan el punto exacto que me hace ver estrellas.

—Córrete por mí, Diablilla —gruñe sombríamente—. Córrete en mi boca.

Mis dedos se retuercen en su cabello cuando se acerca mi liberación, pero el dolor no hace más que espolearle y me devora como un poseso mientras la única pierna que me sostiene tiembla, mi rodilla amenaza con ceder.

—Princesa. —Sus ojos se elevan a los míos y pierdo toda mi lucha por desafiar sus órdenes.

—Seb —grito, mis ojos se cierran de golpe mientras el placer me invade, haciendo que el mundo, todo lo que no seamos nosotros dos, desaparezca.

Esto… esto es lo que necesitaba.

—Joder, necesito estar dentro de ti, Diablilla.

No me doy cuenta de que nos estamos moviendo hasta que una puerta se cierra de golpe y me arroja sobre la cama. Parece haber olvidado cualquier preocupación por mi curación cuando cae encima de mí, aplastándome contra la cama.

—¿Esto es lo que querías, cariño?

Me besa por la columna vertebral, succionando mi piel en su boca y mordiendo hasta que juro que va a romperme la piel.

—Por favor —gimo, mi orgasmo anterior ya olvidado mientras otro empieza a crecer.

Así es como trabajamos. Las púas odiosas. Los toques dolorosos. Cualquier otra cosa es sólo…

—Oh, joder… —gimo cuando me levanta las caderas, lamiéndome por detrás.

Su lengua se sumerge en mí antes de deslizarse hasta mi culo.

—Dios mío. Oh, Dios —gimo mientras rodea mi agujero fruncido, haciendo que mi cuerpo pida más.

—¿Alguien ha estado aquí antes, Diablilla?

—No —respondo con sinceridad. Algunos lo han prometido, pero nadie lo ha cumplido.

—Un día no muy lejano, voy a deslizarme hasta las pelotas dentro de tu culo, nena. Haré mío cada centímetro de ti.

Un violento escalofrío me recorre. A diferencia de las otras veces que he oído palabras parecidas, sé que actuará en consecuencia. Será él quien me lleve allí. Será el primero.

—Joder, lo estás deseando, ¿verdad? —me pregunta, con sus labios recorriendo la nalga de mi culo antes de hundir sus dientes en la suave carne, haciéndome aullar como una puta.

Crack.

Su palma choca con el mismo trozo de piel que ha mordido, pero su agarre de mi cadera por el otro lado impide que me desplome de nuevo sobre el colchón.

Se mueve y desliza la mano hacia arriba hasta agarrarme por la nuca, inmovilizándome contra la cama.

—Seb —gimo cuando la punta de su polla se arrastra por mi humedad—. Por favor, necesito…—

—Sé lo que necesitas, Diablilla. Siempre sé lo que necesitas—.

No lo hiciste antes cuando intentaste todas las tonterías agradables.

—Síííííííí —grito, olvidando mi pensamiento anterior cuando me penetra de golpe.

No me da la oportunidad de adaptarme a su invasión. En lugar de eso, se retira, arrastrando la polla contra mis paredes y haciendo que salten chispas por todo mi cuerpo antes de volver a penetrarme con tanta fuerza que me haría saltar por los aires si no me estuviera sujetando con su contundente tacto.

Hace exactamente lo que prometió y me penetra el coño, follándomelo hasta que ambos jadeamos y nuestra piel brilla de sudor.

—Córrete para mí, Diablilla. Ordeña mi polla.

—Seb —grito, mi liberación se acerca aún más rápido ante su voz llena de lujuria.

Crack.

—Jodeeeeeeeeeer —grito, mi orgasmo se abalanza sobre mí, todo mi cuerpo estalla de placer hasta que todo se vuelve negro.

Cuando vuelvo en mí, estoy tumbado de lado, con el cuerpo inmovilizado por un brazo y una pierna pesados que me rodean como un puto koala.

—¿Q-qué estás haciendo? —pregunto, luchando y fracasando en mi intento de escapar.

—Agarrando más fuerte que la última vez. Has terminado de huir de mí, Stella.

Stella.

Debe de ir en serio.

—¿Y ahora qué? —Medio gimo, medio suspiro.

—Todo lo que dije antes. —Gruño, aún sin querer escuchar nada de eso—. Quise decir todo, cada palabra.

—Aun así me mentiste.

—Puede que el jefe te haya sugerido que vuelvas, pero te aseguro que no estoy aquí por orden suya. Quiero que vuelvas, Princesa. Calli, Toby, incluso tu maldito padre quiere que vuelvas.

No puedo evitar tensarme ante la mención de mi padre. Por todo lo que Seb me dijo en la sala no hace mucho.

—¿Has hablado con él?

—Hemos… eh… tenido unas palabras.

Intento incorporarme para poder mirarle, pero no me suelta.

—¿Qué demonios significa eso?

—He tenido la oportunidad de resolver algunos agravios que tenía con tu padre —dice crípticamente.

He hablado con él, así que sé que está vivo, pero…

—¿Qué le has hecho?

Hace una pausa, su cuerpo se mueve como si de repente se sintiera incómodo con este nivel de intercambio.

—Puede que le haya pegado… unas cuantas veces.

—Seb —advierto.

—¿Qué? Se lo merecía. El cabrón te ha estado mintiendo toda la vida, y el resultado te ha llevado al puto hospital.

—Así es como lo mantuviste alejado de mí —musito—. Lo pusiste en su propia cama de hospital, ¿no?

—Brevemente. Pero no fue por eso por lo que no acudió a ti.

—¿No?

—Él sabía que yo tenía razón, Princesa. Podría haber dicho las palabras, pero fue su culpa lo que lo mantuvo alejado.

—Esto es un puto desastre.

Se ríe entre dientes.

—Bienvenido a la familia, Diablilla.

Suspiro, sintiendo el peso de aquello presionarme.

Hay tantas preguntas dando vueltas en mi cabeza, pero cuando mis labios se separan para hacer la más apremiante, todo lo que sale es un bostezo.

—Necesitas descansar —me dice, con su aliento caliente haciéndome cosquillas en el cuello y estremeciéndome.

A pesar de mi buen juicio, mi cuerpo se vuelve más pesado a medida que empiezo a perder la lucha contra el agotamiento.

Puedo fingir que todo está bien, que estoy curado. Pero la verdad es que no lo estoy. No necesito que el dolor de barriga de nuestras actividades me lo diga.

—Relájate. Te tengo.

Mientras me alejo, su peso se levanta de mí antes de que su cabeza desaparezca.

Quiero quejarme, exigirle que vuelva, pero estoy demasiado ida.

Sin embargo, noto cuando vuelve y me mueve para poder limpiarme.

El calor de una toallita se filtra en mi piel sensible antes de que las sábanas me cubran.

—Seb —susurro, estirando la mano.

—Princesa —me susurra, se arrastra a mi lado y me atrae hacia su cuerpo—. Lo decía en serio. Te he echado tanto de menos, cariño.

Capítulo 14

Sebastian

No tenía intención de quedarme dormido con ella en brazos, pero en cuanto su respiración se estabilizó, mi desfase horario pareció golpearme como un camión, y fue todo lo que pude hacer para mantener los ojos abiertos y mirarla.

Apretándola un poco más, dejé caer mis labios sobre su cabeza y le besé el cabello.

Lo siguiente que sé es que el cuerpo caliente que me envuelve intenta zafarse discretamente de mis brazos.

Una risita retumba en mi garganta mientras mis brazos la rodean con fuerza.

—No lo creo, Diablilla.

—Necesito orinar.

Abro los ojos y la miro fijamente, con la respiración entrecortada.

Joder, es preciosa.

—Si vuelves a huir, te perseguiré.

Sentada en el borde de la cama, suelta un suspiro y me mira por encima del hombro. La incredulidad inunda su rostro mientras se muerde el labio inferior, sumida en sus pensamientos.

Todas las cosas que quiero decirle se me atascan en la punta de la lengua al recordar cómo reaccionó antes conmigo.

Las últimas semanas, verla tendida junto a la tumba de mi padre fue una especie de llamada de atención para mí. Me ha permitido reevaluar lo que siento por lo que hay entre nosotros, por ella. Parece que ella no ha tenido reflexiones similares en lo que a mí respecta.

Aparta sus ojos de los míos y sacude la cabeza mientras se levanta de la cama y se dirige a la puerta.

Mis ojos recorren su cuerpo cubierto por mi camiseta y luego sus piernas desnudas y torneadas que sobresalen por debajo.

—Siento que me miras —murmura antes de desaparecer de la habitación.

—Eso es porque lo hago. Te queda bien mi ropa, Princesa.

Juro que la oigo murmurar:

—No tan bien como te ves sin ella.

Me quedo acostado, escuchando cómo se mueve, y tira de la cadena en el baño antes de que corra el agua.

Tengo muchas ganas de entrar y arrastrarla conmigo a la ducha, pero consigo apartarlas. La puerta se abre y sus pasos vuelven a acercarse.

Sólo que no vuelve. Pasa de largo.

Temiendo que intente darme esquinazo, echo las sábanas hacia atrás y vuelvo a subirme los calzoncillos por las piernas.

—¿Qué estás…? —suspiro cuando la encuentro apoyada en la encimera junto a la máquina de café, con las piernas desnudas a la vista, mi camisa sobre los muslos y los brazos cruzados bajo los pechos.

—¿Café? —pregunta, sus ojos recorren mi pecho desnudo.

—Por favor.

A pesar de que me dice que no me acerque, hago todo lo contrario, me acerco a ella y le paso la mano por el cuello.

Su pulso retumba bajo mis dedos, mostrándome cuánto le afecta mi presencia.

—Diabli...

—No lo hagas —suspira—. Por favor, no lo hagas.

Mis ojos se clavan en los suyos mientras mi pulgar roza la línea de su mandíbula.

—Dime, princesa. ¿Qué pasa por tu cabeza?

Permanece en silencio, con el subir y bajar de su pecho en aumento.

—No... no confío en ti, Seb —afirma fríamente—. No puedo creer nada de lo que sale de tu boca.

—Es justo —digo, a pesar del dolor que irradia de mi pecho.

Sí, le he hecho daño. Sí, le he mentido. Pero he puesto más esfuerzo en protegerla que en todo eso.

Se hace el silencio en toda la casa mientras seguimos mirándonos fijamente, la cafetera terminada hace rato, el olor de los granos mezclándose con su aroma que hace agua la boca.

—¿Tenías algún plan para el resto del día? —pregunto, tragándome la necesidad de decir algo sobre lo que me ha contado antes. No tiene sentido que intente convencerla de que puede confiar en mí cuando lo único que he hecho es demostrarle lo contrario. Eso es algo que tendrá que averiguar ella sola, aunque me mate.

Ella sacude la cabeza.

—Creo que vamos a pasar el rato en casa de Harley más tarde. No me han dejado hacer nada divertido desde que llegué. —Pone los ojos en blanco ante su sobreprotección.

—Tienes buenos amigos, princesa.

—Sí —asiente, zafándose por fin de mi agarre y poniendo otra taza en la máquina—. Toma.

—Gracias —murmuro, cogiéndoselo y robándole el sitio en el mostrador.

De nuevo se hace el silencio entre nosotros, pero no es incómodo.

—¿Quieres hacer algo por mí? —le pregunto una vez que se ha hecho con su café y ha retirado uno de los asientos de la mesa.

Echa un vistazo y sus ojos se llenan de duda.

—Llévame a tu lugar favorito.

Sus labios se entreabren, pero no sale ninguna palabra durante mucho tiempo.

—¿Mi lugar favorito? —pregunta con el ceño fruncido.

—Sí, el lugar al que irías cuando la mierda fuera demasiado.

—¿Como el cementerio?

—S-sí, pero tal vez en algún lugar un poco menos deprimente.

—Sólo tú podrías tener un lugar feliz lleno de gente muerta.

—Diablilla, ese lugar es cualquier cosa menos feliz para mí.

El arrepentimiento pasa por su rostro.

—Cierto. Lo siento —dice con una mueca de dolor.

Da un sorbo a su café y mi necesidad de estar más cerca de ella se apodera de mí. Acerco la silla a su lado y me dejo caer, asegurándome de que mi pierna roza la suya por debajo de la mesa.

—Seb —respira.

El corazón me da un vuelco en el pecho mientras la miro fijamente, esperando que caiga el otro zapato. Está demasiado tranquila después de la siesta.

—Siento lo que pasó entre nuestros padres. Siento que perdieras al tuyo tan pronto. No es justo. Pero nada de eso es culpa mía.

Asiento, sabiendo que tiene razón.

—Hay tanta mierda rodeando mi vida. Yo… realmente necesito que esto. —Hace un gesto entre los dos—. Se detenga.

—¿Esto? —pregunto, deslizando mi mano sobre la mesa y atrapando la suya.

Su respiración se entrecorta al contacto y sus ojos saltan hacia los míos.

—Odio decírtelo, princesa, pero esto —entrelazo nuestros dedos—, no se detiene. Necesito esto, y creo que tú también.

—Me refería a la venganza. El dolor.

Una sonrisa malvada se curva en mis labios.

—Te encanta el dolor.

Sus mejillas se sonrosan y una sonrisa aparece en sus labios.

146

—Puede que no haya sido la palabra adecuada —bromea—. Tómatelo todo —le dice, vaciando el contenido de su taza y apartándose de la mesa.

—¿Adónde vas? —pregunto, observando cómo se lava y se dirige de nuevo hacia el baño.

—Querías que te llevara a algún sitio, ¿verdad?

—Sí —respiro, una sonrisa se dibuja en mis labios. Puede que ya estemos avanzando en el tema de la confianza.

~~~

Una hora más tarde, vuelve a estacionar junto al restaurante en el que desayunamos antes, sólo que ahora el sol empieza a descender en el cielo y las familias que disfrutaban de un día de principios de otoño en la playa se han marchado, dejando la arena casi desierta, aparte de un par de grupos de niños que siguen jugando al voleibol.

—¿La playa es tu lugar feliz?

—No toda la playa. Sólo cierta parte.

—Ve delante.

Se adelanta a mí y se dirige a la arena. Nada más bajar los escalones, se detiene y se quita las botas.

—Deberías subirte los pantalones —me dice cuando me detengo a su lado.

—De acuerdo.

Con los jeans remangados hasta la mitad de la pantorrilla, caminamos codo con codo hasta la playa.

El calor del agua rodea mis pies y me recuerda que estamos muy lejos de casa.

—Podría acostumbrarme a esto —murmuro, pensando en lo agradable que debe ser vivir en un lugar donde puedes bañarte en un mar tan cálido como entrar en una bañera.

—Es bastante increíble.

Se hace el silencio entre nosotros mientras caminamos, y aunque estamos hombro con hombro, no puedo evitarlo... cuando nuestras manos se rozan, agarro la suya, entrelazando nuestros dedos.

Manteniendo la vista fija en el lugar al que nos dirigimos, noto que me mira.

—No estamos peleando, Diablilla. Aquí no. No en tu lugar feliz.

Aspira un suspiro que juro que me roba todo el aire de los pulmones, pero decide no decir lo que iba a decir y asiente sutilmente con la cabeza.

—No puedo creer que te esté trayendo aquí.

—¿Permitirme conocerte es realmente tan aterrador?

—Te da poder.

—¿Cómo te diste cuenta, Princesa?

—Cuanto más sabes, cuanto más te acercas, más dolor puedes causar.

—Cariño, yo no...

—Necesito más que tus palabras, Seb. Ya he oído bastantes malas. Si hablas en serio, voy a necesitar pruebas más sólidas.

Levanto su mano, en un movimiento muy, muy, impropio de mí, me llevo el dorso a los labios y le doy un beso.

—Veré lo que puedo hacer.

El agua tibia del mar lame nuestros pies y tobillos mientras seguimos caminando de la mano, el sol se hunde en el cielo haciendo que nuestras sombras se extiendan delante de nosotros.

—¿De verdad crees que la persona que me apuñaló volverá a intentarlo? —pregunta después de mucho tiempo.

—Sí —afirmo con firmeza.

—Podría haber sido un ataque al azar.

—No seas ingenua, Stella. Eres más lista que eso. Te apuñaló con tu propio cuchillo. A menos que haya algo que no me estés diciendo…

Se tensa e inmediatamente intenta arrancar su mano de la mía.

—¿Qué demonios, Seb? —ladra cuando me niego a soltarla.

—Sólo preguntaba. Si hay algo que no nos hayas contado sobre el camino hasta ese día, entonces…

—No lo hay. Corrí porque mi padre acaba de soltar la bomba de que el chico que intentaba besarme era mi hermano.

—¿Te besó?

—¿En serio? —me suelta—. ¿De verdad vas a ponerte celoso ahora?

—Quería lo que es mío.

—En primer lugar —escupe, volviéndose hacia mí y obligándome a dejar de caminar, —No soy tuya. No soy algo que pertenezca a nadie, y menos a ti. —Asiento, aunque tengo toda la intención de demostrarle que se equivoca. Ella es mía. Fin—. Y dos…

—En segundo lugar, querrás decir.

—¿Q-qué?

—Dijiste primero, y luego dijiste dos para tu segundo punto.

—Joder. No, no contestes a eso, ya lo sé. En segundo lugar -me pone los ojos en blanco, aunque por la dureza de su mandíbula no me extrañaría que me hiciera una cicatriz a juego-, es mi puto hermano. Compartimos el mismo ADN. Si voy a escaparme con alguno de tus amigos, no será Toby. Theo, sin embargo… él es…

Le tapo la boca con la mano.

—No termines esa frase. Eres mía, Stella. Puede que quiera a mis chicos, pero ya han tenido suficiente de ti.

No necesito apartar la mano para saber que está sonriendo. Yo también sé por qué, joder.

—Sí, de acuerdo. Diste en el blanco cada puta vez esa noche, Princesa.

Al apartar la mano de su cara, encuentro exactamente la sonrisa de suficiencia que esperaba.

—Era el mejor besando, sabes. Aunque Daemon hacía esa cosa con su lengua que…

Esta vez corto sus palabras con mis propios labios, hundiendo mi lengua en su boca para encontrar la suya y demostrarle que a la única persona que tiene que besar es a mí.

Enlazo nuestras manos alrededor de su espalda y la arrastro más cerca, apretando la parte delantera de su cuerpo contra el mío, permitiéndole sentir exactamente lo que un beso suyo me hace sentir a mí.

Arrancando mis labios de los suyos, lamo una línea hasta su oreja.

—La única persona que va a besar estos labios de aquí en adelante, soy yo, Diablilla. ¿Entendiste?

Asiente, es sutil, pero lo noto.

—Bien. No me importa si es uno de mis hermanos. Acabaré con cualquiera que te toque, Princesa.

—Seb —gimotea, mi promesa de violencia le hace cosas, igual que a mí. Es la razón por la que somos una pareja hecha en el infierno.

—Vale, ahora que lo hemos aclarado... ¿Vamos? —Hago un gesto hacia la playa que tenemos delante y, al cabo de un rato, ella vuelve a mi lado y seguimos caminando hasta que nos detenemos junto a unas enormes rocas que ponen fin a nuestro camino.

—El agua está más alta de lo que esperaba. Probablemente te mojes los pantalones—. Mira hacia el final de la última roca, dándome una pista de hacia dónde vamos.

Me encojo de hombros, suelto su mano, me quito los zapatos y me abro los vaqueros, me los quito de las piernas y me los echo al hombro.

—¿Mejor?

—Eh... —Ella da un par de pasos hacia atrás en el agua, pero sus ojos permanecen pegados a mis boxeadores, que hacen un trabajo realmente de mierda para ocultar mi semi—. Esto podría ser una idea realmente estúpida o la mejor que he tenido nunca.

Sus ojos brillan con malas intenciones.

—Se supone que debes estar descansando, Princesa. No estoy seguro de que esas ideas sean buenas para tu herida.

—Huh... y yo que pensaba que no querías que buscara consuelo en nadie más.

—¿Consuelo? Pensé que sólo querías mi polla.

Me meto en el agua y la sigo mientras gira y se aleja hasta que las olas le llegan a las rodillas, rodea la enorme roca y desaparece por el otro lado.

No había mucha gente en la playa, pero enseguida se hace evidente que estamos totalmente aislados por aquí.

La pequeña cala está rodeada de imponentes rocas a cada lado. Es lo último que esperaba ver después de toda la arena blanca y perfecta que hemos pisado.

—Vaya, esto es...

—¿El paraíso? —termina por mí—. Es casi como si fueras la única persona del planeta por aquí—.

—Dos personas.

—¿Eh?

—Las dos únicas personas —digo, cogiendo su mano una vez más y atrayéndola hacia mi cuerpo para darle un beso ardiente.

En cuanto termina, se escabulle de mi agarre y sale del agua.

—¿De verdad crees que este tipo va a intentarlo de nuevo?

—¿Dónde fue el último lugar donde viste tu cuchillo, Diablilla? —le pregunto, bajando al trozo de arena seca que hay a su lado.

—Me lo trajiste el día que Teagan destrozó mi carro. Estaba en mi bolsa de porristas.

—¿Alguna vez lo sacaste?

—Uh… —Piensa, apoyándose en las palmas de las manos—. Puede que lo haya puesto en mi mesita de noche. No recuerdo haberlo puesto en mi bolso.

—¿Así que todavía estaba en tu habitación?

Me mira con una sonrisa cómplice en los labios.

—¿Estás seguro de que no lo agarraste? Parece que te gusta colarte en mi habitación y robar mis cosas.

—Tus bragas, princesa. Me gusta robar tus bragas, no tu cuchillo.

—Pues lo devolvías porque lo habías robado —señala.

—Sí, vale. Culpable. —Me recuesto, apoyándome en el codo y mirándola fijamente mientras se reclina del todo—. Esperaba un poco de ojo por ojo. Si te devuelvo lo tuyo, puede que consiga lo mío.

—Ah, siempre hay un motivo oculto. Y pensar que pensaba que querías que apuñalara a Teagan en la pierna por atreverse a acercarse a mi bebé.

—¿Tu bebé? —pregunto divertido.

—Sí, y la echo de menos. ¿Y qué?

—Eres otra cosa, ¿lo sabías?

—Hace falta ser uno para conocer a otro. —Giramos sobre su costado y nos tumbamos uno frente al otro mientras las olas siguen bañando nuestros pies y el cielo que nos rodea se tiñe de naranja con la puesta de sol—. Así que no me devolviste la navaja, y parece que los italianos no me apuñalaron. Entonces, ¿quién lo hizo, Sherlock?

—Esa es la pregunta del millón, nena. Justo después de cómo consiguió tu puto cuchillo si estaba a salvo en tu habitación.

—¿Estás sugiriendo que hay algún otro puto enfermo por ahí al que le gusta colarse en mi habitación y dejarme notitas de amor en el espejo?

—Lo siento. Eso fue mezquino. —Ella frunce una ceja—. Pensé que estabas allí. Me cabreé cuando no te encontré cubierta de jabón y desnuda en la ducha.

—No. Me estaba excitando con un semental italiano en la fiesta de Nico.

Un gruñido retumba en mi garganta, haciéndola reír.

—Realmente eres muy posesivo, ¿verdad, Sebastian?

—Pensé que te habías dado cuenta en el momento en que grabé mi nombre en tu muslo. Y para que conste, no lo lamento.

CAPÍTULO 15

Stella

Seb me mira fijamente a los ojos con una mirada que hace que mi corazón se acelere demasiado.

Es demasiado, y siento que vuelvo a cerrarme.

Quiero la verdad. Quiero saber cómo se siente realmente, pero oír que en realidad no me odia no me hace sentir nada de lo que esperaba. Pensé que me sentiría aliviada. Aliviada de que esto que siento no sea unilateral. Pero, junto con todos los demás, ha aniquilado mi confianza, y no puedo creer ni una palabra de lo que dice.

Mi corazón lo desea desesperadamente, pero mi cabeza se empeña en ser sensata y proteger mi voluble corazón.

—Pensé que era más un movimiento de "nadie más puede tenerte".

—En parte —admite, bajando su cara hacia la mía hasta que nuestras narices se rozan—. Pero, sobre todo, fue un movimiento de "eres mía".

Se apodera de mis labios antes de que pueda responder y me besa tan profundamente que hace que mis muslos se contraigan, y todos mis argumentos sobre sus maneras cavernícolas caen de mi cabeza.

Cuando por fin se retira, sus ojos están oscuros y llenos de intenciones perversas, y su pecho se agita. Al ver que se ha quitado la máscara, me lanzo a por la sinceridad, arriesgándome a preguntarle algo de lo que no va a querer hablar.

—Háblame de Demi —susurro.

Todo el aire sale de sus pulmones y rueda sobre su espalda.

Sabía que esa exigencia lo golpearía duro, pero quería presionarlo. Si alguna vez voy a confiar en él, necesito saber la mierda dura y fea que le hace funcionar.

Sintiendo que lo necesita, me arrellano a su lado y pongo la mano sobre sus abdominales. Sus músculos saltan al contacto, y tengo que reprimir una sonrisa, sabiendo que solo mi tacto le afecta.

—Ella era… —Suelta un largo suspiro—. La persona más increíble. Genuina. Amable. Cariñosa. Casi todo lo que yo no soy.

No sé si quiere que discuta con él, pero no lo hago.

—Ella me mantuvo con los pies en la tierra. Sobre todo, después de que nuestras hermanas mayores, Sophia y Zoe, se embarcaran en sus propias vidas. Las cosas eran más fáciles cuando éramos cuatro luchando por sobrevivir. Pero crecieron y nos dejaron atrás.

—¿Luchando por sobrevivir? —pregunto.

—Un desastre cada vez, ¿sí? —Sus ojos encuentran los míos y me quedo sin aliento ante los oscuros charcos de nada que me devuelven la mirada.

Asiento y le permito continuar.

—Acababa de empezar su primer trabajo. Llevaba ganando dinero desde los catorce años, gracias a Damien, pero a Demi no le gustaba. Ella era mayor y quería que yo fuera un niño como debería haber sido.

Pero eso nunca fue una posibilidad para mí. Necesitábamos dinero, y yo podía ganar mucho más que ella en la tienda de la esquina.

Asiento, sosteniendo sus ojos, instándole a continuar.

—Los jueves por la noche trabajaba hasta el cierre. Yo siempre iba a su encuentro en bicicleta para que no tuviera que volver sola a casa. Puede que vivamos en una de las zonas más bonitas de Londres, pero saber que estaba sola cuando oscurecía me aterrorizaba.

—Eres un buen hermano, Seb.

Se burla de mis elogios.

—Puede que cambies de opinión en un minuto.

Suelta un suspiro tembloroso y yo me acerco un poco más.

—Esa noche estuve en casa de Theo con Alex y Nico. Sabían que era el aniversario de la muerte de mi padre e intentaban distraerme. Estábamos perdidos en el nuevo juego de PlayStation que acababa de salir, y perdí completamente la noción del tiempo.

Mi estómago se retuerce, un millón y una cosas empiezan a dar vueltas en mi cabeza sobre lo que podría haber pasado.

—Cuando me di cuenta, tiré el mando al suelo y salí corriendo de casa. Los chicos se sentían tan culpables como yo. No hace falta que te diga lo protector que es Nico con Calli, y Theo es el mayor de cuatro, así que siempre entendió mi necesidad de vigilar a Demi.

—Me siguieron fuera de la casa, y los tres nos subimos a nuestras bicicletas y corrimos hacia la tienda que ella habría dejado unos diez minutos antes.

Alarga la mano y rodea la mía mientras su corazón retumba bajo mi palma.

—Recuerdo el pánico, que sabía que era ridículo. Se habría ido en bici a casa y estaría bien. Pero algo en mis entrañas me decía que eso no estaba bien. Me ardían las piernas mientras pedaleaba tan rápido como podía, y en cuanto oí una sirena a lo lejos, lo supe.

—El resto del viaje está borroso. Lo único que recuerdo es doblar la esquina y ver todas las luces intermitentes. Los carros de policía, las ambulancias, los camiones de bomberos. Era una carnicería, y juro por Dios que se me paró el corazón.

—Había tres autos completamente destrozados, y cuando me acerqué, apartando a los agentes para poder encontrar a Demi, mis ojos se posaron en su bicicleta lisiada en el centro de todo.

—Dios mío —sollozo, necesitando llevarme la mano a la boca por la conmoción, pero incapaz de hacerlo por la fuerza con que Seb me agarra.

Le miro fijamente, con la vista nublada por las lágrimas. Ver las suyas acumulándose en las comisuras de sus ojos no me ayuda a contener la emoción.

—El conductor que lo causó estaba borracho. Chocó con otro carro en el cruce a tal velocidad que se descontrolaron, golpeando a otro carro, y a Demi en su bici mientras derrapaban por la carretera.

—Seb…

—Parecía tan perfecta, tirada en medio de la carretera. Esperaba que se levantara, se sacudiera y me pidiera que la llevara a casa. Pero nunca lo hizo.

Todo mi cuerpo tiembla mientras lucho por mantenerme fuerte por él.

—Creen que murió en el impacto. Su cuerpo no tuvo ninguna oportunidad contra la velocidad del golpe.

—Ella…

Corto sus palabras, me inclino y aprisiono sus labios temblorosos en un beso que lo consume todo, mientras mi mano le acaricia la cara y mi pulgar aparta la lágrima que finalmente cae.

Le beso hasta que ambos nos quedamos sin aliento, pero cuando termina, apenas me muevo, limitándome a apretar mi frente contra la suya.

—Joder. Tienes una gran manera de hacerme sentir mejor, Princesa.

No puedo evitar reírme de su intento de broma.

—Siento mucho que hayas tenido que pasar por eso. No puedo ni imaginarlo.

—Ojalá hubieras podido conocerla —susurra.

—Yo también.

—Aunque, cuanto más lo pienso, entre las dos me habrían dado un infierno.

—¿Sigues muy unido a tus hermanas mayores? —aunque por su confesión anterior sobre su sobrina, supongo que debe ser así.

—Sí. Cuando has crecido con vidas como las nuestras, tienes que permanecer unido.

El hecho de que no haya mencionado a su madre me aterroriza. Hasta el punto de que me trago la pregunta sobre ella que tengo en la punta de la lengua. No estoy segura de hacerle pasar por nada más después de revivir el horror de esa historia.

—Puedes conocerlas cuando vuelvas a casa.

—¿Cuándo? —pregunto con una sonrisa burlona.

—Sí, nena. Cuando. Nada de "y si". Ahora eres mía, ¿recuerdas?

Mi mandíbula se tensa, pero cuando veo la comisura de su boca curvarse divertida, sé que sólo me está provocando.

Gilipollas.

—Cualquiera pensaría que no quieres volver a echar un polvo.

Pongo mis piernas sobre su cintura y ruedo mis caderas sobre su polla.

—Diablilla —gruñe.

Me inclino hacia delante y rozo su oreja con mis labios.

—Pensé que te gustaban mis técnicas de distracción.

—¿Me trajiste a tu lugar feliz para tener tu perverso camino conmigo, Princesa?

—¿Por qué? ¿No te apetece? —pregunto, rodando mis caderas sobre su dura longitud para probar mi punto.

Se ríe entre dientes.

—Siempre estoy dispuesto a hundirme dentro de tu apretado coño, Diablilla.

—Demuéstramelo —gruño mientras su mano se desliza entre nosotros, sus dedos enganchan mis bragas a un lado para poder hundirse en mi húmedo calor.

—Mío —gime, enroscando dos dedos dentro de mí, haciéndome gritar.

—Sí —grito, pero me arrepiento en cuanto veo su amplia sonrisa—. Fóllame, gilipollas.

—Y dicen que el romanticismo ha muerto —murmura, apartando los dedos de mí y bajándose los calzoncillos para liberar su dura longitud.

—Maldito sea el romance, llévame al cielo.

~~~

Cuando por fin conseguimos volver a casa de Harley un par de horas más tarde, tengo arena en lugares donde nunca debería haberla y me duele el cuerpo de la forma más deliciosa.

—Eh, mira —dice Ruby desde la cocina cuando cerramos la puerta—. No se han matado. Dios mío —añade cuando nos ve bien—. Pensándolo bien, los dos se ven como recién follados.

—Creo que sí —murmura Seb alegremente, pasándose los dedos por el pelo y apartándoselo de la frente—. Sexo en la playa realmente es todo lo que se dice.

Se me cae la barbilla ante su grave falta de filtro mientras todos los demás se dirigen a la cocina para enterarse del último drama.

—Muy buena, hermano —dice Ash, levantando la mano.

—Oh Dios mío, Ashton —Ruby chasquea—. Dime que no acabas de chocar los cinco con él por eso.

Ash se encoge de hombros antes de agarrar a su chica en brazos.

—¿Vas a intentar convencer a todo el mundo de que el sexo en la playa no es jodidamente épico, pequeña?

Sus mejillas se enrojecen antes de que él le dé un beso demasiado erótico para el público.

—Bien, por muy divertido que sea este pequeño porno, me vendría bien una ducha.

Las palabras de Seb me hacen caer en la cuenta.

—¿Dónde te alojas? —pregunto, levantando la vista hacia él, ignorando el chasquido de labios al otro lado de la isla.

Una sonrisa de suficiencia se dibuja en sus labios.

—¿Seb?

—Al final de las escaleras, la segunda a la derecha —le dice Harley.

—Espera, ¿qué?

—Vamos, Diablilla. — Desliza su mano en la mía y casi me arrastra fuera de la habitación y escaleras arriba.

—¿Qué demonios, Seb? No puedes simplemente… —Se estrella contra la puerta de la habitación de invitados en la que me he alojado, arrastrándome con él—. ¿Por qué hay una maleta en mi cama?

—Pensé que estarías sola.

—¿Cómo? ¿Qué? No puedo creer…. —Mis protestas se interrumpen cuando rodea con sus dedos el dobladillo de mi jersey y lo arrastra por mi cuerpo.

—¿Querías quitarte la arena o qué?

Mi sujetador desaparece unos segundos después, seguido rápidamente por mi falda cayendo por mis piernas y mis bragas siendo arrancadas de mi cuerpo.

Las hace bolas en la mano, se las lleva a la cara y las huele.

Bruto.

—Joder, me he perdido esto.

Tirándolas a un lado, se quita la ropa del cuerpo y vuelve a tirar de mí como si no fuera más que una muñeca de trapo.

—Espera —grito un segundo antes de que gire el dial de la ducha—. Va a estar fría.

—Te tengo cubierta, Princesa —gime, acercando mi cuerpo al suyo mientras sus manos bajan por mi espalda hasta tocarme el culo.

Me levanta y me vuelve a apretar contra las baldosas, pero esta vez no siento el frío. Estoy demasiado perdida en sus ojos oscuros.

—No puedo tener suficiente, Diablilla.

—Bésame —le exijo, con la respiración entrecortada mientras me mira con algo parecido al asombro.

A diferencia de la última vez que dije esas palabras, él no se niega. En lugar de eso, me rodea el cuello con la mano, lo que le permite inclinarme exactamente como quiere, y reclama mis labios en un beso que no hace más que consolidar todo lo que me ha dicho desde que me saltó encima en el estacionamiento.

Puede que no lo admita pronto, pero tiene razón.

Soy suya.

CAPÍTULO 16

Sebastian

—Vamos —le grita Ash al televisor cuando los *Panthers* no consiguen una anotación—. Joder, Dunn —ladra, levantando las manos para dar efecto.

—Cálmate de una puta vez, amigo —dice Kyle—. Ellos tienen esto.

—¿Estamos viendo el mismo partido?

Aparto los ojos de sus discusiones y vuelvo a mirar brevemente la pantalla antes de continuar por la habitación hacia donde están charlando las chicas, sin el menor interés por el partido de fútbol.

Pensé que Poppy querría mirar, pero luego he descubierto que el hermano de Harley, su novio, está en el banco, así que está feliz ignorando la tele con los demás.

Mis ojos recorren el cuerpo de Stella y mi polla se agita de nuevo. Después de semanas sin hacer nada, está más que lista para recuperar el tiempo perdido.

Su vestido negro envuelve sus curvas como si fuera una segunda piel. Lleva el pelo recogido sobre la cabeza, dejando el cuello al descubierto.

Me lamo el labio inferior con la lengua mientras ella me mira por encima del hombro, percibiendo mi atención.

Sus ojos se posan en mis labios, oscurecidos por el deseo.

—Para ser alguien que te odia, se le dan bien los ojos de "ven a follarme" —murmura Kyle a mi lado.

—Le encanta odiarme. Es la mitad de la diversión.

—Recuérdalo bien, amigo. ¿Otra cerveza? —pregunta, señalando con la cabeza mi botella casi vacía.

—Gracias.

—Oh, joder —ladra Ash una vez más, haciendo que Kyle se detenga en la puerta para ver qué ha ido mal esta vez.

—Algo pasa con ese grupo. Sé que el equipo es nuevo este año, pero es como si todos estuvieran en un puto campo diferente —murmura antes de desaparecer de la habitación.

—Esto es una mierda. Poppy —llama, ganándose la atención de todas las chicas—. Habla con tu chico. Esto es una broma.

—Sí, porque el nuevo recluta tiene todo el poder —contesta ella.

—Pues parece que estos hijos de puta no tienen —se enfurruña, dejándose caer de nuevo en el sofá.

—Aw, nene. ¿Necesitas que te animen? —pregunta Ruby, acercándose y subiendo a su regazo.

Por un segundo, intenta mirar a su alrededor, pero cuando los *Panthers* fallan otro pase, se da por vencido y vuelve toda su atención a su chica.

Sus manos se deslizan por sus muslos, sus dedos desaparecen bajo la tela de su falda.

—¿Qué tienes en mente, pequeño?

Ella roza sus labios con los de él, y él se olvida por completo del juego y se zambulle en él.

—Te gusta el voyerismo, ¿eh? —me pregunta Stella. pregunta Stella, dejándose caer sobre mi regazo con una sonrisa fácil en los labios gracias a los chupitos de vodka que les vi a ella y a las chicas hace una hora más o menos.

—¿Qué? —pregunto inocentemente—. No estoy haciendo nada.

—Claro, lo que tú digas. Mirar a esos dos con el deseo llenando tus ojos no es nada.

—No quiero a Ruby, si es ahí a dónde vas.

—No lo hago. Sé que no. Aunque debo admitir que, si mis chicas te quisieran, podría cambiar las tornas y marcar mi territorio. —Sus dedos bajan por mi estómago hasta la cintura.

—Ah, sí. ¿Y cómo sería eso exactamente? —pregunto, siguiéndole el juego.

—Bueno, primero, creo que necesitarías mi marca en tu piel.

—Eso es algo permanente.

—No te molestó cuando me marcaste —señala con una ceja levantada.

—Buen punto. ¿Entonces qué, Diablilla?

—Entonces… —Levantándome la camisa, encuentra el botón de mis vaqueros, jugueteando con él y conmigo—. Les enseñaría exactamente lo que no pueden tener—. Finalmente, me abre la cintura y mete los dedos por debajo.

—Nena —le advierto, sabiendo que, si me toca, se acabarán todas las apuestas, al diablo con sus amigas.

—¿Qué? —me pregunta, moviendo los ojos inocentemente—. ¿Así que para ti fue suficiente exponerme delante de todos tus amigos, pero yo no puedo hacer lo mismo contigo?

—Diablilla, si quieres chupármela aquí mismo, no hay ninguna puta posibilidad de que te lo impida. Me importa una mierda quién esté mirando.

—Eres malvado.

—Igual que tú, Princesa. Una pareja hecha en el infierno, ¿recuerdas?

—¡Ashton! —El grito de Ruby atraviesa el aire, pero ninguno de nosotros mira. No hace falta. Sabemos exactamente lo que está pasando en ese sofá.

—Entonces, ¿qué va a ser, Diablilla? ¿Vas a hacerme tuyo aquí mismo?

Su mano baja, sus dedos apenas rozan mi polla antes de que la música llene la habitación y Harley grite:

—Bailemos.

—Ay, lo siento, nena. Parece que se nos ha acabado el tiempo. —Me guiña un ojo antes de saltar de mi regazo, dejando a la vista de todos el bulto de mis vaqueros.

—Vas a pagar por eso —le advierto, recorriendo su cuerpo con la mirada.

—Cuento con ello.

Se acerca, ayuda a Ruby a bajarse del regazo de Ashton y la arrastra hasta donde Harley ha decidido que está la pista de baile.

—Jodido provocador —ladra Ash, tirando de sus vaqueros de una forma muy familiar.

—¿Qué me he perdido? —Kyle grita por encima de la música mientras nos lanza cervezas a los dos.

—Sólo están haciendo de las suyas —suelta Ash, lanzando una mirada acalorada a Ruby mientras baila con su frente a la espalda de Stella.

—Joder.

Harley les pasa a ambos otro chupito que ambos devuelven inmediatamente.

Kyle silencia el televisor, los dos se dan por vencidos viendo cómo machacan a los Panthers mientras nosotros tres vemos a nuestras chicas soltarse y volvernos jodidamente locos, bailando juntos.

Y saben exactamente lo que hacen.

—Necesito un poco de ese vodka si tengo que ver esto —anuncio, empujándome hacia el borde del sofá.

—Te tengo cubierto, amigo —dice Kyle, pasándome una botella que no noté que traía—. Vamos a joder. Enséñale al británico cómo se hace de verdad.

No puedo evitar reírme.

—Podría beberme a los dos por debajo de la mesa —digo con confianza.

—Vale —dice Kyle, sumido en sus pensamientos—. ¿Estás dispuesto a apostar el entrenamiento de mañana en ello?

—Voy a entrenar la mayoría de los días con resaca. Me lo apunto todo, hijo de puta. —Para demostrar lo que digo, me llevo la botella a los labios y me bebo de un trago una cuarta parte de ella.

—Empezamos a las siete, así que asegúrate de estar preparado —sonríe Ash, arrebatándome la botella de la mano cuando se la ofrezco.

—Siempre estoy jodidamente listo. Discúlpame.

Por fin me levanto del sofá, me acerco a mi chica, la arranco de Ruby y la atraigo hacia mí.

—Baila conmigo.

—Cabrón.

—Te encanta —le gruño al oído, agarrándola por el culo y estrechándola contra mí.

—Seb —grita cuando dejo caer mi cara en el pliegue de su cuello, chupando su suave piel antes de morderla hasta que duele.

~~~

Unos fuertes golpes en la puerta me sobresaltan, y mi primera reacción es lanzarme sobre el cuerpo dormido de Stella.

—¿Qué cojones, gilipollas? —sisea ella, con la voz áspera y sexy por el sueño.

—Lo siento —digo, volviendo a mi entorno.

—Levántate de una puta vez, hijo de puta —retumba una voz grave a través de la puerta.

—Ay, joder.

—Vete a la mierda, Kyle —dice Stella—. Es demasiado temprano para esta mierda.

—No se puede, chica. Tu chico nos dijo que estaría listo para una sesión esta mañana.

—¿En serio? —me sisea—. ¿Aceptaste hacer ejercicio con esos gilipollas a primera hora de un domingo por la mañana?

Me encojo de hombros.

—Lo siento, nena —digo, rodando sobre ella con una intención muy diferente esta vez—. Tengo que enseñarles cómo se hace de verdad.

—Y pensar que esperaba que te quedaras aquí y me enseñaras cómo se hace. —Su voz es puro sexo, y al instante me arrepiento de haber aceptado este plan.

—Vuelve a dormir. Te despertaré cuando vuelva. —Acerco mi cabeza a su oído y gruño—: Con mi lengua.

—Estás lleno de mierda, Seb.

—Y tú deberías estar lleno de mí.

Me levanto de la cama y camino desnuda hacia el baño.

—Grandes promesas para alguien que está a punto de dejarme en favor de salir con mis amigos.

No puedo evitar reírme mientras meo, intentando ignorar el golpeteo rítmico que se ha instalado en mi cabeza.

Maldito vodka.

Cuando salgo del baño para buscar algo con lo que hacer ejercicio, Stella vuelve a estar dormida.

Me acerco, le aparto suavemente un mechón de pelo de la cara y se lo pongo detrás de la oreja.

—Dulces sueños, Princesa —susurro, dejando caer un beso sobre su frente.

—Ah, está vivo —me grita Kyle en cuanto doblo la esquina para entrar en la cocina. Estoy a punto de replicar cuando la visión de una mujer sentada en la barra con un café me detiene.

—Um… hola, soy Seb.

—¿El chico de Stella? —pregunta, evaluándome.

—Um… sí. La madre de Harley, supongo.

—Jada —dice, finalmente esbozando una sonrisa—. Encantada de conocerte. He oído… mucho sobre ti, y no todo bueno.

—Bueno —digo, levantando las manos en señal de rendición—. Realmente no puedo discutir eso.

—Está bien, J —añade Kyle, ayudándome—. No creo que tengas nada de qué preocuparte.

—No es verdad. Me preocupo por todas mis chicas. —Ella le sonríe, pero cuando sus ojos vuelven a los míos, hay un borde más oscuro en ellos—. No eres el único con conexiones con algunos hombres peligrosos, Sebastian. Si haces daño a uno de los nuestros, nos aseguraremos de que se haga justicia. Con sangre.

Se me cae la barbilla cuando Kyle suelta una carcajada a mi lado.

—Bien, esa es nuestra señal para irnos.

Sigo a Kyle fuera de la cocina, miro hacia atrás brevemente antes de salir de la casa, Ashton está corriendo por las escaleras para alcanzarnos.

—Ella está bromeando. ¿Verdad? —pregunto, sus palabras aún se repiten en mi cabeza.

—¿Qué dijo Mamá Cazadora? —Ash pregunta.

—Amenazó a Seb con derramar sangre.

—Maldición, realmente no debes gustarle.

—Está bromeando, ¿verdad?

Nos detenemos ante el carro de Kyle, que se vuelve hacia mí antes de que entremos. Ash no se molesta en esperar y se desliza en el asiento del copiloto.

—Sí y no. Stella y su padre probablemente no terminaron aquí por coincidencia.

—¿Qué demonios significa eso?

—¿Has oído hablar de los *Harrow Creek Hawks*?

—Umm… no. ¿Debería?

—No tengo ni idea. Hace tiempo que no es mi vida.

Antes de que pueda responder, se mete en el carro y me deja allí de pie con la cabeza dándome vueltas.

—¿Estuviste en una banda? —pregunto tras unos minutos de silencio mientras nos lleva a donde sea que vayamos.

—Nunca estuve realmente en ello. Pero mi hermano está más que conectado, y algunos otros que conozco. Este hijo de puta tampoco es tan inocente —dice, señalando con la cabeza a lo que ahora me doy cuenta de que es un Ash de aspecto muy verde.

Supongo que eso explica por qué nos llevamos tan bien. Todos estamos cortados por el mismo patrón.

—Pero tiene razón. Stella es una de nosotras tanto como lo es de ustedes. Nuestras chicas la ven como una hermana. Si la lastimas, nos lastimas. Y estoy seguro de que no me necesitan para explicar lo que eso significa.

Los ojos de Kyle se encuentran con los míos en el espejo retrovisor.

—Y yo que pensaba que sólo estábamos haciendo ejercicio. No me esperaba las amenazas de muerte —murmuro, mirando las casas que pasan.

—Entonces será mejor que cuides de nuestra chica.

Conocemos a un par de compañeros de equipo en la playa, y uno de ellos, que se graduó el año pasado, pero aún no ha abandonado la ciudad para ir a la universidad, se encarga de su alocado entrenamiento matutino.

Y cuando digo locura, lo digo en serio. Estos tíos no se andan con chiquitas y, cuando acabamos, tengo las piernas como gelatina, todos los músculos del cuerpo me tiemblan de cansancio y no puedo recuperar el aliento.

—¿Ya te arrepientes? —Kyle pregunta, sonando casi tan sin aliento como yo mientras se desploma a mi lado en la arena.

—Eso fue jodidamente brutal.

—No digas que no te avisamos.

Estoy tumbado, mirando el cielo azul sin nubes mientras el sudor me gotea por el cuerpo, pero, maldita sea, me siento bien. He perdido la cuenta del número de orgasmos que he tenido desde que ayer volví a conectar con Stella, y ahora esto. Es lo más vivo que me he sentido en mucho tiempo.

—Vamos —dice después de unos momentos de silencio—. Las chicas están preparando comida para nosotros.

Todo me duele y me tira mientras me pongo en pie y sigo a Kyle y Ash de vuelta al carro.

El viaje de vuelta a casa es bastante tranquilo, todos estamos conmocionados.

Hay otro carro en la entrada de la casa de los Hunter cuando llegamos, pero no le doy importancia.

He puesto todo en marcha para asegurarme de que Stella ha estado a salvo cada segundo que ha estado aquí, así que no tengo motivos para pensar que esté en peligro… y descubro rápidamente que estoy en lo cierto cuando todos salimos en tropel y encontramos a las chicas en la cocina.

—Joder —respiro, deteniéndome bruscamente cuando mis ojos se posan en Stella y en lo que tiene entre los brazos.

Los chicos que están a mi lado se ríen a carcajadas, como si lo entendieran perfectamente.

—¿Tu futuro acaba de pasar ante tus ojos? —me pregunta Ash, dándome una palmada en el hombro—. He pasado por eso, hermano. Una mierda rara, ¿verdad? Ten cuidado con la madre, zorra furiosa —dice casi a gritos.

—Lo he oído, Ashton Fury —suelta una morena con curvas desde su asiento en la isla—. Ignóralo. Soy encantadora, de verdad.

Tanto Ash como Kyle sueltan una carcajada.

—Lo que sea —se burla—. Soy Chelsea, y esa pequeña pepita es Nadine.

—Claro —murmuro, volviendo a centrar mi atención en Stella con un bebé enloquecido acunado en sus brazos.

—Bonito, ¿verdad?

—Eh… —Miro entre los dos un par de veces—. S-sí, es mona. —No es mentira; tiene la cabeza llena de cabello oscuro, igual que su mamá, y las mejillas regordetas.

—Está bien, no voy a pedir tener uno propio. Cielos.

—Lo siento, no esperaba…

—Eso es lo que dije —anuncia el tipo que dirigió nuestra sesión de tortura esta mañana, entrando en la habitación y dejando caer un beso en la cabeza del bebé, captando la atención de su madre.

—Tu chico de Londres lo hizo bien, Stella.

—¿Ah, sí? —pregunta con algo parecido al orgullo en los ojos.

—Sí. Quiero decir, no va a ser un verdadero jugador de fútbol pronto, pero no está mal.

—¿Fútbol de verdad? —pregunto, más que dispuesto a volver a discutir.

—La comida está lista —dice Harley, cortando cualquier inminente debate sobre la forma correcta de un balón de fútbol.

Pasamos el rato comiendo panqueques y tocino que han cocinado las chicas. Es agradable, y me hace preguntarme cómo sería volver a casa si los chicos encontraran alguna vez novias en serio. Sin duda cambiaría un poco nuestra dinámica.

Hemos pasado los últimos años de fiesta, follando con todas las chicas que hemos podido y, en general, actuando como los gilipollas que Stella nos acusa de ser.

Me pregunto brevemente si las cosas ya están cambiando y yo ni siquiera me había dado cuenta.

Quiero decir, volé al otro lado del mundo por una chica sin pensarlo dos veces y me inserté en su vida aquí.

Hace sólo unos meses, ni siquiera me habría planteado perseguir a una chica hasta la otra punta de la ciudad.

—Dios —murmuro para mis adentros, restregándome la mano por la cara.

—¿Estás bien? —pregunta Stella, poniendo su mano en mi muslo, sus brazos ahora libres de sostener al bebé.

Su tacto me inunda de calor, haciendo que mi piel cobre vida… entre otras partes de mi cuerpo.

—Sí. Voy a salir y llamar a Theo.

—Vale —respira, inclinándose hacia delante para depositar un beso en mis labios.

Ni siquiera me he levantado de la silla antes de que la hayan arrastrado de nuevo a la conversación.

Me detengo en la puerta y me quedo mirándola un momento. Parece tan feliz aquí. Relajada. Todo lo contrario que en Londres. Me doy cuenta de que la persona que conocí en casa no es realmente ella.

Supongo que la versión de mí que conoció tampoco era real.

Chelsea se da cuenta de que estoy mirando a Stella, una suave sonrisa se dibuja en sus labios mientras me mira a los ojos un instante antes de que yo salga de la habitación y saque mi teléfono del bolsillo.

—¿Qué cojones pasa? —No es hasta que su voz áspera y somnolienta aparece por la línea que me planteo la diferencia horaria.

—Deberías haberte levantado hace horas —afirmo alegremente, pensando que allí ya ha pasado la hora de comer.

—Estás demasiado alegre. Ya te metiste entre sus piernas, ¿no?

—Un caballero nunca cuenta, ya lo sabes.

—No eres un caballero y lo sabes. Sueles deleitarte contándonos hasta el más mínimo detalle.

—Sí, bueno, tal vez los tiempos están cambiando.

Se hace el silencio en la línea durante un instante antes de que aspire.

—No me jodas. Realmente te has enamorado de ella, ¿no?

—No, yo… eh…

—Joder, Seb. Ella es tu puta dueña, y ni siquiera lo sabes.

Pienso en el tiempo que hemos pasado juntos desde aquella primera pelea en casa del hermano de Kyle, y no puedo evitar la sonrisa que se dibuja en mis labios.

—Ella es… —Me detengo, sin saber cómo explicar lo que sea que ha cambiado entre nosotros—. Es muy divertida.

—Sí, lo sé, he salido de fiesta con ella.

—Y cuanto antes te olvides de esa noche, mejor.

—¿Pero la mañana siguiente es juego limpio para el banco de pajas?

Un gruñido me retumba en la garganta al recordar el calor en los ojos de mis hermanos mientras miraban su coño y yo la llevaba al orgasmo.

—Vete a la mierda, Cirillo. Que te jodan.

Lo único que hace es reírse por lo bajo, haciendo que mi agarre del teléfono se vuelva doloroso.

¿En qué coño estaba pensando?

Capítulo 17

Stella

—Ve a vestirte —me susurra Seb al oído—. Vamos a salir.

Al girar sobre la tumbona en la que estoy descansando con las chicas, lo encuentro sentado sobre sus ancas, con unos jeans rotos y una camisa negra entallada. Lleva el cabello recién peinado y por fin se ha afeitado la barba. Tiene el mismo aspecto que cuando nos conocimos.

Ardiente como la mierda.

—S-sí, vale. ¿Adónde vamos? —pregunto, aunque por lo que lleva puesto, supongo que no es ningún sitio elegante.

—Ve y ponte algo sexy, Diablilla.

En cuanto me bajo de la tumbona, se deja caer sobre ella.

—¿De qué estábamos hablando, señoritas? —les pregunta a Harley, Ruby y Poppy—. Stella les estaba contando lo loca que es mi polla, ¿verdad?

—Joder —murmuro, entrando en la casa, sin querer saber si le siguen la corriente o le cuentan la verdad sobre el hecho de que estábamos hablando de la nueva rutina de animadoras que Ruby está coreografiando con la ayuda de Chelsea.

Las voces de los chicos retumban desde el estudio, pero las ignoro y subo a mi habitación para prepararme.

Me pongo unos jeans ajustados y un jersey antes de aplicarme máscara de pestañas y brillo y arreglarme el cabello.

Me levanto y me miro en el espejo de cuerpo entero antes de salir de la habitación.

No está mal para un trabajo apresurado.

Sonrío mientras pienso en el hecho de que probablemente me quiera con un vestidito de zorra como el de anoche.

Me río para mis adentros mientras abro la puerta.

Cree que se ha librado de todas sus gilipolleces tan fácilmente. ¿De verdad cree que voy a olvidar su comportamiento de gilipollas sólo porque se subió a un avión y cruzó el Atlántico? ¿Es que no me conoce?

—Estoy lista —llamo desde las puertas correderas que dan a donde estábamos pasando el rato alrededor de la piscina.

Seb se levanta de la tumbona y acecha hacia mí, su contoneo irritantemente sexy me hace la boca agua.

¿Por qué tiene que ser la versión humana de mi kriptonita?

—Estás preciosa, princesa —jadea, recorriendo mi cuerpo con la mirada antes de fijarse en mis brillantes labios rojos.

—Uh-uh —digo, presionando mi mano en el centro de su pecho cuando se inclina para besarme—. A menos que quieras salir cubierto con toda esta brillantina.

—Mientras sea tuya, me importa una mierda, Diablilla —gruñe, acercándose.

—Seb —advierto cuando su nariz toca la mía.

Arruga los ojos con su sonrisa antes de echarse a un lado y acariciarme el cuello.

—Joder. Hueles delicioso, te comería ahora mismo. Tal vez deberíamos quedarnos en casa.

—No, me prometiste que saldríamos. Así que vamos a salir.

—¿Lo hice? —murmura entre besos—. No recuerdo haber prometido nada.

—Bueno, en mi cabeza lo hiciste, así que vamos. Voy a necesitar algo de sustento para lo que estoy segura de que estás planeando.

Se ríe entre dientes.

—¿Que estoy planeando? —Su mano me roza el cuerpo y me pellizca un pezón duro a través del sujetador de encaje y el jersey fino—. Sé que estás mojada por mí, nena, pero si quieres fingir que no me estás imaginando, moviéndome dentro de ti ahora mismo, entonces supongo que podemos.

Maldita sea.

Se separa de mí y me mira fijamente a los ojos hambrientos y llenos de lujuria.

—Joder, qué fácil eres, Diablilla.

Levanto las cejas en señal de ofensa, pero lo único que hace es reírse.

—Te he visto trabajar en una habitación, cariño. No lo olvides.

Buen punto.

—Hasta luego —les digo a las chicas, que nos despiden con la mano—. ¿Vas a decirme ya a dónde vamos? —pregunto mientras Seb nos conduce hacia el coche de Harley, abriéndome la puerta como el caballero que no es.

—No. Pensé que podríamos pasar el rato, los dos solos.

—Y yo que pensaba que te gustaba compartir tus juguetes.

Se ríe mientras rodea el capó y se deja caer en el asiento del conductor.

—Juguetes, sí. ¿Y tú? Nunca.

Esta vez, cuando sus ojos bajan hasta mi boca, se olvida por completo de mis protestas, me rodea la nuca con la mano y me arrastra hacia él, nuestros labios chocan con su beso brutal y reivindicativo que siento hasta los dedos de los pies.

—Mía —gruñe antes de soltarme por fin.

Ambos jadeamos cuando nos separamos.

—Sexy —murmuro, levantando la mano para quitarle un poco de brillo de la cara.

—Gracias. —Me guiña un ojo—. Yo también pensé que me veía bien.

—Gilipollas engreído —murmuro, agarrando mi cinturón de seguridad y encajándolo en su sitio antes de bajar la visera para poder arreglarme la cara. Seb, sin embargo, se frota la suya con el dorso de la mano y da por terminado el día.

La visión del brillo de mis labios que aún se extiende por su mejilla me hace reír. Le queda muy bien. Casi.

—¿Aquí? —pregunto, un poco sorprendida cuando se detiene junto a la de Ace. Aunque no estoy discutiendo: podría comer la comida de Bill todos los días y moriría muy feliz. Sólo estoy sorprendida.

—Aparentemente, tienen las mejores hamburguesas del estado.

—País —corrijo.

—Bueno, ahí lo tienes entonces. Y —añade—. Me gustó nuestra última visita a la playa.

—Apuesto a que sí. Eres un perro.

Me mira mientras agarro la manilla.

—Dime con quien andas...

—No importa. No voy a tener sexo en la playa otra vez. Sigo encontrando arena en lugares.

—Tal vez se te pueda convencer, pero vas a necesitar algo mejor que una erupción de arena.

Poniendo los ojos en blanco, me bajo del carro y permito que me atraiga hacia su cuerpo y me lleve hacia uno de mis lugares favoritos del mundo.

Como citas, es una jodidamente épica.

Batidos, hamburguesas de Bill, y Seb haciendo todo lo posible en un intento de hacer lo que le pedí y demostrar que lo que dice va en serio.

Sigo siendo más que escéptico, pero no puedo negar que me está rompiendo.

El hecho de que no pueda apartar ni sus manos ni sus ojos de mí en ningún momento debería asustarme, pero mentiría si dijera que no eché de menos ambas cosas en cuanto Bill bajó una imponente hamburguesa delante de él.

No quiero necesitarle. Diablos, no quiero necesitar a nadie, pero puedo sentir que está sucediendo y lo odio, porque cuando todo esto resulte ser sólo otro movimiento en cualquier juego que esté jugando, me va a arrancar el maldito corazón.

—Mañana nos vamos a casa —me dice cuando Bill ha recogido los platos y me ha servido otro batido de chocolate a petición de Seb. Empiezo a preguntarme si solo quería endulzarme la conversación.

—¿Ah, sí? —Escupo, alejándome de él.

—Cariño, no seas así.

—¿Cómo qué? ¿Como si me dijeras lo que tengo que hacer?

Se restriega la mano por la cara, sus ojos sostienen los míos.

—Necesitamos ir a casa. Tienes que venir a casa.

—¿Por qué? ¿Para que el maldito asqueroso que crees que me persigue pueda intentarlo de nuevo?

La forma en que se le cae la cara ante mis palabras me da una pista de que realmente cree que hay una amenaza esperándome en casa.

—¿No sería más seguro que me quedara? —Me enfado.

—¿Y esperar a que te encuentre aquí en vez de donde puedo mantenerte a salvo?

—Porque lo hiciste muy bien la primera vez.

Su mandíbula tics mientras me estudia.

—No sabía que tenías a un psicópata siguiéndote el culo.

—Ni siquiera sabemos si lo es.

Se le levanta la ceja.

—Vale, bien. Hay una posibilidad de que lo haga. Lo de la navaja es raro, lo admito. Pero podría ser sólo una coincidencia muy rara.

—¿Que hay un hombre corriendo por Londres con una réplica exacta de tu cuchillo rosa y que casualmente aterrizó en tu vientre? Sí, seguro. —Ladea la cabeza y arquea una ceja.

—Lo que sea.

—Discute todo lo que quieras, Princesa. Nos vamos mañana.

—Y me has arrastrado lejos de mis amigos en mi última noche aquí —me quejo, sabiendo perfectamente que voy a coger ese vuelo mañana.

—No te retendré toda la noche.

—Te lo agradezco.

—¿Y tú? —bromea.

Respiro hondo, dispuesta a volver con algún comentario mordaz, pero enseguida me doy cuenta de que no tengo nada.

Quiero a mis amigas como si fueran mis hermanas, pero he pasado dos semanas con ellas que no me esperaba. Por mucho que quiera enfadarme porque Seb me ha robado mi última noche con ellas, no lo estoy.

—¿Damos un paseo? —me pregunta, con un tono mucho más suave que antes. Parece que sabe leerme mejor de lo que esperaba.

Aparto mi batido medio vacío y salgo de la cabina.

Seb pone suficiente dinero en la mesa para pagar nuestra comida, me agarra de la mano y me saca de la cafetería.

Nos acompaña a lo largo del paseo marítimo, pasando por todas las demás tiendas. Nos detenemos a mirar en un par de escaparates.

—No me importa lo que digan —murmura—. Un balón de fútbol no tiene esa forma…

Mientras habla, algo -o alguien- llama mi atención. Miro hacia atrás y veo a un hombre apoyado en la barandilla, mirando su móvil.

No parece demasiado sospechoso, pero hay algo en él que me hace dudar.

—¿Estás bien? —pregunta Seb cuando se da cuenta de que no estoy escuchando su explicación sobre por qué el fútbol americano no es realmente fútbol.

—S-sí, estoy bien.

Apartando los ojos del hombre, sigo adelante cuando Seb comienza a caminar de nuevo.

Con la piel aún erizada por la conciencia y las palmas de las manos empezando a sudar, vuelvo a mirar atrás unos minutos después.

Efectivamente, el tipo sigue ahí.

Las palabras anteriores de Seb sobre un acosador psicópata vuelven a mí.

Si lo que dice es cierto y existe, seguramente no me seguiría hasta aquí. ¿No?

—¿Qué pasa? —pregunta Seb, rodeándome el hombro con el brazo y acercándome, con su cálido aliento cubriéndome la piel y haciéndome cosquillas en el cuello.

—Ese tipo. —Hago un gesto con la cabeza hacia el aludido—. Creo que nos está siguiendo —susurro.

Seb sigue mi mirada y asiente al tipo como si lo conociera.

—Joder, eso espero. Ya le pago bastante.

Me echo hacia atrás, saliendo de su agarre.

—Lo siento, ¿qué?

—¿Es realmente la primera vez que lo ves?

—Eh… —Miro entre Seb y el chico que ahora es consciente de que ambos estamos hablando de él—. Sí, lo es.

—Te ha estado observando desde el momento en que me di cuenta de que estabas aquí.

Se me cae la barbilla.

—¿Hiciste que me siguieran?

—No, Diablilla. Te tenía protegida. Hay una gran diferencia.

Le arranco la mano y cruzo los brazos bajo los pechos.

—¿Lo hay?

—Sí —sisea, con sus duros ojos clavados en mí—. Que te siguieran significaría que me dirían qué hacías, adónde ibas, con quién estabas. Nunca pedí nada de eso, por mucho que lo deseara. Sólo quería que estuvieras a salvo, Stella.

—¿Así que me encontraste cómo, si no usaste a tu amiguito de allí? ¿Cómo supiste exactamente dónde estaba ayer por la mañana?

—Me puse en contacto con tus amigos y les pedí ayuda. No tenía nada que ver con tu protección.

—Y si se negaban a ayudar, ¿entonces qué? ¿Me habrías acosado usando un maldito guardaespaldas pagado?

Sus labios se entreabren, pero no sale ninguna palabra.

—No lo sé. ¿Vale? —dice, extendiendo los brazos a los lados—. No sé qué habría hecho después.

—Increíble, Seb. Jodidamente increíble.

Me alejo dando la espalda a mi guardaespaldas y marchando en dirección al aparcamiento, más que dispuesta a escapar de esta mierda.

—Stella, no hagas esto.

Un gruñido retumba en mi garganta, pero no me doy la vuelta y le ladro todo lo que quiero decirle. Estoy demasiado cabreado.

—Alguien está tratando de matarte, nena. ¿Qué prefieres que haga? ¿Sentarte y dejar que te atrape?

Girando sobre mis talones, le sostengo la mirada.

—No es tu trabajo protegerme, Seb —ladro.

—¿No? ¿Entonces de quién es? Porque tu padre ha hecho una puta mierda, Princesa.

Incapaz de discutir, mantengo la boca cerrada durante un rato, con los puños a los lados.

—No puedo dejar que nadie te haga daño, cariño. No otra vez. —Se acerca a mí y, a pesar de mi buen juicio, no retrocedo—. Pensé que estabas muerta. Pensé que te había perdido antes de haberte encontrado.

Trago saliva, con ganas de gritarle otra vez que mi marcha es lo que él quería desde el principio, pero estoy aburrida de tener la misma discusión una y otra vez.

—Llévame a casa, Seb.

—A casa de Harley o…

—A casa de Harley ahora mismo. Luego, mañana, tomaremos ese vuelo para regresar.

Todo el aire sale de sus pulmones al oír mis palabras.

—¿Sí?

Me acerco a él y le golpeo en el pecho. Con fuerza.

—No hagas que me arrepienta, Papatonis.

—Ni lo sueñes, Doukas.

—No puedo creer que alguien nos haya estado siguiendo todo este tiempo —murmuro, alejándome de él una vez más—. Dios mío, dime que no nos estaba observando en la playa. —Las imágenes de lo que hicimos en mi lugar feliz vuelven a mí, y mis mejillas se calientan.

—Es un guardaespaldas profesional, no un asqueroso, Diablilla. Sabe cuándo retirarse.

—Realmente espero que tengas razón. Ya existen suficientes imágenes mías en posiciones comprometidas como para añadirle su colección.

Duda un segundo.

—Te refieres a las que he tomado, ¿verdad? —Como no respondo enseguida, vuelve a intentarlo—. ¿Verdad?

—Tal vez. —Le guiño un ojo—. Vamos, quiero pasar un rato con mis amigos antes de irnos.

Abro la puerta del pasajero del carro de Harley, me dejo caer y espero a que se reúna conmigo, prediciendo ya lo que me va a preguntar en cuanto lo haga.

—¿Quién más tiene fotos tuyas, Diablilla?

Me encojo de hombros.

—No era una buena chica antes de conocerte, Seb.

Me mira mientras el motor se pone en marcha.

—Voy a necesitar nombres.

188

Soltando una carcajada, me giro para mirar por la ventana.

—Demasiados para acordarme —murmuro, sin intentar ocultar mi sonrisa de satisfacción cuando gruñe.

—Me vas a llevar a la tumba, Princesa. Espero que lo sepas.

—Cuento con ello.

Capítulo 18

Sebastian

Percibo el momento en que Stella oye la alarma y se despierta porque todo su cuerpo se tensa.

Y sé por qué.

Sabe exactamente lo que significa esa alarma.

Todo está a punto de cambiar. Otra vez.

Dejo caer mis labios sobre su cabeza y la inspiro.

No es la única que se siente un poco ansiosa por lo que está por venir.

—Vamos, cariño. Tenemos que agarrar un vuelo —digo, tragándome mi malestar y arrastrando mi máscara habitual.

—Genial —murmura, alejándose de mí y sentándose en un lado de la cama, con los hombros caídos por la derrota.

—No tienes miedo, ¿verdad?

Su columna se endereza al instante ante mi pregunta.

Mirando por encima de su hombro, sus ojos se clavan en los míos, haciendo que mi corazón se acelere en mi pecho.

—¿Miedo? No, Seb. No tengo miedo. Es que… este es mi hogar.

—No —digo, acercándome a ella—. Tu lugar está en Londres. Conmigo.

—Sí —jadea, apartando los ojos de los míos. Se levanta de la cama y se dirige al baño, cerrando la puerta tras de sí.

Mi ceño se frunce ante su movimiento. Sé que está nerviosa por volver, aunque no lo admita. ¿Por qué no iba a estarlo? Está claro que alguien en Londres quiere hacerle daño. Puede que haya llegado a ella a tiempo después de su primer intento, pero ¿qué viene después? ¿Y si yo -o alguien- no llega? ¿Entonces qué?

Un dolor como nunca antes había experimentado me desgarra el pecho ante la idea de perderla.

No.

No va a ocurrir.

Vamos a volver, y juntos podemos atraer a este hijo de puta y acabar con él.

Nadie me la va a quitar, no ahora. No después de todo lo que me ha costado llegar hasta aquí.

Se abre la ducha y no puedo hacer otra cosa que levantarme de la cama e ir hacia ella.

Cuando entro en el cuarto de baño, está de pie bajo la cascada, con la cabeza inclinada hacia atrás y el agua cayendo en cascada por su apetitoso cuerpo, sobre su cicatriz.

Mis puños se curvan mientras la miro, sabiendo que alguna puta enferma clavó su propio cuchillo en su impecable piel.

Yo debería ser el único que tiene el poder de herirla, de dejar mi marca en su cuerpo.

Chilla cuando me pongo delante de ella, le corto el cuello y la empujo contra las baldosas.

La miro fijamente a los ojos mientras su pecho empieza a agitarse, esperando que pueda leer en mis ojos todo lo que no querrá oír ahora.

—¿Seb? —susurra cuando no me muevo.

Agarrándola por detrás de los muslos, la subo por la pared, rodeándome la cintura con las piernas mientras mi polla roza su coño.

—Nada tiene que cambiar, Diablilla. Podemos seguir así en Londres —le aseguro.

—¿Y si no podemos?

—No dejaré que llegue a eso.

Se le escapa una carcajada sin gracia, pero no me molesto en forzarla a explicarse. Ya sé que no lo hará.

En lugar de eso, me dispuse a demostrarle lo mucho que quiero continuar esta tregua que hemos encontrado aquí cuando volvamos.

La beso como si fuera la primera y la última vez, y ella me corresponde con el mismo entusiasmo y pasión, pero no puedo evitar temer que esté intentando decirme algo que no quiero oír.

Adiós.

Algo ha cambiado en ella desde que nos despertamos. Lo esperaba. Sabía que volver no iba a ser fácil para ella. Sólo que no pensé que cambiaría tan rápido.

~~~

Los dos orgasmos que le di en la ducha hicieron poco por su estado de ánimo, y tener que despedirse de nuevo de sus amigas no hizo más que empañarlo aún más.

Cuando tomamos asiento en el avión, apenas se parece a la mujer divertida con la que he pasado los últimos días tonteando en la playa.

—Todo va a salir bien, ¿sabes? —le pregunto, apoyando mi mano en su muslo mientras nos sentamos listos para despegar.

—Sí, lo sé —murmura distraídamente, con la mirada fija en el respaldo de la silla que tenemos delante.

—¿Le has dicho a tu padre que vienes? —pregunto, esperando que algo la saque de sí misma otra vez.

—No. ¿Y tú? —responde ella.

—N-no. Intento no hablar con él sí puedo evitarlo.

Exhala un largo suspiro mientras las azafatas comienzan su rutina de seguridad, a la que no presto atención. Solo pienso en lo que va a pasar cuando aterricemos.

—Deberías intentar dormir un poco —le digo una vez que estamos en el aire.

Intenta poner buena cara, pero aún se está recuperando y a veces le duele. Lo veo en su cara si se mueve demasiado rápido.

Se vuelve para mirarme, sus ojos oscuros y agotados se entrecierran en los míos.

Puede que se echara una siesta antes de salir de casa de Harley, pero no va a ser suficiente después de un vuelo de larga distancia y el jet lag que se derivará del mismo.

—Quizá deberías guardarte tus opiniones para ti.

Entrelazo mis dedos con los suyos y me llevo sus nudillos a los labios.

Todavía está enfadada por lo del guardaespaldas. Anoche me dijo que estaba bien, que lo entendía. Pero cometí un error al no confesar antes. Sabía lo que pasaría si lo hubiera hecho. Me habría obligado a cancelarlo.

No cree que esté en peligro.

Yo pienso lo contrario. Porque sé que lo es. También sé que en el momento en que aterrizamos, ella es básicamente un blanco andante.

Galen podría haber aumentado la seguridad en su casa, y Damien podría haber puesto seguridad en ella, pero no es suficiente, porque yo no estaré allí. No todo el tiempo.

Me da la espalda y apoya la cabeza en la silla, echando humo en silencio mientras seguimos elevándonos en el aire, dejando atrás una vez más su antigua vida.

Me alegro de haber venido. Me alegro de que hayamos conseguido pasar este tiempo juntos. Pero algo me dice que la felicidad que he encontrado en los últimos días podría estar a punto de llegar a un abrupto final.

A pesar de que no quiere que le diga lo que tiene que hacer, Stella no tarda en dormirse a mi lado.

Saco la manta de su envoltorio, se la pongo por encima de las piernas para evitar que se enfríe y vuelvo a deslizar mi mano entre las suyas, observándola como un asqueroso.

Para cuando tocamos suelo inglés, está casi completamente apagada.

La chica feliz de la playa que me abrazaba mientras le confesaba todo lo que había pasado con Demi hace tiempo que desapareció. En cambio, la mujer cuya mano insisto en estrechar entre las mías es la fría y desapegada que me echó de su habitación del hospital.

Estoy tratando de convencerme de que es sólo estar de vuelta aquí lo que la tiene así, pero es más que eso. Sé que soy yo.

Agarramos las maletas y vamos en busca de mi carro, lo que resulta más difícil de lo que esperaba, ya que no anoté dónde lo había dejado.

—¿Querías ir a comer algo o…? —Me entretengo. Aún no estoy preparado para dejarla marchar, y menos cuando está de este humor.

Puede que nunca lo admita, pero ahora mismo es vulnerable, y si ese cabrón la está esperando…

—Llévame a casa —dice, con la voz hueca, sin ningún tipo de emoción.

—Bue… bueno.

El trayecto por la ciudad es relativamente rápido y, mucho antes de que esté lista, estamos parando frente a su casa.

Su Porsche la está esperando, y sus ojos se iluminan cuando ve a su bebé.

No puedo evitar sonreír ante su emoción. Ojalá tuviera algo que ver conmigo y no con un puto carro.

Se ha quitado el cinturón antes de que yo haya parado el carro.

—Espera —le digo mientras sus dedos se enroscan en el asa, dispuesta a emprender una rápida huida.

Hace una pausa, pero no me devuelve la mirada.

—Hemos terminado, Seb. Sea lo que sea lo que pasó en Rosewood... se acabó.

—¿Qué? —tartamudeo. Una parte de mí lo veía venir, pero no quería creerlo. Que pudiera dejarme de lado como si los últimos días no hubieran significado nada.

—Ya me has oído.

—No, espera —grito, sonando mucho más patético de lo que pretendía mientras ella empuja la puerta y sale del carro.

Antes de que pueda llegar, tiene el maletero abierto y las maletas en las manos.

—Déjame. —Tomo su maleta -probablemente no debería levantarlo, pero ella lo saca de mi carro antes de que tenga la oportunidad de quitárselo.

—No —dice con firmeza, esta vez sosteniéndome la mirada para reforzar su sinceridad—. Hemos terminado. Ya te has divertido. Me has perseguido, me has recuperado. Ahora, hemos terminado.

Una carcajada de incredulidad me sube por la garganta.

—No lo dices en serio —le digo mientras se abalanza sobre mí hacia la puerta principal.

—¿No?

Rebusca en su bolso antes de sacar una llave y abrir la puerta.

Se vuelve hacia mí. Mis pasos vacilan a unos metros de ella mientras el corazón me retumba en el pecho y los dientes me rechinan de frustración.

Está mintiendo. Lo sé.

Todo lo de estos últimos días… no era falso. Ella no podría haber fingido todo eso. Simplemente no pudo.

—Déjame llevar tu bolso al menos.

La ira relampaguea en sus ojos.

—No necesito que me protejas, Seb. No te necesito para nada.

Mis labios se separan para decirle que miente, pero antes de que consiga pronunciar palabra, me cierra la puerta en las narices.

Capítulo 19

Stella

En cuanto entro en mi habitación, me invade una oleada de cansancio. Miro con nostalgia la cama, cierro la puerta de una patada y dejo caer las maletas a mis pies.

Por suerte, la casa estaba vacía cuando la atravesé. El aroma de la cocina de Angie impregnaba el aire, así que sé que no está muy lejos. Y el carro de Calvin estaba estacionado en la entrada junto a mi Porsche.

Olvidándome de la ducha que tanto necesito después del viaje, me quito los tenis, arrastro los leggings y me meto bajo las sábanas.

A pesar de todo lo que me da vueltas en la cabeza, y de que me duele el pecho, la imagen de la cara de Seb cuando le dije que habíamos terminado está grabada en mis malditos globos oculares. En cuanto apoyo la cabeza en la almohada, el jet lag y el cansancio se apoderan de mí y me quedo dormida.

Cualquier esperanza de un sueño reparador se ve frustrada en el momento en que los recuerdos del tiempo que pasé con Seb antes de ser apuñalada se mezclan con los de mi huida de un jodido psicópata que empuña mi cuchillo y amenaza con descuartizarme cuando por fin me alcance.

—Mierda —respiro, sentándome erguida en la cama, con el corazón latiéndome a mil por hora y la piel enrojecida por el sudor, como si realmente estuviera huyendo del diablo—. Joder.

Dejo caer la cabeza entre las manos y alejo el miedo de mi pesadilla.

No es real. Es sólo Seb llenando mi cabeza con suposiciones estúpidas. No tiene hechos. Nadie los tiene, o ya habrían encontrado al responsable.

Me paso los dedos por el cabello húmedo de sudor, me lo echo hacia atrás y miro alrededor de mi habitación. Debería sentirme segura, contenta. Pero no siento nada de eso.

Necesito controlarme y encarrilar mi vida. Queda una semana de colegio hasta las vacaciones. Después de esas vacaciones, espero que la vida pueda reanudarse. Aunque ya sé que va a pasar un tiempo hasta que pueda volver por completo al gimnasio y a animar.

Con un suspiro resignado, echo las sábanas hacia atrás y me dirijo al cuarto de baño.

Enciendo la ducha para calentarme mientras orino y me lavo los dientes y, una vez que me he despojado de lo que me quedaba de ropa, me meto bajo el torrente de agua ardiente.

Inclino la cara hacia arriba e intento dejar que se lleve todo. Mis remordimientos, mis miedos, el dolor, la humillación. Pero, sobre todo, ese dolor residual que parece haberse instalado en mi pecho por haberle dado la espalda a Seb.

Era lo correcto, me digo una y otra vez con la esperanza de que, en algún momento, empiece a creerlo.

Me lavo el pelo, deleitándome con el aroma de mi champú habitual, que me vi obligada a dejar atrás cuando hui del país, y me enjabono el cuerpo con mi espuma de baño de vainilla favorita.

Para cuando giro el dial, cortando el agua, me siento casi como yo misma una vez más.

Hasta que salgo del retrete y veo algo al otro lado de la habitación que hace que se me caiga el estómago a los pies.

No agarro la toalla. En lugar de eso, me rodeo con los brazos mientras miro fijamente el mensaje en el espejo que el vapor que llena la habitación ha hecho visible.

Te encontraré. Y la próxima vez, puede que tenga más éxito.

O puede que no...

Todo el aire sale de mis pulmones, mi cuerpo tiembla de miedo.

Es una broma, me digo, corriendo hacia delante y cogiendo una toallita del lavabo para limpiar el mensaje.

Fue sólo Seb esa noche que estuvo aquí antes. Probablemente lo hizo antes de que el mensaje de lápiz labial para meterse con mi cabeza.

—Pero has limpiado el espejo —me dice una vocecita. La hago a un lado.

Mi pecho se agita cuando el espejo está limpio y mi cuerpo casi seco.

Finalmente, cojo una toalla, me envuelvo el cabello con una y el cuerpo con otra antes de coger confianza y abrir la puerta.

Mi habitación está vacía, exactamente como la dejé, pero no pierdo tiempo en correr hacia la ventana y arrastrar las cortinas para cerrarlas.

Si hay alguien por ahí…

Un escalofrío me recorre.

Calvin está aumentando la seguridad de la casa. Este lugar es seguro.

A pesar de saber todo esto, me siento cualquier cosa menos segura.

Quiero creer que no es el hecho de que Seb ya no esté conmigo. Me niego a aceptar que en pocos días haya caído en su trampa de necesitarle.

No.

Me pongo más alta y echo los hombros hacia atrás.

Soy la maldita Stella Doukas, y no tengo miedo de quienquiera que sea este bastardo enfermo. Si es que existe.

Estoy vestida y sentada en mi tocador cuando se oye un fuerte estruendo en algún lugar debajo de mí y salto del taburete, con un grito aterrorizado saliendo de mis labios.

—Joder —murmuro para mis adentros unos segundos después, cuando razono conmigo mismo que probablemente solo haya sido un portazo.

Consciente de que tengo que hacer algo antes de volverme completamente loca, rebusco el móvil en el bolso. Lo enciendo por primera vez desde que me fui a Rosewood en el taxi de camino a casa y veo cómo se ilumina con un torrente de mensajes y llamadas perdidas. Ignorándolos todos, especialmente los de Seb, abro el último mensaje de Calli.

Calli: Me alegro de que estés en casa. ¿Estás ocupada más tarde?

Echo un vistazo a la hora en que se envió. Sabía que habíamos vuelto casi antes de aterrizar.

Por supuesto que todos aquí lo sabían.

Toco su nombre, el botón de llamar y me acerco el móvil a la oreja.

—¡Stella! —chilla por la línea en cuanto se conecta.

—¿Estás en casa? —pregunto, con voz fría y sin emoción.

—Sí, acabo de llegar. ¿Estás bien?

Hago una pausa, luchando contra la necesidad de soltarlo todo.

—Voy para allá ahora mismo, ¿está bien?

—Sí, por supuesto. ¿Quieres pedir comida para llevar?

Se me revuelve el estómago cuando pienso en comer. No tengo ni idea de cuándo fue la última vez que comí algo, pero también temo que no voy a ser capaz de retener nada en el estómago de todos modos.

Otro estruendo procedente del interior de la casa atraviesa el suelo, pero, por suerte, esta vez no reacciono, al menos no con fuerza.

—Me parece muy bien. Estaré allí en unos treinta.

—De acuerdo.

Clavo el dedo en la pantalla para evitar que vuelva a preguntarme si estoy bien y lo dejo a un lado, mientras me trenzo el cabello aún húmedo sobre el hombro y me aplico crema hidratante en la cara. Tendrá que bastar.

Agarro el bolso, me lo echo al hombro y me dirijo a la puerta para salir. Me detengo en el último momento, pues el miedo y la inquietud me dominan.

Corro hacia el cajón de los calcetines, rebusco en el fondo hasta que mi mano se posa en la navaja de Seb.

Mi dedo roza el mango de madera. El CP grabado y la calavera de aspecto malvado que hay debajo tienen ahora un poco más de sentido. Era de su padre.

Saberlo me da una extraña sensación de seguridad.

Puede que le haya echado, pero quizá aún pueda protegerme, aunque no tenga ni idea.

Me meto la navaja en el bolsillo de la sudadera y no la suelto por si tengo que utilizarla.

—Baby D, estás en casa —dice Calvin desde lo alto de una escalera junto a la puerta principal. Tiene una bolsa de herramientas en el suelo y un taladro en la mano.

Supongo que eso podría explicar el ruido.

La vergüenza me invade.

Si las intenciones de Seb eran aterrorizarme, me avergüenza admitir que pueden estar funcionando en cierto modo.

—Hola, ¿cómo estás?

Levanta una ceja antes de decir:

—No estoy preocupado por mí.

—Estoy bien, de verdad. Hará falta algo más que un cuchillo para acabar conmigo.

Algo parecido a la ira pasa por su rostro.

—Tenemos que sentarnos y discutir algunas cosas, jovencita —dice, sonando más como mi padre que como mi verdadero padre.

—Claro, gran hombre. Pero voy a ver a una amiga. ¿Lo dejamos para otro día?

—Dame tu móvil —exige, saltando desde lo alto de la escalera y tendiendo la mano, con la otra agarra algún aparato de su bolsa de herramientas.

—¿Qué demonios? —pregunto cuándo empieza a pasar la varita sobre mi móvil.

—Comprobando que no ha sido astillado.

—¿Por quién?

Sus ojos se levantan y sostienen los míos durante un instante.

—Si lo supiéramos, ¿eh?

—¿No crees que esto es un poco exagerado?

—Stella —suspira—. Nada que tenga que ver con tu seguridad es exagerado. Tu padre está preocupado. Yo estoy preocupado. Demonios, incluso Damien está preocupado.

—¿Conoces a Damien? —pregunto, aunque no sé por qué me sorprendo.

—Que conste que tu padre debería haberte contado todo esto mucho antes, pero estaba convencido de que te protegía.

—Claro —murmuro, arrebatando mi teléfono de su inspección—. ¿Supongo que has comprobado mi habitación con esa cosa?

—Por supuesto. La casa es segura. No tienes que preocuparte por eso, D.

Mis labios se separan para decirle que está muy, muy equivocado, pero por alguna razón las palabras no salen.

—Vale, genial —murmuro finalmente, empujándole—. Volveré más tarde.

—He comprobado tu carro, también. Cuídate.

Lanzo una mirada por encima del hombro. ¿De verdad cree que quienquiera que sea manipularía mi carro?

El malestar me recorre el cuerpo, me sudan las palmas de las manos y se me hace un nudo en el estómago hasta que me duele. El malestar no desaparece hasta que atravieso las puertas de la casa de Calli, que se abren en cuanto arranco.

Dos segundos después, la puerta de su casa se abre y ella sale volando.

En cuanto mis pies tocan el suelo, se abalanza sobre mí y me abraza con fuerza.

—Vaya, yo también te extrañé, Cal.

—Me alegro mucho de que estés bien —susurra, aun abrazándome.

Es agradable, y no puedo evitar derretirme con ella… hasta que me suelta bruscamente, da un paso atrás y me da una palmada en el hombro tan fuerte que me escuece un poco incluso a través de la sudadera.

—¿Por qué demonios fue eso?

—No puedo creer que te fueras y no me lo dijeras.

La culpa me invade.

—Lo siento mucho, yo…

—No tienes que disculparte. No otra vez, al menos. Lo entiendo. Es que… te echaba de menos.

—Yo también te he echado de menos. Vamos, antes de que lleguen los chicos.

Se me retuerce el estómago.

—¿Están aquí?

Mira por encima del hombro hacia el camino de entrada, casi vacío. La respuesta es obvia, pero no por ello deja de contestar.

—Todavía no. Pero ahora que estás aquí, supongo que no tardarán mucho.

—¿Cómo iban a saber…? —Me mira con el ceño fruncido.

Ella tiene razón. Siempre lo saben.

—Vamos, tenemos la casa para nosotras.

Calli agarra unas bebidas de la cocina antes de que yo la siga escaleras arriba, manteniendo los ojos bajos mientras las subimos, no queriendo mirar a Seb, aunque sea una versión más joven de él.

—¿Así que Seb te perdió de vista? —pregunta Calli cuando se deja caer en su cama, observándome mientras me dirijo a su ventana y miro hacia su enorme patio trasero.

—No tenía muchas opciones —murmuro, escudriñando la arboleda como si esa persona que todo el mundo parece creer que me sigue fuera a saltar y darse a conocer.

—Creía que te iba muy bien en Estados Unidos.

Me doy la vuelta y la fulmino con la mirada.

—¿Cómo lo sabes?

Se encoge de hombros, sin parecer ni un poco culpable mientras confiesa:

—Escuché a escondidas una llamada entre Nico y Seb.

Se me cae la barbilla. No porque esté enfadada con ella por hacerlo, sino todo lo contrario. Estoy orgullosa de ella.

—¿Qué? Estaba preocupada por ti. Necesitaba saber que no te estaba haciendo daño.

Levanto una ceja y me pongo la mano en la cadera—: ¿Y no me creíste cuando te dije que estaba bien?

—Lo hice, lo hice —argumenta—. Yo sólo… el tipo grabó su puto nombre en tu muslo, Stel, y luego procedió a humillarte delante de todos esos gilipollas. Necesitaba oírlo por mí misma—.

—¿Y qué has oído?

—Nada excitante. Nico estaba más interesado en contarle a Seb lo de una chica con la que se enrolló la noche anterior. —Ella hace una mordaza—. En detalle.

—Qué bonito —me río—. Tu hermano es un perro.

—De acuerdo. ¿Y qué pasó con Seb? Tenía la sensación de que iba a pegarse a tu cadera y no perderte de vista.

—Estoy seguro de que ese era su plan —digo, imaginándome su cara mientras permanecía desesperado en medio de nuestra entrada esta mañana—. Le di a probar de su propia medicina —confieso cuando ella espera más. Se me escapa una risita malvada—. Pensó que le había perdonado porque me dio unos cuantos orgasmos. Es un puto idiota.

—No oirás ningún argumento de mi parte. ¿Realmente te dejó irte?

—Quiero decir, le cerré la puerta en las narices, así que no tuvo mucha elección.

Algo me arrastra de nuevo hacia la ventana, vuelvo a meter la mano en el bolsillo y enrosco los dedos en torno a su navaja.

—Algo me dice que te vas a arrepentir.

Mis labios se crispan. ¿Está mal que una parte de mí espere que lo haga?

Y yo que pensaba que Seb era el gilipollas sádico.

El movimiento de una sombra junto a la arboleda me pone tenso.

—¿Estás bien?

—Sí… yo…

La necesidad de hacer algo, de retomar el control de esta jodida situación me invade.

Volviéndome hacia ella, me coloco al final de su cama.

—¿Conoces el campo de tiro que dijiste que tenías aquí?

—¿Sí? —Sus cejas se pellizcan de confusión.

—Vamos a ir allí. Ahora. Voy a enseñarte a disparar.

—Vale. —Se desliza algo vacilante hasta el borde de la cama—. Pero no hasta que me digas por qué.

Respiro y me paso algunos mechones de pelo por detrás de las orejas.

—Seb-los chicos, estoy segura-creen que hay alguien detrás de mí. Que el ataque no fue al azar.

—No lo era —afirma.

—Oh Dios, tú también no.

—Tenía tu cuchillo, Stella. No fue un ataque al azar.

—Sí, lo sé. Yo sólo… no quería creerlo, pero… —Exhalo un suspiro, negándome a admitir que podrían tener razón.

—Mi cuchillo estaba en mi habitación. Así que, para él tenerlo, significaría…

Calli palidece a pesar de que probablemente ya haya llegado a esta conclusión.

—Encontré algo —susurro.

—¿Qué?

—Había un mensaje escrito en el espejo de mi baño cuando salí de la ducha esta tarde.

—Mierda, Stella. —Se levanta de la cama como si alguien le hubiera prendido fuego—. ¿Y me lo dices ahora?

—Probablemente fue sólo Seb jugando. Él era el que se colaba en mi habitación a altas horas de la noche.

—Para joderte los sesos, Stel. No para darte un susto de muerte.

—Pero tiene forma.

Menea la cabeza, sin creerse mis argumentos ni por un segundo.

—¿Qué decía?

Recuerdo el mensaje, para su horror.

—Por favor, dime que no soy la primera persona a la que se lo cuentas —me suplica, pero lo único que puedo hacer es encogerme de hombros—. Stella, ha estado en tu casa —argumenta.

—Por eso necesito ir y disparar algo de mierda. ¿Sabes dónde se guardan las armas?

—Sí, pero están encerrados y…

—¿Puede Nico llegar a ellos?

—Sí, pero…

—Supongo que es hora de ir a ver si está en casa entonces, ¿no?

Marcho hacia su puerta, abriéndola de un tirón.

—Stella, realmente no creo…

—¿Quieres aprender a protegerte?

—S-sí, pero…

—Necesitas ser valiente, Cal. Estoy segura de que puedo convencer a tu hermano de hacer cualquier cosa.

CAPÍTULO 20

Stella

Calli me pisa los talones mientras bajo corriendo las escaleras, su discusión desaparece afortunadamente hasta que estoy a punto de estrellarme contra la puerta del sótano de Nico.

—¿No crees que deberías llamar?

—¿Por qué? Ya le he visto chupársela y desnudarse en la misma noche.

—Joder —murmura, pero no dice nada más mientras abro la puerta para anunciar nuestra llegada y bajo corriendo las escaleras.

—Calli, ¿qué demonios? —ladra Nico, asumiendo claramente que mis pasos ligeros son de ella—. Mierda, Princesa —jadea cuando doblo la esquina.

—Stella —retumba otra voz familiar, y antes de que pueda girarme para verle, me veo envuelta en los brazos de mi hermano.

Sí, eso suena rarísimo en mi cabeza, y me tenso un instante.

—Toby —susurro, devolviéndole el abrazo.

—Manos a la obra, hermano. Ahora eres pariente y todo eso —murmura Nico.

—Que te jodan, amigo —ladra Toby, soltándome y recorriendo mi cuerpo con la mirada. Pero no de un modo sexual, sino más bien protector, para asegurarse de que estoy de una pieza.

Siento alivio al saber que vamos a poder dejar atrás ese incómodo momento del beso. No me gustaría descubrir que tengo un hermano y volver a perderlo casi tan rápido porque no ha sido capaz de encender el interruptor de sus sentimientos en un abrir y cerrar de ojos.

Supongo que el hecho de que casi me muera puede haber ayudado un poco.

—Entonces… —digo, volviéndome hacia Nico y poniendo fin a sus comentarios inapropiados—. Necesito un favor.

Una sonrisa intrigada se dibuja en sus labios.

—Continúa.

—Necesito un arma.

Inmediatamente echa la cabeza hacia atrás y se ríe como si fuera lo más gracioso que hubiera oído nunca.

—No —dice, repentinamente sobrio de su diversión.

—No era una pregunta, era una afirmación, gilipollas.

—No te voy a dar una puta pistola, Princesa.

Me meto el labio inferior en la boca, le miro a través de las pestañas y doy un paso adelante.

—Te prometo que sé cómo usarlo —respiro, con la voz entrecortada.

—Sé lo que estás haciendo, y no va a funcionar.

—¿Ah, no?

Me detengo justo delante de él y recorro su pecho con las yemas de los dedos, sintiendo cómo se le contraen los músculos al tocar sus abdominales.

—Princesa —gruñe—. Estás jugando con fuego.

—Me encanta la puta quemazón, Cirillo —me burlo.

—Seb me matará cuando se entere —gruñe cuando mis dedos se detienen en su cintura.

—¿Quién dice que vamos a decírselo?

—Stella, yo no…

—Confía en mí —le gruño a Calli. Toby, sin embargo, me observa con una sonrisa divertida. Parece más que contento de verme jugar a su amigo.

—Aunque me encantaría que siguieras, princesa, me gusta tener las pelotas pegadas al cuerpo.

—¿Ah, sí? —pregunto, moviéndome más rápido de lo que puede comprender, y en menos de un latido, tengo la navaja de Seb presionado contra la tela vaquera que cubre su querida polla. —Abre el armario de las armas, Cirillo, y dejaré tu pequeña polla de una pieza.

—Eres un maldito pedazo de trabajo, Doukas.

—Entrenado por los mejores. Lástima que no pueda decir lo mismo de ti.

—Bien —suelta, levantando las manos en señal de derrota. —Pero si me has mentido sobre ser capaz de manejar una y disparas a quien no debes, te mataré yo mismo—.

—Trato hecho. Ves, ahora, eso no fue tan difícil, ¿verdad? —Digo, golpeando su pecho con condescendencia.

—Seb necesita que le revisen la puta cabeza —murmura para sí mientras se dirige hacia las escaleras.

Calli, Toby y yo nos quedamos mirando, con la incredulidad cubriendo sus caras.

—Sé que está mal, lo sé, pero joder, eso me ha excitado.

—¡Toby! —Calli chilla.

—¿Qué vas a hacer, dispararme? Nico necesita una mujer que le baje los humos. Vamos, veamos a Stella darle una paliza a Nico en el campo de tiro.

—Claro que sí.

Los tres seguimos a Nico hacia un lado de la casa en el que aún no he estado antes de bajar otro tramo de escaleras, lo que demuestra que me equivocaba al decir que el sótano de Nico se extendía a lo largo de todo el edificio.

—Mierda —jadeo después de atravesar tres puertas de seguridad y emerger en una sala seriamente impresionante llena de armas de fuego—. Es como el porno.

Nico se burla mientras Toby se ríe detrás de mí.

Examino las armas expuestas, agarro una pistola nueve milímetros y la inspecciono, comprobando que está cargada antes de dejarla colgada a mi lado.

—Seguro que vas en serio con este lote, ¿eh?

—Tenemos muchos más enemigos que el loco que te persigue, Princesa.

—Bien. Bueno, supongo que es hora de demostrar que puedo cuidar de mí misma. Vamos, chica —digo, enlazando mi brazo con el de Calli—. Vamos a que practiques.

—Oh no, no vas a meter a mi hermana en esto.

—Vigílame, joder. Traigan mucha munición cuando salgan, chicos.

El sol otoñal que se hunde me hace estremecer cuando Calli y yo salimos de casa. El miedo que sentía al contemplar la arboleda desde el dormitorio de Calli ha disminuido un poco ahora que tengo una pistola en una mano y una navaja en el bolsillo.

Me encantaría que quienquiera que sea mi atacante me pusiera a prueba ahora mismo.

Tengo una sonrisa en la cara todo el camino hacia el campo de tiro de los Cirillos.

—¿Ves esa casa de ahí? —dice Calli, señalando un tejado que apenas puedo distinguir entre los árboles.

—Sí.

—Es de Theo.

—Oh —digo, la incertidumbre haciendo de repente acto de presencia ante la idea de que Seb aparezca.

Sólo puedo imaginar de qué humor está después de cómo dejamos las cosas antes. Espero que se haya emborrachado tanto que no pueda ni levantarse, y mucho menos perseguirme.

—Muy bien, princesa Doukas. Veamos lo que tienes —dice Nico, poniéndose a mi lado.

No tengo ni idea de lo que esperaba encontrar aquí, pero estoy impresionado.

Hay una serie de objetivos situados frente a un banco alto y luego la línea de árboles que discurre entre las dos propiedades, y un pequeño toldo bajo el que podemos situarnos.

Alguien realmente ha planeado esto. Pero supongo que este tipo de cosas son necesarias cuando diriges una banda.

215

No es muy diferente de los lugares en los que he estado con papá y Calvin a lo largo de los años, y me siento como en casa inmediatamente con el peso de la pistola en la mano.

—Hay una delgada línea entre la confianza y la arrogancia, Nico. Y una es realmente poco atractiva.

—¿Dije algo sobre mi disparo?

—Tu tono lo dice todo —murmuro, dando un paso adelante, listo para hacer mi primer disparo mientras Toby nos cuelga unas sábanas de diana nuevas.

En el momento en que está fuera del camino, alineo mi primer disparo y lo mato.

—¿Pero qué…? —murmura Nico, acercándose a mí para verme más de cerca, aunque no es necesario—. Bueno, que me jodan. Eres mejor que los chicos.

—Habla por ti —grita Toby, acercándose y chocando los cinco conmigo—. La próxima vez que esté en un tiroteo, quiero a Stella a mi lado.

—Sí, porque el cavernícola Papatonis la dejará acercarse a esa mierda.

Me vuelvo hacia Nico y me pongo una mano en la cadera.

—Seb no me ordena hacer nada.

—Deberías decirle eso, Princesa. En lo que a él respecta, podría haberte meado encima el primer día de clase.

—Lo que sea.

Dándole la espalda a su sonrisa de suficiencia, vuelvo a levantar el brazo y disparo unos cuantos tiros, acertando a cada blanco justo en el centro.

—No puedo creer que seas mi hermana —murmura Toby detrás de mí.

—Menos mal que no es mía, porque esa mierda me la está poniendo dura.

Disparo otra ronda, deseando haberme parado a ponerme unos auriculares con cancelación de sonido para ahogar a esos dos hijos de puta.

—Calli, ¿estás lista?

—Eh… —Mira entre los chicos y yo.

—Ignóralos, esto es sobre ti. ¿Quieres…?

—Sí —dice emocionada, acercándose.

—Ahora, ella no es mi hermana —dice Toby, recuperando su propia espalda mientras le enseño a Calli cómo sujetar correctamente el arma.

—Joder, esto ha sido una mala idea.

Nunca había enseñado a nadie a disparar, pero incluso ignorando a los dos gilipollas que tenemos detrás, me doy cuenta de que disfruto mucho trabajando con Calli, sobre todo cuando su puntería empieza a mejorar y no parece que se vaya a mear en las bragas cada vez que dispara.

No me doy cuenta de que alguien más se nos ha unido hasta que una sombra cae sobre nosotros y una voz grave anuncia:

—Le estás enseñando mal.

Mis ojos se abren de par en par y se me cae la barbilla ante tal atrevimiento, porque sé con tanta certeza como que el cielo es azul que le estoy enseñando a Calli exactamente cómo disparar una pistola.

—Disculpe, pero creo que encontrará… —Mi voz se corta cuando veo una expresión extraña en la cara de Daemon. Se está riendo de mí—. Imbécil —siseo, pensando que sólo me está provocando.

—Veamos lo que tiene —dice, dando un paso atrás, y esta vez yo hago lo mismo, dejando que Calli dispare sola.

Falla por mucho y sus hombros se hunden en señal de derrota.

—Fallé —suspira.

—No tanto como tu hermano la primera vez que lo intentó —dice Daemon, acercándose a ella.

—Vete a la mierda, como si te acordaras de eso —ladra Nico.

—Como si fuera ayer, amigo —bromea Daemon—. Prueba así.

Me alejo y observo cómo Daemon le enseña a Calli un truco diferente para dar en el blanco, y la siguiente vez que lo intenta, casi pincha la tabla.

—Casi lo consigo —chilla emocionada.

—Stella, toma esto —dice Daemon, sacando una pistola de su cintura y comprobando el cargador.

—¿Seguro?

—Por supuesto. Parece que sabes lo que haces. Confío en ti.

—¿Has oído eso, Nico?

Nico se me echa encima, oyendo claramente cada palabra.

—Qué bien que confíen en uno sin tener que amenazar antes con ningún testículo —murmuro, deteniéndome a unos metros de Calli para poder disparar.

Daemon suelta una carcajada, pero retrocede para permitirnos disparar.

Uso rápidamente las balas que estaban cargadas en la pistola de Daemon antes de quedarme mirando a Calli, impresionado por su mejora en tan poco tiempo.

Ahogo la charla de los chicos detrás de nosotras y me centro en Calli.

Aunque no me distraigo lo suficiente como para no ver a los demás acercarse.

Mucho antes de oír sus voces retumbantes, lo siento a él.

Siento un hormigueo en la piel y me entran mariposas en el vientre.

No tengo ni idea de cómo va a reaccionar después de lo que pasó antes. Pero supongo que estoy a punto de averiguarlo.

Capítulo 21

Sebastian

—Dime que tienes algo —exijo, sentándome frente al escritorio del jefe.

Mi intención era quedarme con Stella, estoy seguro de que lo había dejado claro, pero en cuanto me cerró la puerta en las narices, volví al coche, y esta es la dirección que se me cayó de los labios.

Si no podía estar allí para protegerla en persona, entonces tenía que hacer algo.

Por lo que sabemos, su atacante estaba al acecho, vigilando la casa, esperando su momento.

Se me revuelve el estómago al pensar en él entrando en su habitación para robarle la navaja.

¿Y si sabía que veníamos y la esperó? ¿Y si ya ha llegado hasta ella?

—Nada —suspira Damien.

—Esto es una gilipollez —escupo, ganándome una ceja levantada del jefe—. Una chica de dieciocho años es apuñalada y el hijo de puta se sale con la suya.

—Lo hacen, y lo sabes.

—Pero él planeó esto. Tuvo que haberla cagado en algún sitio.

—No que podamos encontrar. Los registros policiales no muestran más huellas que las de ella y las tuyas… —Algo que tuve que explicar en los días posteriores al apuñalamiento de Stella—. No hay otras pruebas que la policía, o nuestros contactos puedan encontrar. Pero eso no significa que no la vaya a cagar.

—Esto no me hace ni puta gracia —le digo, sabiendo exactamente lo que quiere decir con ese comentario.

—Bueno, entonces probablemente sea bueno que no tengas elección.

Dejo escapar un largo suspiro de frustración y vuelvo a recostarme en la silla.

—Entonces, ¿cuál es el plan?

—Todavía no hay nada decidido, pero tiene que salir. No tiene sentido encerrarse en casa. Necesito que la conviertas en un objetivo, entonces atraparemos a este hijo de puta.

El recuerdo de su cuerpo inerte en mis brazos me golpea una vez más.

—No estoy seguro…

—Sólo haz tu trabajo, Sebastian. Vamos a atrapar a este hijo de puta y poner todo esto a la cama. Es hora de que todos sigamos adelante.

—Así de fácil, ¿eh?

Damien se restriega la mano por la cara.

—Sé que sigues enfadado, hijo. Pero estábamos en medio de una guerra, lo que pasó aquel día no fue intencionado. Tu padre estaba en el fuego cruzado.

—Vivimos vidas peligrosas. Al final, algunos pagarán por ello.

Asiento, con un nudo en la garganta demasiado grande para intentar hablar.

—Galen ha cumplido su condena. ¿No crees que deberías ser un poco más tolerante con él? Me parece que te ha traído algo a modo de disculpa. —Damien levanta una ceja, divertido.

—Esto no tiene nada que ver con Stella —siseo.

—¿No es así? Corrígeme si me equivoco, pero hace sólo unas semanas, así es exactamente como estabas jugando.

—Lo sabías —suspiro.

—Por supuesto que lo sabía. También sé que es lo suficientemente fuerte como para aguantar tus gilipolleces y devolverte el culo en bandeja.

—Pero…

—Pero nada, Sebastian. Ahora ve a buscar a tu chica. Sácala, presume de ella y confía en que te cubrimos las espaldas.

Como tú tenías la de mi padre. Tengo las palabras en la punta de la lengua, pero me las muerdo.

Damien ya ha dicho lo suyo; sacar el tema otra vez es una forma segura de cabrearle. Y ese bastardo es un hijo de puta aterrador cuando está feliz, por no hablar de cualquier otra cosa.

—Confía en nosotros. Confía en tus hermanos —repite, como si pudiera leerme la mente.

—Veré lo que puedo hacer.

Damien se ríe -en realidad se ríe, joder- mientras yo empujo para ponerme en pie. Cuando miro a Evan, que está sentado en el sofá con una tablet en la mano y claramente escuchando toda nuestra conversación, veo que también ha curvado los labios, divertido.

—¿En la caseta del perro ya, hijo?

—Nada que no pueda manejar.

—Eso está bien.

Con un gesto de la cabeza, me despide y me dirijo de nuevo a la sala de seguridad con los ojos clavados en la puerta del otro extremo, dispuesto a largarme de aquí.

En cuanto estoy en el ascensor, caigo de espaldas contra la pared, el cansancio golpeándome como un camión.

Mi necesidad de ir a convencer a Stella de que nuestro tiempo no ha terminado va a tener que esperar.

Envío un mensaje a Calvin, su guardaespaldas, para asegurarme de que está viva y respira en la casa, y tras obtener la confirmación que necesito, junto con pruebas fotográficas de que está profundamente dormida en su cama, llamo a un carro para que me lleve de vuelta a casa de Theo para hacer exactamente lo mismo.

~~~

Me despierto enfadado. No, no enfadado. Jodidamente furioso.

Mi corazón late con fuerza, mi piel está cubierta de una capa de sudor y mi pecho se agita mientras intento recuperar el aliento, con el puño curvado por mi necesidad de hacer daño a alguien.

Las imágenes persistentes de una figura sin rostro y encapuchada con las manos sobre mi chica llenan mi mente.

Yo estaba justo allí, al alcance de la mano, pero el maldito sueño no podía moverme. Mis miembros no funcionaban, incluso mientras él empujaba su bonito cuchillo rosa en su cuerpo una y otra vez.

Me vi obligado a quedarme allí y ver cómo su sangre empezaba a acumularse alrededor de sus pies, cómo la vida se agotaba en sus ojos.

—Joder —bramo—. Joder. Joder.

Sólo dos segundos después, la puerta de mi habitación se abre de golpe y Theo entra corriendo.

—¿Qué pasa? —ladra, con la preocupación escrita en la cara, pero pronto se suaviza cuando me encuentra sentada en la cama con las mantas amontonadas a la cintura.

—N-nada. Sólo… —No quiero admitir que acabo de tener ese tipo de reacción a un puto sueño.

—Es bueno tenerte de vuelta, hombre.

—¿Sí?

Mira a su alrededor un instante antes de posar sus ojos en la puerta abierta de mi cuarto de baño.

—Eh… ¿dónde está?

—Está claro que aquí no, joder —espeto, mi agarre a las sábanas se tensa con mi frustración por cómo ha terminado las cosas entre nosotros.

Estaba mintiendo. Podía verlo en sus ojos. Pero aun así, la perra terca fingió que no era nada. Como si lo que hay entre nosotros no fuera nada, que ella no puede sentirlo.

—¿Problemas en el paraíso? —pregunta, dejando caer el culo en la silla al otro lado de mi habitación, como si tuviera intención de quedarse a charlar.

—Vete a la mierda —me burlo, arrastrando las rodillas hacia arriba y rodeándolas con los brazos.

No tengo ni idea de cuánto tiempo he dormido, pero joder, me siento fatal.

Supongo que dos vuelos de larga distancia en cuestión de días lo consiguen.

Se ríe, igual que su padre antes.

—Cualquiera diría que no quiere que la persigas.

—Bueno, eso es jodidamente desafortunado para ella, porque no planeo parar ahora.

—Estás tan jodidamente azotado, hombre.

Me paso los dedos por el cabello y le miro fijamente, preguntándome por primera vez si soy una causa perdida para Stella Doukas.

Si ser azotado significa que tengo más tiempo con ella como este fin de semana, entonces tal vez, sólo tal vez no es un mal estado en el que estar.

—Mierda —se ríe Theo—. Te has enamorado de ella, ¿verdad?

¿Estoy enamorado de ella?

Y si es así, ¿cuándo ocurrió exactamente?

—No lo sé. Lo único que sé ahora mismo es que algún hijo de puta está ahí fuera intentando matarla y me ha dado con la puta puerta en las narices.

Se ríe. Otra vez.

—Si pudieras encontrar esto menos divertido, te estaría jodidamente agradecido.

—Hermano, no tienes ni puta idea de lo increíble que es ver todo esto. Sebastian Papatonis enamorándose de la princesa cruel de la mafia.

Separo los labios, dispuesta a escupirle una réplica mordaz, pero no tengo oportunidad porque él continúa.

—En ese sentido, ¿ya revisaste tu teléfono?

—N-no. ¿Por qué?

—Estaré listo cuando tú lo estés.

Con ese críptico comentario, se levanta de la silla y por fin me deja en paz.

Alargo la mano por el lateral de la cama, encuentro el montón de ropa desechada de hace unas horas y rebusco mi teléfono.

Al despertarlo, encuentro un mensaje de Nico.

Al desbloquearlo, pulso reproducir en el vídeo.

—Joder… —Mi barbilla golpea el suelo mientras miro fijamente las imágenes de Stella disparando en el campo de tiro y dando en el blanco cada puta vez.

A la mierda con protegerla. Quizá debería ser ella la que me protegiera a mí.

Llega a su fin y lo repito, con la polla ya dolorosamente dura.

Lo veo cinco veces antes de minimizarlo y mirar el mensaje de Nico que lo acompaña.

Nico: Tu chica sí que sabe cómo disparar una buena carga. Podría ver de qué más es capaz si no te dejas ver pronto.

—Hijo de puta.

Me quito las sábanas y me meto en la ducha, ignorando mi dolorida polla. Ya sé que mi mano no va a llegar ni de lejos a lo que necesito después de ver ese vídeo.

—Vamos —afirmo, marchando por el piso menos de diez minutos después.

226

—¿Por qué has tardado tanto? —dice Theo, levantándose de un salto y siguiéndome después de meterse su propia arma en la cintura—. Tengo que decirlo —me dice por encima del hombro mientras vamos por el lateral de la casa principal hacia el campo de tiro que hay entre las dos propiedades—, no has elegido a uno fácil de tratar.

—¿Cuándo he querido algo fácil?

Pienso en la mayoría de las mujeres de nuestras vidas. Las calladas que se quedan en casa, criando a los niños mientras los hombres hacen… la mierda que hacemos a diario.

Siempre he sabido que no son para mí. Quiero a alguien que me desafíe, que me llame la atención por mis gilipolleces y que intente hacerme mejor persona, porque me vendría muy bien algo de ayuda en ese aspecto.

Fue el peligro que brillaba en sus ojos aquella primera noche en el cementerio lo que me atrajo. Le importaba un bledo que yo estuviera allí sentado con una pistola. Ni siquiera pestañeó, y en lugar de huir, se acercó.

Debería haber sido obvio que ella era la indicada para mí.

Es única en su especie, de eso no hay duda.

El sonido de los disparos empieza a sonar a nuestro alrededor, y cuando atravesamos los árboles que ocultan el campo de tiro de cualquiera que sea lo bastante valiente como para aventurarse en estas tierras, se me seca la boca.

—Espero que sepas que todo el mundo quiere a tu chica ahora mismo —murmura Theo—. Joder, eso es sexy.

Mantengo los ojos clavados en su espalda mientras nos acercamos y, a pesar de que no se gira, sé el momento exacto en que se da cuenta de mi presencia.

Sus hombros se arquean un poco y su cuerpo se detiene un instante antes de empezar a disparar las últimas ráfagas del cargador.

—Creo que esa es nuestra señal para irnos, Cal —dice en voz alta, todavía negándose a girarse hacia mí.

Calli mira vacilante por encima del hombro y hace una mueca de dolor.

Me acerco a Stella por detrás y le rodeo el cuello con la mano.

—No tan deprisa, princesa —le gruño al oído y me encanta cómo tiembla en mis brazos.

—Suéltame, Seb. —Su voz se llena de rabia, pero hace lo contrario de que quiera soltarla. En lugar de eso, mi semi se endurece una vez más contra su culo.

Calli da un grito ahogado cuando Stella levanta el brazo y me acerca la pistola a la cabeza, apoyándola junto a mi sien.

—Está vacío, ¿verdad? —ella tartamudea, con la sangre desapareciendo de su rostro.

—No lo sé —dice Stella, con voz llana, sin revelar nada.

Por el número de balas que la vi disparar antes de parar, quiero decir que sí. Pero mi chica es una perra loca, así que no me extrañaría que dejara una bala en el cargador sólo para mí.

—¿Lo averiguamos? —pregunta, soltándose de mi agarre y apuntándome con el cañón justo en el entrecejo.

Cualquier persona normal probablemente entraría en pánico, intentaría decir cualquier cosa que se le ocurriera para que la otra persona bajara el arma. Pero hace tiempo que ambos aceptamos que ninguno de los dos es normal.

—Vamos entonces, Princesa. Inténtalo. Atrévete, joder —me burlo, con una sonrisa en los labios.

—Guau, Stella, probablemente deberías devolverme eso ahora —dice Daemon, poniéndose a su lado.

—No, yo me encargo, gracias.

—Stella —Calli casi gime.

Las miradas de los demás se clavan en mí, pero no aparto los ojos de los de Stella para ver qué expresiones tienen.

Es muy probable que Toby la esté incitando después de la mierda que le he hecho pasar. Tampoco puedo discutir esa opinión. Me gustaría pensar que tal vez Theo está listo para llevarla al suelo para poner fin a esto.

Sus ojos se entrecierran en los míos, y casi puedo oír sus pensamientos dando vueltas en su cabeza.

—Calli —dice, su voz suave como si no estuviera amenazando mi vida en este momento. —Saca mi móvil del bolsillo. Voy a necesitar esto en cámara.

—No voy a filmar cómo lo matas.

—¿Quién habló de matarlo?

—Le has apuntado a la cabeza con una pistola, Stel —susurra Calli, dejando entrever su falta de experiencia en este tipo de situaciones. Tal vez Stella tuviera razón al traerla aquí para entrenarla un poco.

—¿He apretado el gatillo? —pregunta Stella, con voz firme. Su seguridad en sí misma me pone a cien, y no puedo evitar agacharme y reacomodarme.

Alguien se burla divertido y mi sonrisa se amplía.
—Maldito bastardo retorcido —murmura Theo.

Me encojo de hombros.

—Entonces, ¿qué va a ser, princesa? ¿Vas a derramar mi sangre aquí o qué?

—Calli —suelta mientras su amiga tantea el teléfono.

Finalmente, Calli levanta el teléfono y me enfoca con la cámara.

—Sonríe, nena —ronronea Stella.

Sacudiendo la cabeza, no puedo evitar hacer lo que dice, porque joder, si no me he enamorado aún más de ella.

Le doy un beso y su cara se endurece de rabia.
—Discúlpate —exige.

Las risas de mis hermanos llenan el aire a nuestro alrededor.

No se me escapa que podrían sacarme de esta situación en un santiamén, pero los muy hijos de puta están disfrutando demasiado como para siquiera intentarlo.

—¿Por qué? ¿Por hacerte ver estrellas todo el fin de semana?

—No —sisea ella—. Sabes exactamente para qué.

Por mi mente pasan imágenes de nuestro tiempo juntos, ninguna de las cuales ayuda a la situación que se está produciendo al sur de mi cintura.

Ella en el cementerio, las dos veces. El sótano de Nico, su gimnasio en casa, su dormitorio.

—¿Y si no lo siento? ¿Qué pasa si creo que amaste todo eso tanto como yo?

Sus labios se fruncen.

—Tallaste tus putas iniciales en mi muslo, Seb. Eso no está bien. ¿Humillarme delante de estos gilipollas? No está bien.

—Sé que lo disfrutaste.

—No se trata de eso —sisea—. No hice nada para merecer nada de eso. La única razón por la que lo hiciste fue por mi nombre, y yo no tuve nada que ver con eso. Por lo que sé, toda mi existencia es un gran error, igual que el tiempo que he pasado contigo.

—No lo dices en serio —afirmo, mi determinación se resquebraja ligeramente.

—¿No es así? —Levanta un poco la pistola, dándose cuenta de que ha perdido puntería.

El silencio nos rodea a todos, la expectación crepita en el aire.

Por el rabillo del ojo, noto que el pecho de Stella se mueve más rápido que antes mientras intenta mantener su mierda bajo control.

No tengo ni idea de si está intentando domar su ira o su necesidad de rendirse. Tampoco estoy segura de qué quiero más.

—Lo siento —digo tras el silencio más largo de mi vida.

Sus ojos se entrecierran como si no creyera ni una palabra.

—No te merecías nada de eso. Ninguno de mis problemas tiene que ver contigo, pero te convertí en la válvula de escape de mi odio. Te utilicé. Te humillé. I. Made. Te. Joder. Mía. Aunque lamento menos eso último.

—No soy tuya, Seb —afirma—. No te pertenezco a ti ni a nadie. Soy una puta persona, no una pertenencia que puedas meter en el armario hasta que creas que merece algo de atención.

—Lo sé —susurro—. Eso no es lo que quiero hacer contigo.

—Díselo de una puta vez, hermano —dice Theo, rompiendo la tensión.

—¿Decirme qué? —pregunta Stella, saltando sobre su demanda—. ¿Qué sabes?

—No sé nada, cariño. No habla de eso.

—¿Entonces de qué coño está hablando?

—Algo que no voy a confesar delante de todos estos hijos de puta.

—No creo que estés en posición de negarme nada ahora mismo, ¿verdad?

Sacudo la cabeza, mis ojos le ruegan que no insista. No delante de los demás. Pero ella no lo acepta.

—Te quiero a ti, ¿vale? Y lo siento. Siento muchísimo haberte hecho daño.

Sus hombros se hunden y todo su cuerpo se relaja visiblemente al oír mis palabras. Por primera vez, posiblemente en su vida, me cree.

—Tienes una forma graciosa de demostrarlo.

—Estoy jodido, nena. Pensé que ya lo sabías.

Su dedo aprieta el gatillo y el corazón se me sube a la garganta. Puede que esté seguro de que no me disparará directamente entre los ojos, pero supongo que han ocurrido cosas más locas.

—¿Diablilla? —pregunto, notando un cambio en ella tras mi confesión—. ¿Qué me dices? ¿Quieres intentarlo sin querer matarnos el uno al otro?

Su pecho se agita mientras me mira fijamente. Puede que piense que su expresión es inexpresiva, pero yo veo mucho más de lo que ella cree.

Y se desmorona más rápido de lo que puede controlar.

Justo cuando creo que va a soltar la pistola y darme una respuesta real, su mano se mueve hacia un lado y un fuerte estallido resuena a nuestro alrededor mientras todo mi cuerpo se sobresalta.

—Mierda —grita alguien, pero mi atención sigue tan centrada en Stella como para apreciar lo que acaba de ocurrir.

CAPÍTULO 22

Stella

Mi corazón se acelera y todo a mi alrededor se desvanece en la nada mientras la sangre pasa a toda velocidad por mis oídos, pero mis ojos nunca se apartan de Seb mientras sus palabras se repiten una y otra vez en mi cabeza.

¿Me quiere a mí?

Como, de verdad, ¿me quiere?

¿O sólo lo decía porque lo tenía a punta de pistola?

Sacudo la cabeza, en guerra conmigo misma.

Conozco la respuesta. Lo vi claro como el día en sus ojos oscuros mientras decía las palabras.

A diferencia de las otras veces, vi la cruda honestidad, oí la sinceridad de su disculpa.

—Estás como una puta cabra. —Las palabras de Calli por fin atraviesan mi confusión, pero no tengo oportunidad de responder, ni siquiera de girarme para mirarla, porque Seb se mueve y, antes de que me dé cuenta, mis pies abandonan el suelo y salgo despedida por encima de su hombro.

—¿Qué dem…?

—¿Me has disparado, nena?

—¿Estás muerto?

Su mano me golpea el culo, haciéndome aullar mientras mis puños cerrados llueven sobre su propio culo.

Un segundo estamos en movimiento, marchando entre los árboles hacia la casa de los Cirillo, y al siguiente me vuelve a poner en pie.

—Gracias —me burlo—. ¿Eso fue realmente…?

Sus manos me acarician la cara mientras sus labios se estrellan contra los míos en un beso que me deja las rodillas débiles y el coño deseoso de más.

—¿Te duele el estómago? —susurra contra mis labios.

—¿Me duele lo que…? —respiro cuando me doy cuenta de lo que está hablando—. N-no, estoy bien. Apenas… vaya, Seb —grito cuando me tira de nuevo por encima de su hombro y continúa hacia delante una vez más—. Bájame de una puta vez —grito, levantando la vista justo a tiempo para encontrar a todos los demás mirándonos con expresiones divertidas antes de que desaparezcamos entre los árboles.

Seb ignora todas mis súplicas para que vuelva a ponerme en pie hasta que estamos dentro de algún tipo de edificio. Lo único que sé es que no es la casa principal, porque lo vi brevemente antes de que cerrara una puerta a patadas tras nosotros.

Sube corriendo unas escaleras como si sólo llevara un peluche al hombro.

Pasamos por una sala de estar antes de que otra puerta se cierre detrás de mí y me pongan finalmente contra ella.

—Gracias a Dios, mi cabeza está… —Mi espalda choca con la puerta y su cuerpo le sigue rápidamente, aplastándome en el centro mientras sus labios encuentran los míos una vez más.

Mis labios se separan por instinto en cuanto me lame el inferior. Su lengua acaricia la mía, explorando mi boca como si fuera nuestro primer beso.

Durante dos segundos, me gana la cabeza y me detengo mientras me anima a ceder ante él.

—Stella —gruñe, sus dedos se flexionan mientras me agarra el cuello posesivamente.

—Yo...

—Lo que dije vino de mi corazón, nena. Te quiero a ti. Quiero esto.

Mi corazón late con fuerza, amenazando con salirse de mi pecho.

—¿Qué quería Theo que me dijeras? —pregunto, encontrando fuerzas para preguntar y no lanzarme de cabeza a todo lo que puede ofrecerme.

—Él... eh... —Sus ojos buscan los míos durante un instante y, por primera vez, el verdadero Seb me devuelve la mirada. Todos sus miedos, sus inseguridades están ahí para que yo los vea, su dolor por todo lo que ha sufrido en el pasado brotando de él.

Se me hace un nudo en la garganta. El deseo de consolarlo, de decirle que todo va a ir bien, casi se apodera de mí, pero me muerdo el labio inferior para dejarle terminar lo que tiene que decir.

—Quería que te dijera que.... —Suspiro, sabiendo ya que lo que esté a punto de decir va a hacer que mi mundo se tambalee sobre su eje—. Me estoy enamorando de ti, Diablilla. —Todo el aire sale de mis pulmones—. Demonios, estoy segura de que ya he caído. Y empezó desde el momento en que te miré a los ojos y me dijiste que eras mi mujer perfecta. —Se inclina, su mejilla áspera roza la mía—. Tenías razón.

Un gemido sale de mi garganta cuando sus labios se separan de mi oreja y me besan a lo largo del cuello.

—Seb, yo…

—No —jadea, con la voz áspera por la emoción y el deseo.

Presionando sus dedos contra mis labios, se asegura de que no voy a continuar.

—No necesito oír nada a cambio. Sé que la cagué. Sé que te hice daño. Y sé que no merezco esto. Pero joder, Diablilla. Lo quiero. Lo quiero tanto, joder, que no tienes ni idea.

Asiento, incapaz de formar palabras, aunque él quisiera que hablara.

Me levanta y yo me deslizo por la puerta hasta que mis piernas rodean su cintura y él reclama mi boca.

No dice nada más. En cambio, pone todo de su parte para mostrarme la verdad en sus palabras.

—Seb —gimo cuando me quita la sudadera. Cae al suelo con un ruido sordo, recordándome que llevo su navaja en el bolsillo.

Se aparta para mirarme, con las cejas fruncidas.

—Es tuyo.

Me baja, busca mi capucha y saca su cuchillo.

Una sonrisa se curva en sus labios mientras algo oscuro destella en sus ojos.

—¿Q-qué?

Girando la navaja, da un paso atrás y se quita la capucha del cuerpo con una sola mano.

La visión de su suave movimiento es suficiente para que mi coño se estremezca, por no hablar de los centímetros de cuerpo tonificado que revela. A continuación, se quita los pantalones, los zapatos y los calcetines, y yo permanezco de pie, con la respiración agitada mientras le miro descaradamente.

Se sienta en el borde de la cama, me hace señas y separa las piernas para que me coloque entre ellas.

Salgo de la puerta y me acerco a él, deslizando mi mano entre la suya libre cuando llego hasta él.

—¿Qué? —Respiro mientras me mira fijamente en silencio.

Levanta la navaja y me lo tiende para que lo coja.

—Yo no...

Se echa hacia atrás en la cama y se sube la pernera del bóxer para dejar al descubierto la cara interna del muslo.

—Poséeme, nena.

Toda mi respiración abandona mi pecho en una explosión de incredulidad.

—Quieres que... —Me quedo a medias. Segura que no lo dice en serio.

—Sí. Hazme tuyo, Diablilla.

—Mierda —jadeo, viendo en sus ojos que lo dice en serio.

La mayoría de la gente probablemente se negaría. La idea de causar dolor a su amante, de verle sangrar, es suficiente para ni siquiera considerarlo. Pero yo no soy así, y Seb lo sabe muy bien.

Agarro la navaja, le doy la vuelta a la hoja, miro la punta afilada, se me hace la boca agua por lo que estoy a punto de hacer.

—Siéntate —le ordeno.

Sus ojos se calientan cuando hace lo que le digo y me deja espacio suficiente para subirme a la cama mientras él se recuesta sobre los codos.

No me detengo hasta que estoy entre sus piernas, con la punta dla navaja a una fracción de su piel.

—Debería ir por una toalla —digo en un momento de lucidez.

—Hazlo, Princesa.

Le sostengo la mirada durante un rato, esperando a que se eche atrás, a que me diga que está bromeando, pero nunca lo hace.

—Vale —digo, odiando que me tiemble la voz.

Puede que haya disparado a alguien antes, que haya dado puñetazos a algunos candidatos que se lo merecían, pero nunca he hecho daño a nadie voluntariamente. Es completamente diferente.

Especialmente alguien que me importa.

Mi mano tiembla cuando aprieto con más fuerza, la hoja atraviesa su suave piel con facilidad.

—Dios mío —jadeo cuando la punta dla navaja desaparece bajo un charco de rojo.

Tallar una *S* es más fácil de lo que esperaba, y en cuestión de segundos lleva con orgullo mi primera inicial en el muslo.

—Joder, Diablilla —jadea, con el pecho agitado, los ojos tan oscuros que casi parecen negros y la polla tensa contra la apretada tela de los calzoncillos.

—Jodido retorcido —murmuro, apartando los ojos de él y frotándome con el pulgar la herida que he creado, barriendo el rastro de sangre antes de que se filtre en sus sábanas.

—¿Princesa?

Levanto la mirada una vez más y la fijo en la suya mientras me llevo el pulgar a los labios y hago ademán de lamerle la sangre.

—Joder —ladra, observando mi lengua mientras gira alrededor de mi dedo—. ¿A qué sé?

—Prefiero tu polla.

—Me estás matando, nena.

Una sonrisa perversa se dibuja en mis labios y me pongo manos a la obra para añadir la *D* en su pierna.

En cuanto termino, cierro la navaja y la coloco en su mesilla de noche.

No me molesto en sentarme para admirar mi obra. En lugar de eso, agacho la cabeza y lamo el rastro de sangre de su corte.

—Joder, nena. Tenías razón aquella noche. No eres un puto ángel de las alturas —gime mientras le lamo las heridas, con el sabor a cobre llenándome la boca.

Beso alrededor de mi marca antes de sentarme ligeramente para admirarla.

Ver mis iniciales en su piel me produce algo extraño.

Sin inmutarme, alargo la mano y toco con un dedo la *S* sintiendo una fuerte sensación de pertenencia y satisfacción.

Está mal, sentirse así por una persona que sólo te ha causado dolor.

¿Pero lo ha hecho?

Me vienen a la cabeza algunos de nuestros mejores momentos, incluso algunos de los peores. Lo bien que me sentí cada vez que conectamos se asienta en mí y dejo a un lado mis dudas persistentes.

—¿Diablilla?

—Sí —digo, buscando sus ojos—. Estoy dentro.

La confusión le recorre los ojos durante un breve instante antes de darse cuenta y esbozar una sonrisa.

—Creo que me gustas más con mi nombre.

Se ríe ante mi comentario, pero su humor se corta en seco cuando enredo mis dedos alrededor de la cinturilla de sus bóxer, mis nudillos rozando sus caderas, haciéndolas saltar de la cama con necesidad.

Levanto su culo de la cama para que me ayude y arrastro la tela por sus piernas, liberando una pero abandonándola en la otra para que él se ocupe de ella en favor de envolver con mi mano su sólida longitud.

—Joder. Joder —ladra cuando empiezo a acariciarle—. Joder. Estaba tan enfadado contigo por lo de antes —gime, moviendo las caderas para que lo haga más deprisa.

—Ah, ¿sí? —Me burlo—. ¿Querías castigarme por ello?

Un gruñido le desgarra la garganta mientras mi pulgar rodea su polla.

—Joder, sí. Joder —gime cuando lo lamo, pasándole la lengua como si fuera una paleta—. Sólo quiero que estés a salvo, cariño.

—Puedo cuidarme sola —digo antes de besar y chupar su pene.

—Lo sé… joder… lo sé. —Sus dedos se enroscan en mi pelo, sujetándome contra él. No es que me vaya a ir a ninguna parte. — P-pero-argh- dos personas son mejor que una.

—Hmm… —Tarareo contra él, haciendo que su longitud se sacuda—. Seguro que sí.

—Joder, nena —grita cuando me lo meto en la boca, llevándomelo hasta la garganta—. Joder.

Con la mano alrededor de su base, lo meto y lo saco de la boca, pasándole la lengua y rozando suavemente su sensible piel con los dientes.

—No voy a durar, nena —me advierte, su agarre en mi pelo se hace más fuerte—. Joder. Si sigues así, voy a… Mierda.

Cambiando ligeramente de posición, lo llevo más adentro.

Me arden los ojos y lucho contra mi necesidad de ahogarme a su alrededor mientras miro fijamente sus ojos oscuros y hambrientos.

Cada músculo de su cuerpo está tenso, su tinta ondula al moverse bajo su piel.

Es precioso. Tan jodidamente hermoso.

Pero pronto me doy cuenta de que no es nada comparado con el momento en que finalmente se rompe.

Su polla se sacude en mi boca, su mandíbula se afloja y sus ojos se endurecen un instante cuando el placer le golpea antes de ablandarse, demostrándome que todas y cada una de las palabras que me ha dicho esta noche son ciertas.

Su polla palpita en mi boca, chorros de semen salado bajan por mi garganta, mis ojos arden por su tamaño y su doloroso agarre de mi pelo.

Cuando por fin le suelto y me deja levantarme, me corren las lágrimas por las mejillas.

—Joder, eres perfecta —jadea, acercándose a mi cara para secarme las lágrimas—. ¿Qué he hecho para merecerte?

—Nada. Tú no —digo con una sonrisa burlona.

—No es esa la puta verdad.

En un santiamén nos ha dado la vuelta, dejándome tumbada en la cama negra, mirándole.

—Déjame compensarte. Demostrarte que no soy sólo una puta que quiere hacerte daño.

Mis labios se cierran por instinto, guardando dentro las palabras que quiero decir.

—¿Qué pasa? —pregunta, salpicando de besos mis mejillas húmedas y lamiendo lo que queda de mis lágrimas—. Dímelo.

—Lo sé —digo con un suspiro—. Sé que eso no es sólo lo que eres. Veo más, Seb. Creo que tal vez siempre lo he hecho.

Sus labios se estrellan contra los míos, su beso violento mientras ataca mi boca, mostrándome exactamente lo que mis palabras le hacen.

Sus manos recorren mi cuerpo mientras nuestro beso se profundiza, hasta que se detienen en el cuello de mi camiseta.

—Dios mío —jadeo cuando el sonido de la tela rasgándose se interpone entre nuestros besos y nuestras respiraciones agitadas.

—La ropa está sobrevalorada, Diablilla.

Su mano se desliza por mi espalda, soltando mi sujetador y liberando mis pesados pechos.

—Mejor. Mucho mejor, joder.

Esta vez, cuando inclina la cabeza, es a favor de mis pezones.

Se mete uno en la boca y pasa la lengua por el pico duro antes de hacerme gritar cuando sus dientes se hunden en la carne sensible.

—Sin embargo, te encanta cuando te hago daño, ¿verdad, Diablilla?

—Sabes que sí —gimo, viéndole besar por mi vientre, o más concretamente sobre mi cicatriz.

—Seb —gimo mientras su lengua lame suavemente mi piel sensible—. Necesito…

—Sé lo que necesitas, cariño. —Levanta la cabeza, manteniendo mis ojos cautivos—. ¿Confías en mí?

Por primera vez, asiento.

—Sí, sí. Confío en ti.

Su sonrisa es jodidamente amplia, pero sólo tengo un breve segundo para admirarla antes de que baje la mirada y se ponga a trabajar para despojarme del resto de mi ropa.

En cuanto me arranca las bragas -literalmente- y las mete debajo de la almohada para añadirlas a su colección, me abre las piernas de par en par y me mira el coño dolorido.

—Soy jodidamente adicto, Diablilla. Nunca tendré suficiente de esto.

Se arrodilla y me besa por el interior de la pierna, rozando con sus labios mi propia marca.

—Se está curando —murmura, aunque más para sí mismo que para mí—. Podría necesitar hacer esto más permanente.

—¿Qué estás sugiriendo?

—Tengo algunas ideas, nena. —Sus ojos brillan con una excitación perversa, pero no tengo oportunidad de preguntarle si está pensando lo mismo que yo, porque sus dedos me separan y su boca se aferra a mi clítoris.

—Seb —grito, mis dedos se enredan en su pelo, arrastrándolo más cerca mientras empieza a lamerme.

Me tiemblan las piernas cuando desliza dos dedos dentro de mí, enroscándolos de tal forma que se asegura de dar en el punto que necesito desesperadamente.

—Córrete para mí, Diablilla —gruñe, la vibración de su voz profunda hace locuras en mi cuerpo.

Me mete otro dedo, abriéndome de par en par, y con una chupada casi demasiado fuerte de mi clítoris, caigo en el placer más delicioso.

Todo mi cuerpo tiembla con su fuerza, mis ojos se aprietan mientras aguanto cada ola.

—Dios mío —jadeo mientras me besa el clítoris antes de salir de mí y subir por mi cuerpo.

—Dios no, nena, el diablo, ¿recuerdas? —retumba, con una sonrisa tan oscura como el mismísimo diablo.

—¿Cómo podría olvidarlo?

Sus labios reclaman los míos, mi propio sabor llena mi boca. Un gemido de deseo retumba en mi garganta mientras mi cuerpo se calienta, listo para más.

—Princesa cruel —gruñe Seb, acomodándose entre mis piernas.

—Sí —grito como una puta desvergonzada cuando empuja dentro de mí, completamente empalmado de nuevo por haberme comido. Mi espalda se arquea sobre la cama mientras él penetra hasta que estamos conectados de la forma más carnal.

Se inclina sobre mí, su cuerpo se alinea perfectamente con el mío.

Mi coño se aprieta a su alrededor, desesperada por que se mueva, pero lo único que hace es apoyar los antebrazos a ambos lados de mi cabeza y mirarme fijamente a los ojos.

Es extrañamente íntimo, lo que es raro teniendo en cuenta lo que pasa por debajo de nuestras cinturas.

—Lo dije en serio. Lo sabes, ¿verdad?

Trago saliva, la cruda honestidad de sus ojos y su voz se apodera de mí.

—Sí, quiero —susurro, con voz apenas audible.

Su nariz toca la mía. Es un movimiento tan simple, pero hace que el corazón me dé un vuelco en el pecho.

—Me estoy enamorando de ti, Diablilla.

Oh. Dios. Dios.

Se me llenan los ojos de lágrimas y, por un instante, odio haberme comportado como una niña al confesarme. Pero en cuanto ve mi reacción y su cara se derrite de felicidad, me olvido de mi muestra de debilidad.

Pero, al igual que antes, no me da la oportunidad de decir nada a cambio, aunque no estoy del todo segura de lo que diría, porque al final mueve las caderas y el gemido que sale de mi garganta hace que no haya palabras.

¿También me estoy enamorando de él? ¿O sigo sumida en el odio?

Puede que pronto deje de mentirme a mí mismo y admita la verdad. Tal vez.

Los movimientos de Seb siguen siendo mesurados mientras me observa atentamente.

La necesidad de apartar la mirada de sus ojos es casi imposible de negar. Me siento desgarrada, vulnerable, completamente a su puta merced, y eso me aterra.

Puede que mi cabeza aún no esté de acuerdo con esto, pero ¿mi corazón? Esa perra salta de emoción, desesperada por que el resto de mí la alcance.

—¿Seb? —pregunto suavemente.

—Sí, nena. —Como si percibiera que estoy luchando, rompe el contacto visual y me acaricia el cuello, besándome la piel y poniéndome la carne de gallina.

—¿Me estás haciendo el amor?

Se queda quieto un instante y no puedo evitar preguntarme si es porque no era consciente o porque se lo estoy reprochando.

—Sí, supongo que sí. ¿Te parece bien? —pregunta, divertido.

—Sí. Sólo… quizás fóllame después. No estoy segura de poder soportar demasiada suavidad de tu parte.

Se ríe contra mí y, de repente, empuja con las caderas, hundiéndome más y haciéndome jadear de asombro.

—¿Qué tal un poco de ambos?

—Suena perfecto —respiro mientras lo hace de nuevo y arrastro mis uñas por su espalda.

Puede que quiera que deje de ser un gilipollas, pero sólo en ciertos aspectos. Me encanta su lado perverso en la cama, y él lo sabe muy bien.

Aunque sus movimientos se vuelven un poco más exigentes, nunca sube el ritmo, sólo mantiene las cosas lentas y constantes. Me vuelve jodidamente loca, y en cuanto desliza sus manos por mi cuerpo y presiona sus dedos contra mi clítoris, la fricción extra me hace explotar.

—Eso es, nena —gruñe—. Ordeña mi polla.

Se me dibuja una sonrisa en los labios mientras me agito en la cama, aguantando las poderosas olas mientras se me escapa una pizca de mi chico malo.

—Joder, Diablilla. Me aprietas tanto.

Vuelvo a clavarle las uñas en los hombros y las arrastro por su suave piel.

—Joder. Joder —canta, el dolor se mezcla con el placer y la necesidad de aguantar, y cae, su polla sacudiéndose dentro de mí, llenándome, reclamándome.

Se desploma sobre mí, su cuerpo duro y pesado me presiona contra el colchón.

Tardo unos segundos en despejarme. A Seb parece pasarle lo mismo, porque hasta que no hablo no da señales de vida.

—¿Esos gilipollas están aplaudiendo?

Se aparta de mi pecho, levanta la cara de mi hombro y escucha.

—Voy a matarlos, joder —advierte, con voz oscura y peligrosa.

—O… —empiezo, levantando mi mano, ahuecando su mejilla y forzando sus ojos de nuevo a los míos—. Podrías follarme otra vez y mostrarles realmente lo que se están perdiendo.

—Somos tal para cual, nena.

Capítulo 23

Sebastian

—No te duermas —digo cuando miro hacia abajo y me doy cuenta de que Stella tiene los ojos cerrados donde descansa sobre mi pecho—. Tenemos que volver a la hora de Londres.

—Estoy despierta, pensando.

—Suena peligroso —me río—. ¿Cómo vas a intentar matarme después?

—Eh… ¿machete? —pregunta en un susurro.

—No puedo creer que casi me disparas —murmuro. De verdad, puedo. Es algo que hizo Stella.

—Oh, no seas crío. He fallado por mucho —dice, apoyándose en el codo para poder mirarme. Sus ojos azules brillan divertidos.

—Lo sentí pasar volando junto a mi oreja. Eso no fue a una milla de distancia.

Se encoge de hombros.

—Supongo que fue algo bueno que no te movieras, ¿eh?

Sacudo la cabeza.

—Menos mal que yo… —Aspira bruscamente y yo atrapo las palabras antes de que salgan de mis labios—. Confío en ti.

El alivio inunda su rostro. Puede que yo esté a punto de aceptar lo que siento por ella, pero ella aún no lo ha hecho. Lo entiendo. No es que me merezca nada de esto, no después de todas las payasadas que hice antes de que la apuñalaran. Ni siquiera quiero gustarle, y mucho menos otra cosa.

—¿Puedo preguntarte algo? —pregunta, con voz repentinamente seria.

—Cualquier cosa. Te diré todo lo que quieras saber.

Ella asiente, aceptando mis palabras como lo que son. La verdad.

—Cuando escribiste ese mensaje en mi espejo. ¿Fue el único que hiciste?

—¿Qué quieres decir? —pregunto, con una preocupación que me invade. Mi mano en su cadera se flexiona por la necesidad de moverme, pero me obligo a quedarme quieta.

—Antes de escribirlo todo con pintalabios, ¿escribiste… algo más?

Mis cejas se pellizcan.

—No. ¿Por qué?

Toda la sangre se drena de la cara de Stella, y mi ritmo cardíaco se acelera inmediatamente.

—Yo… esto… encontré algo antes.

—Stella —gruño—. Si no…

—Era una amenaza de que no había terminado. Me duché y cuando salí estaba allí, en el vapor—.

—¿Qué decía? —grito, luchando como un demonio para no asustarme.

—Algo sobre que tendrá más éxito la próxima vez.

—Hijo de puta —ladro, salgo de debajo de ella y planto el puño contra la pared—. Joder. JODER.

Unos pasos retumban en el pasillo antes de que la puerta se abra de golpe.

—¿Qué dem…?

—Joder, hermano. Vete a tomar por culo —ladro mientras Stella vuela bajo las sábanas, tapando su cuerpo desnudo.

—Lo siento. Estamos esperando a que se maten.

—VETE A LA MIERDA.

Afortunadamente, Theo empuja a los demás fuera y cierra la puerta tras de sí.

—Vístete —exijo, cogiendo mi ropa desechada.

—Seb —suspira—. Vuelve a la cama.

—No, Stella. Ese hijo de puta ha estado en tu habitación. Ha entrado y…

—Igual que tú —señala, levantando una ceja en señal de acusación.

—Esto no es lo mismo. Me colé para verte porque no podía alejarme de ti por mucho que quisiera.

—Y robaste mis bragas y cubriste mi habitación de fotos mortificantes.

Sacudo la cabeza, necesito un segundo para que sus palabras se asienten.

—Lo siento, ¿qué? ¿Qué fotos?

Vacilante, se sienta, tirando de las mantas con ella.

—Las que tomaste en la fiesta de Nico. Todas las que no podía recordar. Las pusiste… las pusiste por mi habitación para hacerme daño, para que pareciera una puta. —La verdad la golpea mucho antes de que termine de hablar—. No fuiste tú, ¿verdad?

—No, Stella. No fue así. —Mi voz suena fría y llena de miedo—. Vístete, joder.

Ella asiente, esta vez levantándose de la cama y siguiendo órdenes.

—¿Qué estamos haciendo? —me pregunta, siguiéndome por el pasillo unos minutos después.

—Vamos —les digo a los chicos que están sentados en el salón.

Alex ha aparecido-alguien probablemente le envió un mensaje para que no se perdiera el entretenimiento de mi entrega de mis bolas a Stella.

—¿Qué está pasando? —pregunta Theo, que se levanta de un salto.

—Stella se muda. Vamos a buscar sus cosas.

—¿Qué? —chilla mientras Alex se ríe.

—Joder, has pasado de cero a cien un poco rápido, ¿no? —pregunta, divertido.

—Ha estado en su habitación. No va a volver allí.

—Seb, no puedes sacarme de mi casa, así como así —dice tirando de mi mano que tiene la suya agarrada como una mordaza.

—Mírame, Princesa —disparo por encima del hombro antes de tirar de ella desde el piso, los demás, incluida Calli, cayendo en fila detrás de nosotros.

—Deberías irte a casa —le ladra Nico a su hermana.

—Ni de coña. —Ella se acerca a Stella, de pie junto a ella—. Estoy harta de dejar que me pisoteen. Yo también soy parte de esto.

—Callista… —empieza Nico, pero Stella no tarda en interrumpirle.

—No —escupe ella, golpeándole violentamente en el pecho—. Deja de tratarla como a una niña pequeña. Es más capaz de lo que crees.

Los dos se miran fijamente por un momento, pero finalmente Nico se echa atrás.

—Sabia decisión, amigo —dice Toby, dándole una palmada en el hombro antes de mirarme a mí—. ¿Sabías que antes le clavó un cuchillo en las pelotas?

Me restriego la mano por la cara.

—No puedo decir que me sorprenda. Parece que siguen en su sitio, así que supongo que también se salió con la suya.

—Oye —se queja Stella, dándome una palmada en la cabeza—. Estoy aquí, gilipollas.

—Calli —digo, sabiendo que hará feliz a Stella—. Estás con nosotros.

Toby también decide que viene y se sube a la parte trasera de mi Aston.

Mi mirada se cruza con la suya en el espejo retrovisor. Últimamente no estamos muy de acuerdo con lo de Stella, pero en cuanto le miro, veo en su rostro la misma determinación feroz y la misma necesidad de protegerla.

Con un movimiento de cabeza, me concentro en lo que hay que hacer y arranco el motor.

—Joder —chilla Calli cuando enciendo el motor y la vuelvo a sentar en el asiento mientras salgo de la casa de los Cirillo.

El Maserati de Theo se detiene justo detrás de nosotros cuando llegamos a la casa de Stella y los ocho caminamos hacia la puerta principal como una unidad.

Pero nuestra llegada no pasa desapercibida, porque la puerta se abre antes de que lleguemos a ella, y Galen se queda de pie, con los ojos escrutándonos a todos antes de posarse en su hija, confuso.

—Stella, es tan bueno ver…

—Joder —ladra Theo mientras me lanzo contra Galen—. Otra vez no.

—Seb, no —grita Stella, y sólo el sonido de su voz impide que esta vez le dé más de un puñetazo.

La mandíbula de Galen se flexiona mientras se frota en el lugar donde golpeé.

No vuelve hacia mí. No puede, en realidad, ya que todavía lleva un cabestrillo de la última vez.

—¿Qué demonios está pasando? —brama el hombre que debería estar protegiéndola mientras sale corriendo de la casa detrás de Galen.

—No pasa nada —le asegura Stella, e inmediatamente él retrocede un poco.

—No, realmente no lo es.

—Seb —sisea—. Tenemos que llevar esto dentro.

Miro por encima del hombro hacia su entrada y me doy cuenta de que tiene razón.

Cualquiera podría estar escuchando esto, y lo último que necesitamos es que sepa que vamos tras él.

Mis pasos vacilan mientras me acerco a la casa, al darme cuenta.

Si no fuera por mí, Stella se habría enterado antes de esta amenaza.

¿Cuántas otras cosas han hecho que ella supuso que era un juego?

La culpa amenaza con tragarme entero. Podría haber muerto por mi culpa y mi estúpida necesidad de venganza.

Me detengo y me vuelvo hacia ella.

—¿Qué? ¿Qué pasa?

—Hay más, ¿verdad? Las fotos son sólo una parte.

—S-sí.

—Joder, Princesa —suspiro apartándome el cabello de la frente.

—Vamos a coger mis cosas, luego hablaremos.

Una sonrisa se dibuja en mis labios.

—Oh, feliz de mudarte ahora, ¿eh?

Deja escapar un largo suspiro.

—No quiero estar aquí, Seb. ¿Por qué crees que fui a casa de Calli en primer lugar?

Asiento, la agarro y la atraigo hacia mí, rodeándola con mis brazos todo lo que puedo.

—Arreglaré esto, nena. Te lo juro.

—Lo sé —susurra, presionando un beso en la parte inferior de mi mandíbula—. Confío en ti.

El corazón me da un vuelco en el pecho. Bueno, si esas palabras no son tan buenas como escuchar otras tres, entonces no sé qué lo es.

—¿Qué está pasando? —Galen exige al cerrar la puerta detrás de nosotros.

—Ha estado aquí. Ha estado en su habitación. Pensé que estabas arreglando la seguridad.

—Estamos-tenemos. Es imposible que haya estado aquí.

La anticipación ondea en el aire mientras Galen y yo nos miramos fijamente.

—No pondría a mi hija en un riesgo así.

—¿No? ¿No es exactamente así como terminamos en este maldito lío?

—Seb, por favor —suplica Stella, posando su mano en mi antebrazo—. Ha estado aquí, papá. Más de una vez. Y hace poco. Encontré un mensaje en mi espejo cuando salí de la ducha.

—¿Por qué no me lo dijiste?

—Oh, no lo sé —suelta, empezando por fin a perder los nervios—. Tal vez porque una vez más, no estabas aquí.

—Entonces deberías habérmelo dicho —dice Calvin, con la cara cubierta de dolor—. Si lo hubiera sabido entonces…

Stella sacude la cabeza.

—Es demasiado tarde. El daño ya está hecho. No estoy a salvo aquí…

—Así es. He instalado…

—Y aunque así fuera —dice Stella, pasando por encima del argumento de Calvin—. No quiero estar aquí.

—¿Dónde diablos quieres estar en su lugar? —Galen pregunta, sonando como si le acabaran de dejar sin aliento.

No necesito ver que los ojos de Stella se desvían hacia mí. Siento su atención, aunque sea por un breve segundo. Se me hincha el pecho de orgullo.

Toma eso, hijo de puta. Tu propia hija acaba de elegirme.

—¿Él? —Galen escupe, su labio curvándose con disgusto—. Pero tú le odias.

—Sí —dice Stella riendo—. Sí, quiero. —Se acerca a mí y entrelaza sus dedos con los míos—. Aunque eso no va a impedir que me vaya con él.

La boca de Galen se abre y se cierra un par de veces.

—Papá —dice, con voz más suave—, me has educado para ir siempre a por lo que quiero. Para saber protegerme. Pues eso es exactamente lo que estoy haciendo. Aquí no estoy segura. Toda la finca de Cirillo es segura. Nadie me atrapará allí. Y esto —dice levantando nuestras manos—, puede que sea una completa locura. Pero es lo correcto. —Se encoge de hombros—. Así es como va a ser por ahora.

Está claro que Galen conoce lo bastante bien a su hija como para no discutir, y lo único que hace es asentir y hacerse a un lado, permitiéndonos a ambos avanzar hacia las escaleras.

—Stella —llama antes de que demos un paso hacia arriba, su voz áspera por la emoción—, este siempre será tu hogar. Espero que lo sepas.

Se detiene a mi lado y aspira con fuerza.

—Sinceramente, papá, creo que nunca he tenido un hogar. Y menos en este lugar, donde alguien ha estado dentro de mi habitación, mi espacio, sin que ninguno de nosotros lo supiera.

Se hace el silencio en la habitación antes de que Stella me apriete la mano y me lleve escaleras arriba. Los demás la siguen al cabo de un rato.

Theo y Alex se adelantan rápidamente y suben al piso superior antes de comprobar cada una de las habitaciones que hay aquí arriba.

Probablemente sea exagerado. No puedo imaginar que después de todo esto, sería tan estúpido como para estar esperando a que lo encontremos, pero aprecio que se lo estén tomando en serio.

Abro de un empujón la puerta de Stella, entro primero y miro a mi alrededor.

Está exactamente igual que la última vez que estuve aquí, con las cortinas cerradas como si fuera plena noche.

Darme cuenta de que lo ha hecho porque alguien la ha estado vigilando me pone físicamente enfermo.

—Empaca todo lo que necesites. No volveremos aquí.

—No tengo mucho. La ventaja de moverme mucho —dice, con la voz vacía.

Me acerco a ella, que está sacando la ropa interior del cajón, la rodeo con los brazos y apoyo la barbilla en su hombro.

—Voy a mantenerte a salvo, cariño.

—Lo sé —susurra, con la voz llena de emoción y rabia.

Doy un paso atrás y la dejo hacer lo suyo cuando los demás entran y se reúnen con Calli, que está de pie junto a la puerta.

—Todo despejado —dice Theo, aunque yo no esperaba otra cosa.

—Galen parece cabreado —murmura Alex.

—Me importa una mierda —ladro—. Ha permitido que ese puto enfermo entre aquí. Para llegar a Stella. No se la merece.

—Seb —la débil voz de Stella resuena en la habitación—, para, por favor.

Asiento, aunque ella no puede verme mientras sigue metiendo ropa en una maleta.

La tensión en la sala aumenta a medida que pasan los segundos.

—¿Quieres tener el carro listo para salir? —le pregunto a Theo, mientras mi mirada se dirige también a Alex y Nico. Daemon no está; sólo puedo suponer que se quedó abajo con Galen y Calvin.

—Claro. ¿Vas a estar bien?

—Por supuesto. Tobes, ¿te quedas?

—Sí —confirma, con cara de estar dispuesto a luchar por su hermana si todo esto nos estalla encima.

—Saldremos en un rato.

Asienten con la cabeza antes de volver a desaparecer de la habitación.

—Esto es una locura —dice Calli en voz baja mientras Stella se desliza hacia el baño para recoger sus artículos de aseo.

—Bienvenida a nuestro mundo.

Frunce el ceño antes de que un gruñido retumbe en su garganta y sus pequeños puños se cierren.

—También es mi mundo, gilipollas. Acabas de encerrarme fuera de él.

Mis labios se separan para decir algo, pero en realidad no tengo respuesta.

—Nico y Theo, sólo están tratando de…

—Protégeme, lo sé. Es sofocante.

—Pues enfréntate a ellos. Conozco a alguien que puede enseñarte —digo, lanzando una mirada en dirección a mi chica.

—¿Necesitamos dos? —pregunta Toby ligeramente, tratando de insertar algo de humor en nuestra conversación.

—Necesitamos más de dos —afirma Calli con seguridad.

—Vale, estoy lista —anuncia Stella, pasándome una de las bolsas que ha preparado mientras Toby coge la otra.

—Larguémonos de aquí.

Toby va primero, y yo hago un gesto a Calli y Stella para que vayan delante de mí.

Galen y Calvin están al pie de la escalera cuando llegamos, con caras poco divertidas.

—¿Podrían darnos un minuto? —nos dice Stella a Calli y a mí cuando nos detenemos.

—N-no, no quiero…

—No voy a hacer daño a mi hija, Sebastian —Galen gruñe.

—Está bien —me asegura Toby—. Ve a meter esto en el carro. Sólo tardaremos unos minutos.

Doy un paso hacia Galen y lo miro fijamente a los ojos, desafiándolo a que intente algo.

Me sostiene la mirada, pero no dice nada.

No puede. Sabe que tengo razón.

Capítulo 24

Stella

Miro fijamente los ojos resignados de mi padre, mi propia rabia por todo esto sube de tono una vez más.

—¿Por qué le dejas hacer esto? ¿No deberías luchar más por mí? —pregunto, necesitando saber cómo puede quedarse ahí parado y dejar que me vaya.

—Porque tiene razón —dice, con la voz cargada de emoción. Al oírle derrumbarse, se me hace un nudo en la garganta.

Mi padre nunca es emocional. Nunca muestra sus sentimientos. Nunca.

—Metí la pata. He intentado tanto protegerte de todo esto, pero claramente no fue suficiente.

—Todo lo que tenías que hacer era decirme la verdad. Decirme quién era, quiénes somos. Las cosas que has hecho.

Sus cejas se fruncen cuando digo esas últimas palabras.

—Sé que mataste al padre de Seb.

Se echa hacia atrás como si le acabara de abofetear.

—N-no. No lo hice.

—Pero él... —Miro hacia la puerta por la que Seb ha desaparecido hace unos segundos antes de mirar a Toby, que parece confuso.

Entonces no era de dominio público, obviamente.

—Yo cargué con la culpa, Stella. Pero no fui yo quien apretó el gatillo, te lo juro.

—Pero él cree…

—Nunca íbamos a volver aquí. Acordé que nos mudaríamos y empezaríamos nuestras vidas de nuevo. Lo había estropeado demasiado aquí, y un nuevo comienzo era nuestra única oportunidad.

—¿Por qué? —pregunto, esperando y rezando por algo de honestidad.

—P-porque… —Duda, sus ojos se dirigen a Toby por un breve instante.

—Por mi madre. Nuestra madre.

Papá asiente una vez.

—Lo siento mucho, Stella. —Su voz se quiebra y sale del pasillo dando un portazo tan fuerte que hace vibrar la casa.

—¿Qué ha pasado con tu madre? —le pregunto a Toby, incapaz de contemplar siquiera llamarla mi madre todavía.

—Vamos a llevarte de vuelta y hablaremos, ¿sí?

Entorno los ojos hacia él, necesitando que desaparezcan todos estos putos secretos.

—Te lo prometo. Toda la verdad.

—Vale —suspiro, cogiéndole la mano, porque la expresión destrozada de su cara cuando se plantea decirme lo que sea me hiere físicamente.

Con una mirada a Calvin, me dirijo hacia la puerta, más que dispuesta a salir de aquí.

—Estoy trabajando con la seguridad de Damien, bebé D. Atraparemos a este hijo de puta.

—Sí —murmuro, sin mucha confianza.

—Si necesitas algo, ya sabes…

—Estaré bien. Gracias, Calvin.

Aspira con dureza ante mi tono frío, pero ya he superado todo esto. Paso de herir sus sentimientos o los de mi padre. Puede que no sea culpa suya. Debería haberle contado a alguien lo de las notas, las fotos. Pero pensé que era Seb. Nunca en un millón de años pensé que alguien me quería muerta. Entonces, ¿por qué papá y Calvin deberían sospechar algo?

Papá me tuvo encerrada aquí durante semanas -supongo que para garantizar mi seguridad cuando por fin saliera- y sólo puedo suponer que de verdad pensaba que todo iba bien.

¿Cómo de jodidamente equivocada estaba?

Cuando salimos de casa, encontramos el coche de Theo al ralentí, listo para salir, pero Seb ni siquiera se ha subido al suyo. Nos mira fijamente mientras bajamos un par de escalones cogidos de la mano.

Parece feroz. Mortal. Pero afortunadamente, desde que descubrí la verdadera conexión entre Toby y yo, no veo celos en él.

Supongo que algo bueno puede haber salido de todo esto. Puede que estos dos no se maten peleando por mí. Neandertales.

—¿Estás bien? —me pregunta Seb en cuanto me acerco a él.

—Llévame a casa, por favor.

—Joder, nena —gime, deslizando su mano por el lateral de mi cuello y bajando su frente hasta la mía—. Dilo otra vez.

—Llévame a casa.

Una sonrisa perversa tuerce sus labios antes de que se aprieten contra los míos para un beso casto. Aunque sea rápido, lo siento hasta en los dedos de los pies.

En cuanto está en el carro, acelera y salimos volando detrás de Theo. Pero no es lo bastante rápido como para que no vea a mi padre junto a la ventana de la sala, mirándome como si no fuera a volver a verme.

Seb se da cuenta y se acerca para cogerme la mano mientras Calli se inclina sobre la silla y me aprieta el hombro.

—Todo va a salir bien. Te lo juro, joder.

Asiento, ahogada de nuevo.

—Lo sé —chillo, incapaz de hacer más fuerza para superar el nudo en la garganta.

El viaje de vuelta a casa de Theo es tranquilo. Nadie dice una palabra, y lo agradezco, ya que me permite intentar procesar todo esto.

Seb y Theo cogen mis maletas del maletero y yo sigo a Calli escaleras arriba, donde los demás ya han desaparecido.

Se escabulle hacia el sofá con los chicos mientras Seb y Toby me siguen hasta lo que supongo que es la habitación de Seb.

Cuando entro, me doy cuenta de cuántas preguntas tengo aún sobre él. Sobre su vida, la Familia.

Colocan las maletas en el extremo de la cama y ambos dudan.

—Toby y yo tenemos que hablar —le digo a Seb—. ¿Un momento…?

—Puede quedarse —dice Toby, cortándome—. Tengo la sensación de que todo lo que he estado callando va a salir pronto de todos modos. Además, no puedo esperar que se lo ocultes después de todo.

—¿Estás seguro? Si es personal entonces…

—No más secretos, Stella. No más mentiras.

Asiento, temiendo ya lo que va a decirme. Por la expresión de su cara, sé que va a ser muy doloroso.

—¿Nos traigo algo de beber? —Seb ofrece, claramente sintiendo exactamente lo que siento.

—Sí. Uno fuerte —dice Toby con una risa sin humor.

Se deja caer en la silla de la esquina de la habitación que está cubierta de ropa de Seb mientras yo arrastro mis maletas fuera de la cama una vez más y me siento en el centro con las piernas cruzadas, esperando oír cualquier horrible verdad que haya estado ocultando.

Toby guarda silencio, sus dedos tamborilean nerviosos en el brazo de la silla mientras espera a que Seb regrese.

Se me hace un nudo en el estómago mientras le miro fijamente. No tengo ni idea de lo que está a punto de confesar. Sea lo que sea, le está destrozando por dentro, eso está claro.

La apertura de la puerta nos sobresalta a los dos antes de que Seb se cuele en la habitación y le pase a Toby una lata de cerveza y una botella de vodka.

Ignora la cerveza y, en su lugar, bebe unos cuantos tragos de vodka antes de devolvérsela.

—Gracias —susurro cuando me pasa lo mismo.

—¿Se te da bien la cerveza? —pregunta, con la preocupación tirándole de la frente.

—Tomaré lo que pueda conseguir ahora mismo.

Se desliza hasta la cama conmigo y me rodea la cintura con el brazo, apretando los labios contra mi hombro.

El alcohol quema, pero golpea exactamente donde lo necesito.

—Vamos —animo a Toby, que parece a punto de salir corriendo, con el rostro desangrado y una mirada inquietante.

Nos mira a los dos por un momento antes de centrarse en mí.

—Nuestra madre, está… enferma.

Asiento, necesitando un poco más que eso.

—Se está recuperando de una operación en la que le extirparon un tumor cerebral.

—¿Qué? —Seb respira, la incredulidad recubre su voz—. ¿Cómo no sabemos esto?

—Porque mi padre es un puto cabrón, por eso.

Miro justo a tiempo para ver cómo Seb abre y cierra la boca mientras intenta encontrar unas palabras.

—Continúa. —El agarre de Seb en mi cadera se tensa, diciéndome todo lo que realmente necesito saber sobre su relación con Toby.

Puede que tengan sus diferencias, pero lo que Toby me dijo el primer día que salimos era cierto. Matarían el uno por el otro. Veo eso en Seb ahora mismo. Puede que sólo Toby y yo compartamos la misma sangre, pero en esta familia, eso no importa.

—Se lo diagnosticaron hace un tiempo. Papá no quería decírselo a nadie, ni causar un drama innecesario, porque los médicos tenían la esperanza de que con algún tratamiento todo iría bien.

—Tenía razón. Durante bastantes años, las cosas fueron bien. Pero entonces empezamos a notar cambios en ella. Era más olvidadiza, se acostaba más a menudo con dolores de cabeza. Ella lo atribuía al estrés. Hasta que no tuvo un ataque, no fue al médico.

—Volvió —susurro.

—Sí. Bueno, en realidad nunca desapareció. Fue… controlado. En pausa, supongo. De todos modos, había crecido, y los médicos decidieron que la única posibilidad era la cirugía seguida de más tratamiento.

—¿Y aun así lo mantuviste en secreto? —pregunta Seb, asombrado.

—Seb —suspira Toby, pasándose la mano por el pelo—. El hombre que tú ves y el padre que yo veo son personas muy diferentes.

—¿Qué es lo que…?

—Ha abusado de ella durante años —confiesa Toby en voz baja—. De nosotros. Él…

—¿Qué? ruge Seb, soltándome y saltando de la cama, con los músculos tensos.

Pero Toby es más rápido, o simplemente lo ve venir y le cierra el paso mientras marcha hacia la puerta.

—No lo hagas, Seb. No te estoy contando todo esto para que vayas allí y le metas una bala en la cabeza.

—Pero…

—Todavía no, ¿vale? Todavía no. —Seb asiente, sus hombros se relajan un poco—. Además, el día que eso ocurra, yo seré el que esté al otro lado de la bala.

Una oleada de tensión recorre la sala y nos obliga a todos a guardar silencio.

La cabeza me da vueltas y el corazón me duele por una mujer a la que nunca he conocido, pero con la que, sin embargo, me siento unido.

Seb permanece de pie en medio de la habitación, con cara de inútil ahora que no puede ir a matar a nadie, y Toby parece destrozado mientras se deja caer en la silla. Tiene el cabello revuelto por haberse pasado los dedos por él y sus ojos, normalmente azules, están oscuros y atormentados.

—Ella es la razón por la que volvimos —afirmo—. Mi padre volvió por ella.

—Aterrizaste dos días antes de su operación.

—Joder —respiro, dejando caer la cabeza entre las manos—. ¿Por qué no me lo dijo?

—Para que no tuvieras que volver a perderla si ocurría lo peor. —Levanto la vista justo a tiempo para captar el final del encogimiento de hombros de Toby.

—Joder, yo…— Me levanto de la cama y empiezo a dar vueltas, incapaz de quedarme quieto con toda esta ansiedad recorriéndome el cuerpo—. Joder.

Los ojos de ambos se clavan en mí mientras marcho de un lado a otro, intentando ordenar mis pensamientos.

De repente, me detengo y me vuelvo hacia Toby.

—¿Está…? —Me muerdo el labio inferior, me siento tan fuera de mí con todo esto que ni siquiera tiene gracia—. ¿Va a sobrevivir a esto?

—Todavía tiene que recibir más radiación, pero la operación fue un éxito. Los médicos tienen esperanzas.

—Muy bien. Así está bien. Muy bien. Y tu padre… ¿lo… sabe? —Toby frunce el ceño—. ¿Sobre mí?

—Stella —suspira—. Hay once meses entre nosotros. Estoy seguro de que se habría dado cuenta.

—Dios. ¿A qué coño estaban jugando? Tu madre tenía un maldito recién nacido, y un marido, supongo.

Toby asiente, confirmando mis pensamientos.

—No sé lo que pasó. Mamá no está en condiciones de desenterrar el pasado ahora mismo, y bueno, intento hablar con mi padre lo menos posible.

—Dijiste que tu padre…

—Es un cabrón controlador. Siempre lo ha sido. Nada de lo que hacemos es lo suficientemente bueno. Es…

—Tienes que salir de ahí —digo al mismo tiempo que Seb dice—: Tiene que morir.

—Lo sé —responde—. Pero no es tan fácil. Créeme, si lo fuera, le habría volado los sesos hace mucho tiempo.

La mirada despiadada de Toby me hace pensarlo dos veces. Siempre me he preguntado por qué era amigo de Seb y los demás cuando parece tan diferente. Pero ahora, con esa feroz determinación de matar a su propio padre grabada en cada uno de sus rasgos, me doy cuenta de que no es tan diferente. Simplemente mantiene esa faceta de él más oculta que los demás.

Estoy seguro de que probablemente debería aterrorizarme, saber que estoy rodeado de tipos capaces de cosas como matar a sus propios padres. Pero con mi realidad en este momento, nunca me he sentido más seguro.

—No me puedo creer que no supiéramos todo esto. Joder, amigo —dice Seb, horrorizado de que su amigo haya pasado por todo esto y ninguno de ellos fuera consciente.

—No pasa nada. Nada de esto es culpa tuya.

Me acerco a Toby, me dejo caer sobre su regazo y lo estrecho entre mis brazos.

—Siento mucho que hayas tenido que pasar por esto solo.

Tiembla en mi abrazo y deja escapar un suspiro tembloroso en mi oído, pero no pronuncia ni una palabra más.

—¿Puedes darnos un minuto? —le digo a Seb sin soltar a Toby.

—Claro. Necesito otra cerveza después de eso.

—Seb —dice Toby, levantando la cabeza del hueco de mi cuello antes de abrir la puerta.

—Por favor, no…

—No diré nada, Tobes. Sé que soy un gilipollas, pero puedes confiar en mí.

Seb tiene la puerta abierta y está a punto de escabullirse cuando Toby vuelve a hablar.

—Galen no mató a tu padre.

Seb se queda inmóvil, todo su cuerpo se bloquea.

—¿Q-qué?

—Nos lo dijo antes de irnos de casa de Stella. No fue él. Le creí.

—Entonces, ¿quién era? —Seb gruñe.

—No tengo ni idea. Pero creo que hay más en todo esto de lo que somos conscientes.

Una risa amarga cae de los labios de Seb.

—Sí. Parece que hay aún más secretos y mentiras de lo que todos pensábamos.

Sin decir nada más, Seb sale de la habitación, dejándonos solos a Toby y a mí.

Vuelve a respirar entrecortadamente y me abraza con fuerza.

—Ya no estás solo, Toby. Cualquier cosa que necesites, me tienes a mí. A ellos. Resolvemos esta mierda juntos, ¿sí?

Después de unos segundos, me suelta para poder levantar la vista, nuestros ojos azules se encuentran.

—Sabes, siempre pensé que sería genial tener una hermana.

—Bueno, parece que he hecho realidad todos tus sueños.

—Bueno. —Se aclara la garganta—. Que fueras mi hermana no fue lo primero que pensé cuando te miré.

—Bueno, menos mal que no actuaste en consecuencia, ¿eh? Imagina a nuestros hijos.

—Preferiría que no. —Se ríe, y es tan jodidamente bueno ver una sonrisa.

Aunque mi siguiente pregunta le borra eso de la cara.

—¿Qué tan mal está realmente, Toby? ¿Va a salir de ésta?

—Tienen la esperanza de que esto haya tenido éxito y le dé más tiempo.

—¿Qué significa eso?

Se encoge de hombros.

—¿Cuánto tiempo tenemos?

El silencio se extiende entre nosotros.

—Joder. Esto es jodidamente deprimente.

—Lo siento. ¿Por qué crees que no se lo he dicho a nadie?

—¿Cómo has podido cargar con todo esto durante tanto tiempo? —le pregunto, realmente curioso y preocupado por él.

—¿Cómo empezaste tu vida una y otra vez? Todos hacemos lo que tenemos que hacer. Aguanto la mierda de papá porque es la única manera de asegurar que mamá reciba el tratamiento que necesita.

—¿Por eso no puedes matarlo? —le pregunto.

—Necesita el mejor tratamiento, Stella. Es su única oportunidad.

—Joder. ¿La ha visto mi padre, lo sabes?

—No estoy seguro. No que yo haya visto. Papá tiene el control total de su cuidado. Todos los que vienen a la casa a cuidarla han sido investigados, han firmado acuerdos de confidencialidad. Llevaría algo de trabajo organizarlo.

—¿Por qué vendría aquí si no pudiera verla?

—¿Sólo para estar cerca? —Toby dice tristemente.

—Todavía la quiere —susurro, más para mí que para Toby.

De repente, su falta de compañía femenina a lo largo de los años empieza a tener sentido. ¿La madre de Toby siempre lo ha sido para él?

¿Pero por qué marcharse? ¿Por qué cargar con la culpa de la muerte del padre de Seb y agarrarme y huir?

—Te estaban protegiendo —dice Toby, lo que me hace preguntarme si he dicho esas preguntas en voz alta.

—¿Has hablado con tu madre de todo esto?

Sacude la cabeza.

—Estoy seguro de que la habitación tiene micrófonos. Ni siquiera me atrevo a mencionarlo. Si papá supiera que estás aquí… mierda, Stella. No tengo ni idea de cómo reaccionaría. No te quiero cerca de él.

Un pensamiento me golpea de la nada.

—¿Fue él?

—¿Qué era él?

—¿Me ha apuñalado? ¿Me ha estado acosando?

Toby niega con la cabeza.

—Ya veo por dónde vas. Pero ése no es el estilo de mi padre. Si quisiera que te fueras, ya lo habría hecho.

—Mierda. —Tiene sentido que sea él—. Debe odiarme.

—No es algo que le desearía a nadie. He pasado dieciocho años en el extremo de ese odio. No es un lugar divertido en el que estar.

CAPÍTULO 25

Sebastian

Las palabras de Toby dan vueltas en mi cabeza mientras avanzo por el pasillo, con el sonido de las voces de todos llenando mis oídos.

Cuando levanto la vista, veo que todos me miran con cara de preocupación.

—¿Cómo está? —pregunta Theo.

Asiento, sin saber cómo responder a esa pregunta.

—Ella estará bien. Podemos mantenerla a salvo aquí.

—Puede quedarse el tiempo que necesite. —Cuando lo dice, es la primera vez que me doy cuenta de que le he obligado a hacerlo.

—Mierda, yo…

—Está bien, Seb. No es como si pudieras llevarla a la tuya.

Murmuro mi acuerdo.

—Aparte del hotel, este es el lugar más seguro para ella. Le he dicho a papá que está aquí. Está poniendo gente fuera, por si acaso.

Asiento, agradeciendo que el jefe esté de nuestro lado en esto.

Abro el refrigerador, agarro un montón de cervezas, le paso una a Daemon, que está sentado en la isla hablando por teléfono, antes de bajarlas a la mesa de centro alrededor de la que están todos sentados y dejarme caer en la silla vacía.

—No puedo creer que Galen permitiera a ese hijo de puta entrar en su casa —murmura Alex.

—Stella pensó que había sido yo. No tenían ni idea de que pasaba algo hasta que la apuñalaron—.

—Joder —dice Alex, pasándose una mano por la cara.

—Sí, bueno, si fueras menos capullo —se burla Calli.

—¿No deberías estar en casa, Baby C?

—Vete a la mierda, Seb.

—Esto no me gusta —se queja Nico, mirando de reojo a su hermana.

—Stella me quiere aquí y lo sabes. Trata de deshacerte de mí y ella amenazará tu hombría de nuevo.

Se mueve, cubriéndose.

—Eres jodidamente valiente, dejándola cerca de los tuyos —me dice con un guiño—. La puta es jodidamente peligrosa.

—Lo sé. Hace calor. —Me tiro de los vaqueros, acomodándome para diversión de Theo y Alex. Calli no hace más que poner los ojos en blanco—. Puedes irte cuando quieras, Baby C. Seguro que a Nico le encantaría acompañarte a casa.

Frunce el ceño y un gruñido le sube por la garganta.

—Ah mira, la convertiremos en una de nosotros todavía.

—Su tiro no es malo —dice Daemon desde detrás de nosotros.

—No —dice Nico—. Mi hermana pequeña no se va a meter en esta mierda.

—Perdona —Calli gruñe, echándose hacia atrás—. Tu hermana hará lo que le dé la gana.

No puedo evitar el orgullo que se me hincha en el pecho al ver cómo se miran los hermanos.

Puede que Nico no esté muy impresionado, pero la influencia de Stella está haciendo cosas buenas por Calli. Ya era hora de que se levantara por sí misma.

Pasan otros diez minutos antes de que se abra la puerta de mi habitación y Toby salga, aún con cara de estar destrozado por su confesión.

Me duele el corazón por él, por lo que está pasando.

Odio que no tuviéramos ni idea.

Claro que sabía que su padre era un poco capullo. Recuerdo que de niño era un maniático del control cuando estábamos en su casa. Pero mi ingenua y joven yo simplemente asumía que no quería que los niños ensuciaran su casa. Nunca pensé que fuera algo más. Cualquier cosa que Toby y su madre, María, hubieran estado sufriendo todos estos años.

Dejo escapar un suspiro al pensar en ella. Siempre que la veía estaba sonriendo, siempre feliz. Con su larga melena rubia y sus brillantes ojos azules, como los de Toby y Stella, siempre estaba estupenda. En un sentido que no era el de una MILF. Mi madre siempre estaba en tal estado que era agradable ver que a los demás les importaba.

Su casa era igual. Siempre perfecta. Podía entender por qué Jonas, el padre de Toby, no quería que todos anduviéramos sueltos por ella, causando el caos.

—Toma —le digo, pasándole una lata mientras se acerca—. ¿Todo bien?

Asiente, poniendo su cara de juego que ahora me doy cuenta de que todos hemos estado mirando, perdiéndonos por completo todo lo que ha estado ocultando durante demasiado tiempo.

—Sí. Stella está duchándose. Saldrá en un rato.

Vuelvo la vista hacia la puerta y mis dedos se enroscan en el brazo de la silla cuando mi necesidad de ir a buscarla casi se apodera de mí.

—Sólo necesita un momento.

Asiento en señal de comprensión y me obligo a quedarme quieto.

No puedo imaginar por todo lo que está pasando.

Una ola de silencio recorre la habitación. El peso de por qué estamos todos aquí sentados, de por qué Stella está encerrada sola en mi habitación, nos presiona a todos.

—Tenemos que divertirnos —anuncia Alex.

—Se acerca la fiesta de Halloween —dice Calli emocionada.

—¿Te ha dejado ir este año? —pregunta Theo, señalando a Nico con la cabeza.

—Este año, no tiene elección. Tengo diecisiete años. Puedo disparar un arma ahora. Me voy.

—Un grano en el culo, mocoso —murmura Nico en voz baja.

—Puede que incluso encuentre a alguien con quien enrollarse —insiste, con un brillo en los ojos que demuestra que sólo le está provocando. Joder, también funciona.

—Si pudieras elegir a alguien con quien no vayamos a entrar en guerra, sería ideal.

—¿Cómo demonios iba a saber quién era?

—Se llama Antonio Santoro. ¿Cómo no lo sabías?

—Puede ser, gilipollas, porque no pedí comprobar su identificación antes de empezar a bailar con él.

—Bueno, quizá deberías hacerlo de ahora en adelante.

—Increíble.

—Él sabía quién eras, Calli. No es posible que no lo supiera. ¿Por qué crees que quería bailar contigo, que quería pasar tiempo contigo? Los Mariano están haciendo una jugada, ¿y dos de sus hijos deciden acercarse a ti y a Stella? —Se me crispan los puños al pensar que ese hijo de puta la ha tocado—. No es una puta coincidencia, Cal.

—Ugh, lo que sea. Era simpático.

—Es un maldito italiano. Te lo enviaron por una razón.

—¿Y si no fuera así? ¿Y si le gustara de verdad?

Nico se restriega la mano por la cara y se toma un momento para pensar su respuesta. Los demás nos quedamos callados, sin querer involucrarnos en su disputa entre hermanos, a pesar de que es evidente que Nico tiene razón.

—Eres increíble, Calli. Tienes que olvidarte de él. Sólo estás buscando problemas si mantienes algo vivo allí.

—Da igual —se burla ella, sin confirmar ni negar que haya vuelto a hablar con él desde aquella tarde en que los pillamos.

Calli echa humo en silencio mientras Nico da un trago a su cerveza con una sonrisa de satisfacción en la cara, sabiendo que ha ganado ese asalto. Calli puede discutir todo lo que quiera; los hechos son irrefutables. Antonio buscaba algo, algo más que meterse en sus bragas y presumir de ello. Le habían plantado esa noche. Los dos lo estaban. Aún está por ver por qué. Las cosas parecen haberse calmado de nuevo desde el drama de ese día, o al menos nadie me dice nada al respecto si no lo han hecho.

—Me voy —dice Daemon después de unos segundos—. Calli, ¿quieres que te lleve a casa?

Mira a Daemon por encima de mi hombro antes de clavarle a su hermano otra mirada mortal.

—Sí, pero no por este gilipollas. Porque es noche de colegio.

—Claro —se ríe Nico.

—Sólo necesito despedirme de Stella y podemos irnos.

Daemon debe estar de acuerdo detrás de mí, porque salta a través de nuestras piernas extendidas y se dirige hacia mi habitación.

—Esta noche ha sido jodida, amigo —ofrece Theo cuando Calli se ha ido.

—No me digas, joder —digo frotándome la mandíbula áspera mientras lanzo una mirada en dirección a Toby. Está distraído, demasiado ocupado mirando su lata como para notar mi atención. Mi corazón vuelve a romperse por él.

—Supongo que ahora te sientes muy engreído —murmura Alex.

—¿Q-qué? ¿Por qué coño iba a sentir eso? —Le ladro.

—¿No viste la cara de Galen cuando te fuiste con lo único que le importa más que nada? Estoy seguro de que esa fue tu maldita venganza.

—No exactamente como lo planeaste —añade Theo.

Sus palabras me dan vueltas en la cabeza, pero a diferencia de lo que esperaba hace sólo unas semanas, no siento ningún tipo de felicidad o alegría por el hecho de que pueda haber ganado.

La realidad es que mientras haya alguien ahí fuera que claramente quiera llegar a Stella, ambos corremos el riesgo de perder. Porque si la atrapa de nuevo, si la lastima de nuevo, no estoy seguro de poder soportarlo. Especialmente si no fuera lo suficientemente rápido la próxima vez.

—No fue él —confieso, repitiendo la única información que Toby me dio y que puedo compartir.

—¿Qué? ¿Cómo lo sabes?

—Nos lo dijo a Stella y a mí antes de salir de casa.

—¿Y le creíste? —pregunta Theo.

—Sí, le creo. Después de todo esto, después de la forma en que Seb lo ha tratado… Si fuera él, simplemente confesaría. Ya está perdido. Hay poca diferencia en este punto.

—Estoy de acuerdo con él —digo.

—¿En serio? —pregunta Alex, con cara de auténtica confusión.

Me trago lo que me queda de cerveza y dejo caer la lata sobre la mesa.

—Está perdido. Ya no tiene sentido encubrirlo.

—Era un chivo expiatorio —dice una voz profunda detrás de mí un tiempo antes de que Daemon camine a nuestro lado—. Si lo que dices es cierto, entonces Damien lo usó como chivo expiatorio, sabiendo que se iba, para encubrir quién lo hizo realmente.

—Pero, ¿por qué? Nada de esto tiene sentido. ¿Por qué tenía que irse Galen?

—Para proteger a Stella —dice Toby al cabo de unos segundos, ganándose toda nuestra atención.

—Vamos —anima Theo.

—No conozco los detalles. Todavía no. Pero mamá se quedó embarazada de otro hombre sólo unas semanas después de que yo naciera. No es probable que mi padre lo acepte. Galen asumió la culpa de la muerte del padre de Seb, sabiendo que sería la razón perfecta para desaparecer con su pequeña, lejos de cualquier peligro.

—¿Crees que tu padre habría hecho algo?

Toby palidece.

—Sé que lo habría hecho —confirma.

—Bueno, mierda —dice Theo, inclinándose hacia delante y apoyando los codos en las rodillas.

El sonido de una puerta abriéndose llena la habitación, y todos miramos como Calli se escabulle de mi habitación y mira hacia nosotros.

Me sonríe tristemente antes de asentir a Daemon.

—Vámonos.

Nico espera a que desaparezcan para anunciar que él también se va.

—¿Entonces por qué no te llevaste a Calli a casa? —pregunta Alex, exasperado.

—No me voy a quedar con ella. Además, no pienso volver a casa. —Me guiña un ojo, con una sonrisa de suficiencia en los labios—. Disfruta de la noche escuchando a esos dos liarse —anuncia antes de lanzarme una mirada divertida y desaparecer por la puerta una vez que está seguro de que Daemon y Calli estarán lo bastante lejos como para no darse cuenta de su presencia.

—Hijo de puta —gruñe Alex.

—Siéntete libre de irte. Sabes que sólo está conociendo a alguna zorra que le dará una nueva ETS.

Alex finge ofenderse, pero todos sabemos que es una broma. No es más exigente con las mujeres con las que pasa el tiempo que Nico.

—Estoy bien —dice, agarrando otra cerveza—. Me relajaré aquí. Sólo prométeme que te lo tomarás con calma, ¿vale?

—¿Qué? Somos capaces de hacer algo más que follar.

—Sí, lo sabemos. Discutiendo. Ambos son igual de ruidosos.

Mis labios discrepan, pero pronto me doy cuenta de que no tengo respuesta.

—No voy a escuchar cómo te follas a mi hermana —interviene Toby.

—Vaya, es como si ninguno de ustedes quisiera que nos divirtiéramos. —Pongo los ojos en blanco dramáticamente—. ¿Te quedas, Tobes, o tienes que volver?

Me mira con los ojos entrecerrados, como si fuera a delatarlo. Pues no. Es más que bienvenido a guardar sus secretos. Pero me alegro de que se lo confesara a Stella. Se merece saberlo todo sobre su vida.

—Estoy bien —dice, estirando las piernas—. Ella es mi mayor preocupación ahora mismo. —Asiente en dirección a mi dormitorio, y mi necesidad de mi chica sube un escalón.

—Dímelo a mí —murmuro.

—Nadie la traerá aquí.

—Theo, hermano. Has conocido a Stella, ¿verdad? No podemos encerrarla en un castillo. Ella no es Calli.

Asiente, más que consciente del tipo de trucos que Stella podría hacernos si se nos ocurre intentar que se quede quieta.

—Papá ha puesto detalles de seguridad sobre ella. No podrá ir a ninguna parte sin al menos dos pares de ojos sobre ella en todo momento.

—Bien. Pero más vale que sean los mejores. Apostaría dinero a que ella encuentra una manera de escabullirse de ellos.

Se ríe, claramente de acuerdo conmigo.

—Están avisados. Ahora —dice, levantándose del sofá en busca de más cerveza—. ¿Por qué coño sigues aquí fuera con nosotros cuando ella está ahí sola?

—Vete a la mierda, hermano. Buenas noches —digo mientras salgo por el pasillo en busca de mi chica.

Sólo el resplandor de la luz de mi mesilla de noche ilumina la habitación cuando me deslizo dentro. Casi espero encontrarla en la cama, pero está hecha.

—Hola —respira, saliendo de mi cuarto de baño.

—Joder —ladro, levantando la mano para echarme el cabello hacia atrás al verla de pie, sólo con mi camiseta, con las piernas desnudas a la vista y las tetas sin sujetador presionando la tela. Su rostro desmaquillado me permite ver lo que le han hecho todas las revelaciones de hoy. Es jodidamente guapa, pero parece agotada.

—¿Todo bien?

—U-uh… —Tartamudeo mientras mi cerebro entra en cortocircuito—. S-sí. Daemon acaba de llevarse a Calli a casa. Nico se fue en favor de un ligue.

—Bonito.

—Estoy seguro de que no necesitas que te diga que es un puto perro.

—Porque el resto de ustedes son ángeles totales.

—¿Yo? —pregunto señalándome a mí mismo—. Creo que descubrirás que era virgen hasta que te conocí en ese cementerio.

—Sí, está bien —se ríe, mirando alrededor de la habitación un poco incómoda.

Cierro el espacio que nos separa y le rodeo el cuello con la mano, enredando los dedos en su pelo mojado.

—¿Qué pasa, cariño?

Exhala un largo suspiro antes de arrastrar sus ojos hasta los míos.

—¿De verdad vamos a hacer esto? —pregunta en voz baja.

—Haremos lo que sea para mantenerte a salvo, Princesa. Lo que sea necesario.

Asiente en respuesta.

—Vamos, necesitas descansar.

CAPÍTULO 26

Stella

Seb retira las sábanas y yo me meto en la cama, observando cómo se quita la sudadera y se quita los pantalones de las caderas, subiendo a mi lado en calzoncillos negros ajustados. Es una vista de puta madre, y sin duda despierta un poco mi agotado cuerpo cuando su bulto en ese pequeño trozo de tela me llama la atención.

—Hola —respira, con una voz profunda y llena de emoción y hambre. Es una mezcla embriagadora que me golpea en todos los lugares adecuados.

La longitud de su cuerpo se aprieta contra el mío antes de que su pierna se enganche en mi cadera y su mano serpentee alrededor de mi cintura, arrastrándome aún más cerca.

—Eh —susurro, mirándole fijamente a los ojos oscuros, obsesionándome rápidamente con su profundidad ahora que la ira ha disminuido.

No se mueve, sólo me mira fijamente a los ojos como si estuviera tan embelesado con los míos como yo con los suyos.

—¿Vives aquí con Theo? —pregunto, una de las muchas preguntas que me queman por dentro.

—En su mayor parte, sí.

—Pero qué pasa con…

—Silencio —susurra, presionando dos dedos sobre mis labios—. Han sido suficientes confesiones por hoy. Mañana te lo contaré todo. Te lo prometo.

—Vale —susurro, confiando en que lo hará.

—Ahora mismo, sólo quiero recordarme que estás aquí. —Un beso—. Que estás bien. —Otro beso—. Y que eres mía. —Y otro más.

Mi respuesta se interrumpe cuando él profundiza el beso, introduce su lengua en mi boca y me deja probar la cerveza que ha estado bebiendo.

Me besa hasta que ambos nos quedamos sin aliento, nuestros cuerpos ardiendo y su polla dura y preparada, presionando justo contra mi dolorido clítoris.

—Seb —gimo, rodando mis caderas contra él—. Te necesito.

—Necesitas descansar —responde, dándome un mordisco en la mandíbula.

—Yo puedo. Después de que me hagas correrme.

—Joder, nena. No juegas limpio.

—¿Cuándo juegas limpio? —Le pregunto, sabiendo muy bien que sólo juega sucio. Siempre.

—Con una condición.

—¿Hmm? —Murmuro, frotándome descaradamente contra él, mi orgasmo ya empieza a crecer sólo por eso.

—Joder, puedo sentir lo mojada que estás.

—Pues haz algo al respecto.

Una sonrisa de complicidad se dibuja en mis labios cuando su mano me abandona para bajarle los calzoncillos y liberar su polla.

—Eres perversa —gime mientras nos besamos y frota la cabeza de su polla entre mis pliegues.

—Hace falta ser uno para conocer a otro. Mierda —jadeo cuando se burla de mí empujándome ligeramente—. Por favor —le suplico, con los músculos agitándose, desesperada por sentir cómo me abre.

—Tienes que estar callada. Los chicos -tu hermano- están ahí fuera esperando a ver si follamos o peleamos primero.

No puedo evitar reírme, lo que tensa mis músculos y hace que un gemido de placer retumbe en su garganta.

—Eso se habría sentido aún mejor si estuviera lleno de ti.

—Jodidamente perverso.

Me aprisiona los labios y, obviamente, toma mis burlas como un acuerdo para que me calle mientras me penetra todo lo que puede en esta posición.

Sube mi pierna por encima de su cadera y me aprieta.

Es lento, diferente a todas las otras veces que hemos estado juntos.

No hay odio ni dolor. Sólo desesperación y promesas de algo mejor por venir.

—Te mantendré a salvo, te lo prometo, nena.

—Lo sé —susurro, reprimiendo mi respuesta inicial de decirle que no es su responsabilidad. Pero me doy cuenta de que, si vamos a hacer esto de verdad, tengo que olvidarme de algunas peleas y dejarle hacer lo que tiene que hacer.

Nunca acelera el ritmo. Ni rompe nuestro beso después de que yo haya dicho esas palabras.

Cada movimiento de sus caderas y cada caricia de su lengua lo marca directamente en mi alma.

Es aterrador. Emocionante.

Y joder, no quiero que pare nunca.

~~~

Cuando me despierto, Seb me abraza tan fuerte como cuando me dormí.

Sólo tardé unos minutos en quedarme dormida después de que atendiera a mi petición y me hiciera correrme con sus lentos y mesurados empujones, una vez más respaldando todas las palabras que me había dicho antes con sus acciones y sus ardientes caricias.

—Buenos días, nena —retumba su voz profunda desde encima de mí.

Levanto la mejilla de su pecho desnudo y le miro.

Parece muy despierto, como si llevara mucho tiempo tumbado esperando a que me despertara.

—Oye. Deberías haberme despertado —digo, sintiéndome culpable.

—De ninguna manera.

Inclinando la cabeza, intenta capturar mis labios.

—Aliento matutino —murmuro, intentando no separar los labios.

—Eres mona. —Sus dedos encuentran mi barbilla y me sujeta mientras toma lo que quiere—. Eso es lo que estaba esperando. —Me da otro beso en la punta de la nariz y me abraza más fuerte—. ¿Has dormido bien?

—Sí, la verdad es que sí —confieso, acurrucándome contra su pecho.

No debería sentirme tan segura, tan contenta. Pero lo estoy. Y sé que todo es gracias a él.

—¿Qué hora es?

—Casi las once.

—Mierda. Deberíamos estar en la escuela.

—A la mierda, iremos mañana.

—Eres una mala influencia, Sebastian.

—¿Yo? ¿Mira quién habla, Diablilla?

—Pfft. —Le hago un gesto para que se vaya.

—¿Quieres un café?

—Casi tanto como te deseo a ti.

—Ves, eres el puto demonio, nena. —Roza sus labios con los míos una vez más antes de gruñir—: No te muevas, joder. Te quiero en mi cama cuando vuelva.

—Veré lo que puedo hacer —le digo, robándole otro beso antes de que se baje de la cama.

Se estira en cuanto se pone en pie, permitiéndome ahogarme en la visión que es su cuerpo casi desnudo.

—Hmm… ¿seguro que sólo querías un beso mañanero? —murmuro, con los ojos clavados en su erección matutina.

Me estudia mientras se agacha y se recoloca, asegurándose de que me mira en el proceso.

—Tenemos la casa para nosotros todo el día. Hay tiempo de sobra. Te debo palabras antes que orgasmos.

Tengo muchas ganas de discutir, porque esto último suena mucho más divertido, pero tiene razón.

En cuanto sale de la habitación, con su erección aún más que evidente, salto de la cama y corro al baño con la esperanza de refrescarme antes de que vuelva.

Anoche no estaba segura de si debía hacerlo o no, pero desempaqué algunos de mis imprescindibles.

Hago pis y me lavo los dientes, pero todavía me estoy cepillando el pelo cuando su voz grave llena el aire a mi alrededor.

—¿Diablilla? —grita—. ¿Qué te dije?

Me deslizo por la puerta con una tímida sonrisa en los labios. En cuanto me ve, desaparece toda la tensión que había provocado mi acto de desaparición.

—Joder, puede que no vuelva a dejarte ponerte tu propia ropa.

Acercándome a él, le quito las tazas de las manos y las coloco en la mesilla antes de pasarle las manos por el pecho y enlazar los dedos detrás del cuello.

—No voy a ninguna parte. No voy a huir. Ya no.

Asiente, pero sigo viendo incertidumbre en sus ojos.

—Yo también quiero esto, Seb. Quiero ver a dónde puede llegar esto.

Se inclina hacia delante y me roza la mandíbula con los labios.

—No te merezco.

—No —acepto feliz—. Soy demasiado buena para ti, pero estoy contenta de vivir en los barrios bajos. Por ahora, al menos.

—¿Barrios bajos? Cariño —dice, echándose hacia atrás, con su mano ardiente rodeando posesivamente mi garganta—. Con la familia Cirillo no hace nada a medias. —Algo parpadea en sus ojos cuando dice esas palabras, recordándome que aún tenemos muchas cosas serias que discutir antes de que podamos embarcarnos en lo que sea que esto sea.

—Vuelve a la cama. Aún no he terminado de verte en ella.

Sigo las órdenes y me deslizo de nuevo en el calor que dejamos atrás.

Rápidamente me sigue, tirando de mí contra él como si no pudiera soportar no tocarme en todo momento.

Mirándole a los ojos, me muerdo el labio inferior mientras me pregunto si los dos hemos perdido la maldita cabeza estando aquí, haciendo esto, después de todo lo que ha pasado en las últimas semanas.

—Theo se mudó aquí cuando terminamos la escuela en verano, pero yo vivía en su casa de todos modos. Estar aquí nos dio más privacidad.

Le hago un gesto con la cabeza, sin querer interrumpirle ya que ha decidido que sus confesiones sean ahora mismo.

—Mi casa, es… —Exhala un largo y doloroso suspiro, y mi mano en su cintura se tensa en señal de apoyo.

—Estoy seguro de que nada más que puedas decir o hacer me asustará ahora, Seb.

—Sí, eso dices, pero no sabes lo mierda que es mi vida.

—Ponme a prueba.

—Mi madre es una borracha y una adicta.

Respiro. No tengo ni idea de lo que esperaba que dijera, pero no era eso.

—Después de la muerte de mi padre, empezó a perderse en ello. Sophia y Zoe nos criaron a Demi y a mí. Ella era un desastre desde que recuerdo, aunque podía funcionar. Luego, cuando Demi murió... Bueno, mamá bien podría haberse ido con ella.

—Aumentó su consumo ocasional de drogas para complementar el alcohol, y gradualmente pasó a opciones cada vez más duras a medida que cada una dejaba de funcionar, dejaba de empañar su realidad.

—Mierda, Seb.

—La persona que mató a mi padre no sólo lo mató a él. Destrozaron a mi madre. Arruinaron a mi familia. He pasado todos estos años odiando a una persona sin rostro por atreverse a apuntar con un arma a la cabeza de mi padre. Y entonces un día estaba en la casa con Theo, y casualmente pasé por la oficina de Damien. Estaba hablando de negocios con Evan, el padre de Nico. No recuerdo exactamente lo que decían, pero oír el nombre de mi padre me hizo detenerme antes de que dijera las palabras que llevaba años esperando oír. "Galen ha sido castigado por matar a Christopher. Es mejor que lo dejemos en el pasado".

—Sabía que probablemente tenía razón, debería haberlo dejado. Pero no podía. La necesidad de vengarme de la persona que arruinó mi vida había estado ardiendo dentro de mí durante años.

—Pasé demasiado tiempo imaginando todas las cosas que le haría a ese hombre. Se lo conté a Theo y a Alex, y empezamos a indagar un poco. Descubrimos que existías.

—Todo era fantasía. Nunca pensé que alguna vez tendría la oportunidad de mirarle a los ojos y llamarle exactamente lo que era, explicarle exactamente lo que nos hizo… pero entonces, ahí estabas tú. Estabas allí en ese cementerio, sin importarte una mierda que yo estuviera allí sentado con una pistola.

—Pensé que eras mi maldito ángel de la guarda esa noche, hasta que me corregiste, diciéndome que no era posible que fueras un ángel.

No puedo evitar reírme al recordarlo.

—Joder. —Aprieta los ojos con fuerza como si estuviera recordando aquella noche—. Nunca quise dejarte ir. Nunca apreciarás lo mucho que me diste esa noche cuando te paraste ahí y me desafiaste. Fue todo lo que no sabía que necesitaba.

—Entonces te dije mi nombre —añado por él.

—Sí. Debería haber sido obvio. Ninguna chica normal habría actuado como tú. Debería haber sabido que estábamos conectados desde el primer momento.

—Me jodiste, nena. Te deseaba tanto, pero te odiaba más. O al menos, eso creía.

—Todo lo que podía ver era venganza. Y contigo ahí, la preciosa hija de tu padre con la que huyó para protegerla, ¿qué mejor manera de dejar claro mi punto de vista?

—Eso es jodido, Seb.

—Quería hacerle daño, pero no para hacerte daño. Sólo quería hacerle daño a él —continúa, como si no pudiera parar ahora que ha arrancado la tirita de toda esta fealdad.

—Deberías odiarme, Stella. Ciertamente no deberías estar acostada aquí conmigo y poner cualquier tipo de confianza en mí.

—Todos podemos tumbarnos aquí e inventarnos una larga lista de cosas que nunca deberíamos haber hecho, Seb. Todos hemos tomado malas decisiones, cometido errores, nos arrepentimos.

—Pero te hice daño, joder. —El dolor brota de sus ojos—. Te hice daño por una jodida necesidad de herir al hombre que ni siquiera apretó el puto gatillo.

Me agarra con tanta fuerza que casi me duele, pero no me quejo. Ni siquiera me inmuto, porque lo necesita. Necesita que yo sea su balsa salvavidas ahora mismo, porque se está ahogando, joder. Ante mis ojos, se está ahogando bajo el peso de su realidad, sus errores, sus remordimientos… y me duele físicamente verlo.

—Seb —respiro, apoyando la palma de la mano en su mejilla cubierta de desaliño—. Lo entiendo. Lo comprendo.

Exhala un suspiro, librando una batalla interna.

—Pero no deberías. Lo que hice…

—Para, por favor —le ruego, sabiendo que se está machacando—. Ya está hecho, Seb. No puedes volver atrás y cambiar nada. Es mejor que te concentres en cómo puedes compensarme.

Tarda un par de segundos, pero el arrepentimiento empieza a desaparecer.

—¿Ah, sí? —pregunta, y el brillo de picardía al que estoy más acostumbrado vuelve a sus ojos—. ¿Y cómo debería hacerlo? —Su mano se desliza por debajo de la camiseta que aún llevo puesta, rozándome el costado.

—Bueno —le digo, poniéndome boca arriba y dejando que me toque el pecho. Gime mientras aprieta—. Podrías empezar haciéndome gritar. Luego, no sé… estamos en Londres. Las posibilidades son infinitas.

—Hmm… Seguro que se me ocurre algo. Pero primero… —Salta encima de mí, se sube la camiseta, dejando al descubierto mis pechos y hundiendo la cabeza, me chupa el pezón en la boca.

.

CAPÍTULO 27

Stella

Los dos nos reímos, cogidos de la mano, cuando subimos las escaleras y entramos en el salón de Theo esa misma noche.

Seb se tomó en serio mi sugerencia de compensarme. He disfrutado del día, y no puedo borrar la sonrisa de mi cara. Vale, nos seguían a todas partes dos guardaespaldas que Damien me había asignado, pero al cabo de un rato me olvidé de que estaban allí y me limité a perderme disfrutando de todo lo que ofrece la ciudad.

Me llevó al muelle, al acuario y a las mazmorras. Fue increíble. E incluso consiguió parecer tan emocionado como yo, a pesar de que ya lo había hecho todo antes.

Terminó el día con un picnic en Hyde Park. El otoño estaba a punto de llegar, las hojas empezaban a teñirse de un precioso color naranja y hacía frío, pero con la manta que compró envolviéndonos, fue el final perfecto para un día espectacular.

Es mejor que volver al colegio esta mañana y ser el centro de atención de todo el mundo. Sé que está al caer. No puedo seguir posponiéndolo y aprendiendo en línea para siempre. Pero hoy ha merecido la pena.

Volví a sentirme normal. Me permitió ver un futuro en el que toda esta mierda se había ido y tal vez, sólo tal vez, podríamos realmente encontrar una manera de estar juntos.

Es el pensamiento más raro después de todo. Pero Seb se está convirtiendo rápidamente en mi persona favorita. No es que tenga intención de decírselo. Su ego ya es lo suficientemente grande.

Simplemente… me entiende. Sabe cómo hacerme reír, exactamente lo que hay que decir para hacerme feliz o para cabrearme más de lo que creía posible. Y me gustan las dos cosas por igual. A pesar de lo increíble, suave y cariñoso que ha sido Seb, sigo sin poder evitar desearle perversamente.

—Parece que han tenido un buen día —murmura Theo, levantando la vista de su portátil.

—Claro que sí. Discúlpanos —murmura Seb, tirando de mí hacia su habitación—. No he comido lo suficiente hoy.

Sus ojos oscuros y hambrientos se clavan en los míos, asegurándome que entiendo exactamente lo que quiere decir con esa afirmación.

—¿Debería salir? —Theo pregunta seriamente.

—Haz lo que te salga de los cojones, amigo. No nos daremos cuenta.

Murmura algo sobre la necesidad de echar un polvo, pero apenas lo oigo por la forma en que los ojos de Seb se clavan en los míos.

—Te necesito —confiesa en voz baja, rodeándome el cuello con la mano y acariciándome la mandíbula con el pulgar.

La puerta se cierra detrás de nosotros y volvemos a estar solos.

El aire se vuelve denso de deseo a nuestro alrededor mientras él sigue dejándome inútil sólo con su tacto posesivo y su mirada embriagadora.

Inclina la cabeza como si fuera a besarme, pero se detiene en el último momento.

—¿Seb?

—Ve a sentarte en la cama. Tengo algo para ti.

—Bue… bueno.

De mala gana, me alejo de él. El corazón se me acelera, el pulso me retumba en las venas, todo parece chocar en mi clítoris, y me froto los muslos mientras tomo asiento, necesitando algo que alivie el dolor.

Veo cómo abre el armario y saca una caja envuelta. Un regalo de cumpleaños.

Se me corta la respiración cuando pienso en él fuera de mi habitación del hospital. ¿Estuvo sentado a mi lado en mi cumpleaños mientras yo estaba inconsciente? Probablemente.

Sabiendo lo que ahora sé sobre el tipo que camina hacia mí, probablemente se pasó el día cogiéndome de la mano y rogando que me despertara sólo para que pudiera gritarle.

—No necesitabas…

—Ábrela, por favor —me dice, bajando la caja a mi regazo y sentándose a mi lado.

—De acuerdo —respiro, alzo las manos temblorosas hacia el lazo de la parte superior y tiro de él para abrirlo.

El interior está lleno de pañuelos desmenuzados, hasta el punto de que creo que toda la caja está vacía.

Pero al cabo de unos segundos, mis dedos encuentran otra caja.

Demasiado intrigado para preguntarle, abro la tapa y dejo que se derrame el contenido.

—¡Dios mío, Seb! —Chillo mientras miro fijamente una réplica de mi navaja rosa.

—No es el mismo, pero es lo más parecido que pude conseguir.

Lo rodeo con mis brazos y lo abrazo fuerte.

—Muchísimas gracias.

Se ríe entre dientes.

—¿De qué te ríes?

—La mayoría de las chicas se derriten por las joyas. La mía pierde la cabeza por un arma.

—Y por eso me quieres.

Se queda inmóvil entre mis brazos y yo me aparto, necesitando mirarle a los ojos.

—Una de las razones, sí.

—Seb, yo…

—No —dice, presionando una vez más sus dedos sobre mis labios para detenerme—. Todavía no. No por esto.

Asiento, comprendiéndole. Tanto que en realidad no iba a decir lo que él cree que era.

—Gracias. Es perfecto.

—Dale la vuelta.

Haciendo lo que me dicen, dejo que la navaja ruede sobre mi mano y aspiro agitadamente ante lo que encuentro.

—Bienvenida a la familia, nena.

—Vaya. —Miro fijamente el mismo grabado que en la que le robé. La navaja de su padre.

Tiene exactamente la misma calavera en la base del mango, pero en lugar de las iniciales de su padre son las mías.

—A todos nos las dan cuando empezamos sexto en *Knight's Ridge*. Es una especie de rito de iniciación. Bueno, una vez que hemos demostrado nuestra valía unas cuantas veces —se ríe para sí mismo.

—Yo no... yo no he probado nada—.

Alarga la mano, me coge la mandíbula y me roza la mejilla con el pulgar.

—Lo has hecho. Y Damien parece pensar lo mismo, porque él aprobó esto.

Mis ojos se abren de par en par.

—Él...

—Eres tan digna como cualquiera de nosotros. Demonios, tus habilidades son muy superiores a las de algunos soldados que conozco, nena.

Le doy la vuelta en mi mano, adorando su peso y la sensación de seguridad que me proporciona.

—¿Qué pasa? —pregunta Seb, percibiendo claramente que tengo algo más que decir.

—¿Qué tengo que hacer para conseguir un arma?

Me mira fijamente durante dos segundos, con el rostro serio, pero luego sus labios se crispan y aparece la sonrisa más increíble.

—Ves —me dice, enredando los dedos en mi pelo y atrayéndome hacia él—. Por esto te quiero.

Me aprisiona los labios antes de que tenga la oportunidad de responder... y no es que lo haga, porque él no está preparado para oír nada parecido a una confesión de ese tipo. Está demasiado ocupado castigándose por todo lo que ha pasado antes y por todas las formas en que me ha hecho daño como para creerme si yo dijera esas palabras.

Me besa profundamente, apasionadamente, asegurándose de que siento cada pedacito de esa confesión hasta los dedos de los pies.

Cuando se retira, sólo llega a apoyar su frente en la mía, nuestras respiraciones agitadas se entremezclan mientras luchamos por volver a controlarnos.

—Hablo en serio —le digo—. Quiero una pistola.

—Tienes una —ronronea, trayendo a la memoria el recuerdo de cuando lo paseó por mi cuerpo aquella noche que se coló en mi dormitorio.

—No una de las tuyas. De Damien.

—Joder, nena.

—Entonces, ¿qué tengo que hacer para conseguir uno?

Sus labios se acercan a mi oído antes de susurrar.

—Por tu primera vez.

—Seguro que se puede arreglar.

—Joder —ladra, tirándose de los pantalones y haciéndome reír—. Eso me la pone dura, nena.

Le miro a través de las pestañas.

—Si te portas bien, puede que incluso te deje mirar.

Se lleva las manos a la cintura y, más rápido de lo que creía posible, tiene la polla en la mano.

—Móntame, nena. Quiero verte rebotar en mi polla.

—Me dices las cosas más románticas, Sebastian —ronroneo, deslizándome de la cama y arrastrando las bragas por las piernas, quitándomelas por encima de las botas.

—Te encanta —gruñe mientras me subo a su regazo, apretando mi coño contra él—. Joder. Estás mojada.

Deslizo mis brazos sobre sus hombros y rozo con mis labios su mejilla.

—Así que lléname.

No necesita más ánimos. Se levanta y me permite empalarme en él.

—Sí —grito mientras él gime de placer. No intento ahogar los gemidos que salen de mis labios, sabiendo que Theo está fuera, en la sala.

En lo que a mí respecta, también se merece un poco de tortura después de tanta mierda.

Seb apoya las palmas de las manos en la cama para dejarme el control. Hago círculos con las caderas antes de utilizar sus hombros como palanca para moverme sobre su cuerpo.

Para ser justos con él, me deja tener el control durante más tiempo del que yo esperaba, y no es hasta que me ve caer por primera vez, utilizándole exactamente para lo que yo necesitaba, cuando me agarra de las caderas y nos da la vuelta, cambiando las tornas y retomando el control.

No puedo evitar reírme cuando vuelve a penetrarme y sus dientes se hunden en la suave piel de mi cuello.

—¿Qué? —gime mientras mi diversión me hace apretarme a su alrededor.

—No puedes dejarlo ir, ¿verdad, cavernícola?

—Recuéstate y tómalo, princesa. Sabes que te encanta.

Empuja sus caderas, golpeándome tan profundo que veo putas estrellas antes de que empiece un fuerte martilleo en la puerta.

—Vete a la mierda, hermano. Estamos ocupados.

La risa de Theo llena la habitación.

—Sí, lo he oído, joder. Stella, tu padre está aquí.

—Joder —ladra Seb mientras me hundo de nuevo en la almohada con un gemido.

—¿Quieres mantenerlo entretenido? Afuera, tal vez.

—Enseguida vamos —respondo, para horror de Seb.

—No estarás hablando en serio, joder — pregunta, con la incredulidad grabada en su expresión.

Levanto la mano, le acaricio la cara y le sonrío inocentemente.

—Fóllame rápido, o termina más tarde.

Se agacha, me mete el labio inferior en la boca y me lo pellizca tan fuerte que me hace sangrar.

—O las dos cosas —gruñe y vuelve a mover las caderas, haciéndome tragar un gemido.

Sus dedos encuentran mi clítoris y me frota con la cantidad perfecta de presión que me hace tirar de su almohada sobre mi cara en cuestión de minutos para que pueda gritar mi liberación.

Me sigue sólo un minuto después, con un gruñido grave retumbando en su garganta mientras su semen me llena.

—Vale, ahora podemos ir a ocuparnos de lo que está pasando ahí fuera —me dice, me da un beso en los labios y se separa de mí.

Las réplicas me recorren el cuerpo cuando lo hace, y estoy a punto de cogerle y exigirle que empecemos de nuevo. Pero la realidad de saber que mi padre probablemente esté sentado en el sofá me detiene.

—¿Qué crees que quiere?

—Para disculparse otra vez, espero —murmura Seb, recogiéndose—. ¿Quieres que vaya y lo averigüe mientras te limpias?

—No —digo, negando con la cabeza—. Hacemos esto juntos.

—Lo dices porque no quieres que vuelva a pegarle —me grita mientras me meto en el baño.

—Sí, eso también. No te necesito con una mano rota.

—¿Entonces te preocupa menos la cara de tu padre? —Se ríe.

Limpio rápidamente el desastre que hemos hecho antes de encontrar unas bragas limpias y deslizarlas por mis piernas.

—Sí, te necesito en pleno funcionamiento por algunas razones.

—Y yo que pensaba que la única razón por la que me querías cerca era por los orgasmos.

—Esa es la principal, sí.

Abro la puerta de un tirón y salgo, arrastrándolo tras de mí y cortando de raíz cualquier respuesta que pudiera haber tenido. No creo ni por un segundo que le importe una mierda la opinión de mi padre. Después de todo, acaba de follarme con él aquí mismo.

—Stella —respira papá cuando aparezco. Su rostro se suaviza de inmediato al mirarme, como si esperara que estuviera herida.

—Hola —digo torpemente. Nunca ha sido así entre nosotros. Incluso las pocas veces que nos hemos peleado a lo largo de los años, siempre hemos hecho las paces casi de inmediato y hemos aclarado las cosas.

—Voy a darles un poco de intimidad —dice Theo, recogiendo su ordenador y sus libros antes de desaparecer hacia su habitación.

—¿Quieren bebidas? —Seb pregunta, siendo extrañamente complaciente. Supongo que ese es el poder de un buen orgasmo.

—Café sería genial. Gracias, Sebastian.

Seb se estremece visiblemente.

—Es sólo Seb.

Huh. Nunca me ha dicho que no le llame así.

Me guardo esa información para más tarde.

—¿Nena? —pregunta, arrastrando los ojos de mi padre a mí.

—Sí, un café estaría bien, gracias.

Sólo se oyen los sonidos de Seb cogiendo las tazas y poniendo en marcha la máquina mientras miro fijamente a mi padre, que parece perdido en su propia cabeza.

Se retrae y sus ojos encuentran los míos.

—Te ves bien, Stella.

—Eh… ¿qué esperabas?

Su mirada se desvía hacia Seb durante un breve instante.

—Es una buena persona, papá. —No puedo evitar mi risa interna, porque hubo un tiempo, no hace tanto, en que jamás habría soñado con convencer a nadie de eso.

—Mis heridas sugieren lo contrario.

—Nada que no te merecieras —gruñe Seb desde la cocina.

—Sí, bueno. ¿Por qué crees que te dejé?

—¿Dejarme? Por favor, viejo. —La mandíbula de papá tics en la burla de Seb.

—Está bromeando —le aseguro a papá.

—¿Lo estoy? —pregunta Seb, entregándome el primer café.

Papá sacude la cabeza, intentando concentrarse.

—Lo siento, Stella. Por todo. Esperaba que pudiéramos sentarnos y me dejaras explicarte todo lo que debí haber hecho hace mucho tiempo.

Seb le da una taza antes de bajarse a mi lado en el sofá y arroparme.

—¿A solas, tal vez?

—No —digo, para horror de papá. Está a punto de discutir cuando continúo—. Seb no se va a ninguna parte —digo, y luego repito lo que le dije en el dormitorio—. Hacemos esto juntos.

Papá nos mira a los dos, pero se da cuenta de que va a perder cualquier pelea que inicie, así que deja lo que iba a decir y se centra en lo que ha venido a hacer aquí.

—¿Cuánto te ha contado Toby?

—Que tú y su madre tenían una aventura. Que tiene un tumor cerebral y está muy mal. Que su padre es un cabrón que necesita morir y que probablemente tiene una de las peores vidas en casa, pero de alguna manera se las arregla para seguir adelante y poner una sonrisa en su cara.

Papá baja la barbilla y abre los ojos ante mi franco resumen de la situación, pero parece que nada de lo que he dicho es algo que pueda discutir esta vez.

—Sí, eso lo resume todo —murmura con tristeza, cogiendo su café a pesar de que está tan caliente que probablemente le arrancará una capa de piel cuando lo beba a sorbos.

Al cabo de un segundo se echa hacia atrás, con los ojos vidriosos.

—He estado enamorado de María desde… siempre. Pero nunca estuvo destinada a ser mía.

Sólo esas dos frases me afectan más que cualquier cosa que pudiera haberme dicho. Mi corazón se astilla por el hombre que tengo delante y que, hasta hace poco, no ha hecho más que ponerme en primer lugar, asegurarse de que lo tenía todo y darme todas las posibilidades para mi futuro.

—Estuvimos juntos de niños. Mi amor de la infancia. Pero la vida se interpuso y nos distanciamos cuando empecé a trabajar para la Familia. Fue culpa mía.

Mi trabajo nubló mi juicio y cambió mis prioridades. Es algo de lo que siempre me arrepentiré.

—Jonas y yo siempre habíamos sido amigos. Crecimos juntos, como tú y tus amigos, Seb. Pero nunca esperé que se fuera a vivir con María en cuanto empezamos a tener problemas.

—Pero, bueno... lo hizo. Y más rápido de lo que podía parpadear, se estaban casando y nuestro tiempo juntos había terminado.

—Hice lo correcto. Me alejé y les permití seguir con sus vidas. María era feliz. Bueno, lo parecía. Sé exactamente de dónde viene la habilidad de Toby para sonreír y fingir.

—Nunca me lo cuestioné hasta que una noche estábamos todos en un evento y, literalmente, se cruzó conmigo al salir del baño.

—Tenía los ojos oscuros. Parecía agotada. Intentó esconderlo debajo de la alfombra, intentó convencerme de que estaba enferma. Pero olvidó que yo la conocía casi mejor que a mí mismo.

—Después de convencerla un poco, conseguí que aceptara reunirse conmigo al día siguiente mientras Jonas trabajaba. Y, bueno... una cosa llevó a la otra.

Deja caer la cabeza entre las manos.

—No estoy orgulloso de mis acciones, Stella. Pero no voy a sentarme aquí y defenderlas, porque es el pasado. Y hasta el día de hoy, haría cualquier cosa por la mujer que me robó el corazón hace tantos años.

Mis ojos arden en lágrimas mientras le miro fijamente, con mi mano sujeta a la de Seb.

Siempre me he preguntado sobre las relaciones de papá o la falta de ellas. Pero supuse que nunca había encontrado a la elegida. Nunca que la había tenido y la había perdido. Que vivía con este tipo de angustia todos los días.

—Empezamos a vernos tan a menudo como podíamos. Me confió cómo era la vida con Jonas, pero para cuando me confesó algunos de sus peores tratos, ya estaba embarazada de Toby.

—¿Por qué no hiciste nada? Si la estaba lastimando entonces deberías haber…

—¿No crees que yo quería? Dios, Seb. —Papá se restriega la mano por la cara—. Esto… —Hace un gesto hacia su brazo herido—. Lo entiendo más de lo que puedas comprender. Necesitas proteger a Stella para corregir los errores. Lo entiendo. Lo único que quería era meterle una bala en la cabeza por haberle puesto la mano encima a María. Pero no pude…

—Igual que Toby no puede ahora —interrumpo.

—Sí. Puede que sea un cabrón abusivo, pero es listo. Demasiado inteligente. Tenía cosas preparadas para asegurarse de que María se quedara sin nada, toda su familia sin nada si algo le pasaba a él. Estoy seguro de que una situación similar está en su lugar para Toby ahora. Además, tiene la preocupación añadida de la salud de María.

—Dios, papá.

—Lo sé.

—¿No crees que deberías haber dado un paso atrás cuando ella estaba teniendo a su bebé?

—Lo intenté.

—Sí, muy duro. Hay once meses entre nosotros —señalo.

—Sí. —Rezuma arrepentimiento mientras juguetea con la taza en sus manos.

Hay una parte de mí que quiere desesperadamente ir a consolarlo, pero hay otra parte amarga de mí que todavía está demasiado enfadada para dejar escapar ninguno de estos secretos todavía.

—Jonas lo sabía. No fuimos lo bastante listos. Los siguientes nueve meses fueron de los peores de mi vida.

—Sabíamos que estaba embarazada de nuevo. Ella asumió que era de Jonas. Siempre fuimos cuidadosos, pero Jonas no lo toleró y la obligó a hacerse una prueba de ADN en cuanto pudo.

—En cuanto naciste, exigió saberlo. Ya estaba cabreado porque eras una niña, y quería construir su propio ejército.

—Qué alivio no haber acabado atrapada allí entonces —susurro con tristeza.

—En cuanto tuvimos los resultados, María me dijo que teníamos que irnos. Que tenía que llevarte y alejarme de Jonas.

—Pero…

—Confía en mí, Stella. Pasé por todas las opciones posibles. Lo último que quería hacer era alejarte de ella. Quería que María y Toby huyeran con nosotros. Pero ella no podía irse. Era demasiado peligroso.

CAPÍTULO 28

Sebastian

La mano de Stella tiembla en la mía, pero su rostro es exactamente como Galen ha descrito el de su madre: una máscara de indiferencia. Parece que Toby no fue el único que heredó algo más que los ojos azules.

Le rozo los nudillos con el pulgar, necesito que sepa que estoy aquí.

—¿Entonces qué? ¿Me arrancaste de sus brazos y nunca miraste atrás?

—Ese era más o menos el plan. María confiaba en poder encontrar la manera de alejarse de Jonas, para venir a reunirse con nosotros y empezar de nuevo.

Una parte de mí odia que claramente nunca lo consiguió. Significa que María y Toby han sufrido todo este tiempo. Pero también, si lo hubiera hecho, Stella nunca habría vuelto aquí. Nunca me habría encontrado.

—¿Pero no pudo?

Galen sacude la cabeza.

—Y no pude volver.

—¿Porque te incriminaron por la muerte de mi padre? —Añado, hablando por primera vez en lo que parece una eternidad.

Galen me da un respingo.

—S-sí. Asumí la culpa de eso y de algunas otras cosas para ayudar a la Familia, y nos fuimos. Necesitaban un chivo expiatorio, y yo necesitaba proteger a Stella y María.

Se hace el silencio mientras el peso de las confesiones de Galen nos oprime a todos.

—¿Nunca pensaste en volver cuando se hizo obvio que ella no podía irse?

—Siempre quise volver. Quería que tuvieras a tu madre. Quería que ella tuviera a su increíble hija. Pero el riesgo para todos nosotros era demasiado grande...

—Hasta su operación.

—María y yo cortamos lazos cuando me fui. Pero seguí en contacto con su hermana e intercambiamos lo que necesitábamos a través de ella. Y cuando me contó lo mal que iban las cosas, supe que teníamos que estar aquí.

—Pasé ese primer mes poniendo las cosas en su lugar para garantizar tu seguridad y protección. Para asegurarme de que Jonas no pudiera venir a por ti, ni por mí.

—Por eso me encerraste en casa.

—O lo intenté —dice Galen con una mirada cómplice a su hija.

—Damien me aseguró que todo estaba en su sitio, que no corrías peligro, y empezaste el colegio con la promesa de que Seb, Theo y Alex te vigilarían.

Stella se tensa antes de mirarme.

—¿Fueron mis putas niñeras?

Intenta apartar su mano de la mía, pero fracasa cuando lo único que hago es apretarla con más fuerza.

—Y qué bien nos lo pasamos, princesa.

Un gruñido de rabia retumba en su garganta.

—Bueno, supongo que eso tiene mucho puto sentido. Ustedes hijos de puta aparecían en todas partes.

—Todo forma parte del trabajo. —Le guiño un ojo y sus dientes rechinan. Me inclino hacia ella y rozo su oreja con mis labios. Puede que esté enfadada, pero eso no impide que un escalofrío la recorra cuando mi aliento le hace cosquillas en la piel—. Te lo compensaré más tarde.

Se burla, pero no me aparta cuando la beso por el cuello, para regocijo de Galen, a juzgar por su gemido.

—¿Cómo esperabas exactamente que me cuidaran y que no me acercara a Toby? Si no nos hubieras detenido ese día... bueno...

—Metí la pata, Stella. Intentaba mantenerte a salvo. Pensé... No sé lo que pensé. Estaba equivocado. Debería habértelo contado todo.

—Sí, deberías haberlo hecho. —Hace una pausa y agarra su café—. Pasé todos estos años preguntándome si eras gay.

Galen suelta una carcajada ante la confesión de Stella.

—No, Stella. No lo soy.

—Bueno, Calvin y tú siempre han pasado mucho tiempo juntos, así que...

Sacude la cabeza y se restriega la mano por la cara.

—Supongo que sólo puedo culparme a mí mismo. Pero, para que conste, Calvin también es hetero.

Entrecierro los ojos, intuyendo más de una historia cuando se ríe al final.

Stella tampoco se lo pierde.

—Bien —dice ella, avanzando en la conversación—. ¿Y qué pasa ahora? Toby dijo que no sabe si has visto a María, o qué está pasando—.

—Lo he hecho. Penny, la hermana de María, lo ha arreglado.

Stella suelta un suspiro de dolor.

—¿Cómo está? ¿De verdad?

—Mejor de lo que esperaba. —Se inclina hacia delante y deja la taza sobre la mesita—. No sé qué te habrá dicho Toby, pero los médicos tienen esperanzas de que pueda recuperarse. Puede que nunca lo supere, pero tiene muchas posibilidades de futuro—.

Stella asiente.

—¿Puedo… puedo conocerla? —Finalmente, su voz se quiebra cuando el peso de todo esto empieza a destrozar su endurecida resolución.

La sonrisa de Galen es tan amplia que casi me encuentro haciendo lo mismo.

—Por supuesto. Sólo tenemos que esperar hasta que sea el momento adecuado.

—¿Quiere verme? —Odio la incertidumbre en su tono, pero lo entiendo.

—Stella —suspira Galen—. Ha pasado dieciocho años desesperada por ser tu madre.

—Vale —chilla, con los ojos llenos de lágrimas—. Entonces quiero conocerla. Tan pronto como podamos arreglarlo. No quiero ponerla en peligro con Jonas.

—Lo arreglaré —dice asintiendo con firmeza.

Ahora que todo está fuera, una incomodidad se instala a nuestro alrededor.

—Stella, si quieres venir…

Me asalta el pánico de que esté de acuerdo ahora que han aclarado las cosas, de que esté a punto de recoger sus cosas y alejarse de mí una vez más.

—No, papá —dice ella, con voz firme.

Todo el aire que no sabía que tenía atascado en los pulmones sale disparado ante su negativa. Se vuelve hacia mí con una suave sonrisa de complicidad en los labios.

—Me quedo aquí. Sé que Calvin ha aumentado la seguridad, pero estaba en mi habitación. Yo sólo… no puedo todavía.

O nunca.

—Vale, no puedes culparme por intentarlo. No esperaba mudarme aquí e inmediatamente perderte por otra persona.

—No me has perdido, papá. Pero todo esto, todas las mentiras y secretos… va a llevar algún tiempo volver de eso.

—Lo sé…

—Me has mentido todos los días de mi vida.

Galen palidece.

—Lo sé. Pero tienes que entender que todo lo que he hecho ha sido para intentar protegerte, por muy equivocado que pueda parecer ahora.

—Sí —asiente Stella.

Unos pasos subiendo las escaleras hacia nosotros le impiden decir nada más, y dos segundos después Alex irrumpe por la puerta.

—Oye, no vas a creer a quién… Oh mierda, lo siento. ¿Interrumpo?

317

—No, está bien. Creo que estábamos a punto de terminar —dice Galen, empujando para ponerse de pie.

—Bueno —dice Alex torpemente.

—Theo está en su habitación —le digo, permitiéndole escapar y poder presumir de lo que fuera que quería contarnos al llegar.

—Genial, gracias.

—¿Siempre es tan… hiperactivo? —Stella pregunta en voz baja mientras desaparece en el dormitorio de Theo.

—Más o menos —digo, poniéndome de pie para que podamos ver salir a Galen.

—Te avisaré cuando podamos ir a ver a tu madre —le dice a Stella con tristeza.

—De acuerdo.

—Siento mucho todo esto. Sé que la he cagado, cariño.

—Sí, lo hiciste. Pero lo entiendo. Y es demasiado tarde para cambiarlo todo ahora, ¿verdad?

—Bien. Bueno, supongo que… —Él pulgar sobre su hombro y da un paso atrás.

—Espera —grita Stella, empujándome y corriendo hacia él.

La coge en brazos y tira de ella con fuerza.

—Te quiero, papá.

—Yo también te quiero, cariño. — Le besa la coronilla y la respira como si tuviera miedo de no volver a verla.

Se abrazan durante largos segundos antes de que ella separe su cara del pecho de él.

Me duele el corazón cuando intenta secarle las lágrimas, porque quiero ser yo quien lo haga. Quiero ser yo quien la levante y la recomponga.

—Siento lo de María, papá. Ojalá las cosas fueran mejor para ustedes.

—Siempre hay tiempo. De una forma u otra, vamos a arreglar esto. Jonas está en tiempo prestado. —Ella asiente mientras mis ojos se entrecierran.

Hay mucho más que no nos está contando. Pero entonces, no puedo esperar que venga y exponga todos los planes y secretos de la Familia. Sólo somos los niños. Sólo se nos confía con la mierda de nivel de entrada, como trabajos de niñera.

—Espero que tengas razón. María y Toby merecen algo de libertad.

Él asiente y finalmente retira las manos de sus brazos.

Sus ojos encuentran los míos cuando doy un paso detrás de ella, sustituyéndole.

—Cuida de mi niña, Sebastian. Confío en ti.

—Lo sé, señor. Y si sirve de algo, lo siento.

—Esta vida no es para los débiles de corazón, hijo. Recuerda que las cosas suelen ser más complicadas de lo que parecen y confía en los que están por encima de ti. A la mayoría de nosotros nos interesa lo mejor para ti. Aunque nos equivoquemos.

Casi ha desaparecido de nuestra vista cuando le vuelvo a llamar.

—Antes insinuaste que te convirtieron en el chivo expiatorio de algo más que la muerte de mi padre. Esta cosa con Stella… ¿es por una de esas?

—Apostaría dinero en ello. Damien, Nico, Charon, y yo no vamos a dejar una piedra sin remover. Vamos a encontrar a este hijo de puta.

Asiento, seguro de que lo resolverán. Solo espero que sea cuanto antes.

En cuanto se va, doy la vuelta a Stella y la atraigo hacia mí.

Aspira entrecortadamente y me aprieta con fuerza.

Nos quedamos abrazados durante mucho tiempo antes de que levante la vista y sus enormes ojos llorosos me pongan de rodillas.

—¿Quién es Caronte? —pregunta en voz baja.

—El abuelo de Toby. El padre de Jonas. Es el consejero de Damien —corrijo cuando su ceño empieza a fruncirse—. Es un buen hombre. Es imposible que sepa todo esto de Jonas.

—Entonces tenemos que decírselo.

Asiento.

—Sí. Aunque creo que probablemente tiene que venir de Toby, no de nosotros.

—¿Crees que realmente hay una salida a esto?

—Siempre hay una manera.

—Bueno, sí. Pero si lo que dijo papá era cierto, entonces María y Toby podrían perderlo todo.

—Ya se nos ocurrirá algo. Habrá una forma de evitar las precauciones que haya tomado.

La apertura de una puerta interrumpe nuestra conversación.

—¿Se ha ido? —pregunta Theo, asomando la cabeza fuera de su habitación.

—Sí —dice Stella riendo—. Es seguro salir.

—No hay sangre —dice, inspeccionando el suelo.

—No, no la hay. Alguien más merece nuestra ira ahora mismo.

Las miradas de Theo y Alex se estrechan hacia Stella, pero ella no continúa. Por mucho que esto forme parte de su historia, también es la de Toby, y ella no lo traicionaría desvelando sus secretos de esa manera.

—Ahora no —digo por ella—. ¿Quieren tomar algo?

—Claro —dice Alex, dejándose caer en uno de los sofás—. Me he acostado con alguien, me parece bien ver cómo se manosean el uno al otro. A él, en cambio… —Alex murmura hacia Theo—. Tiene quemaduras por fricción en la mano de masturbarse.

—Apenas llevo aquí veinticuatro horas. No estamos tan mal.

—Todos saben que esta es mi casa, ¿verdad? Puedo echarte cuando quiera.

—Sí, pero no lo harás. ¿Por qué no le dices a la princesa que llame a su amiga? Puede que esté dispuesta a ayudarte con tu pequeño problema —sugiere Alex, haciendo que la columna vertebral de Stella se enderece.

—¿Amiga mía? No me digas que Theo está enamorado de su prima.

—¿Qué? —balbucea Alex, rociando la mesita con cerveza, para disgusto de Theo—. No. Está suspirando por la chica emo.

—¿Emmie?

—No, joder —se enfurruña Theo, levantándose para coger un paño, para diversión de Stella.

—Oh, vamos, hermano. Te vi follándotela con los ojos en la sala común antes.

—No lo estaba.

Alex se burla antes de mirarnos a los dos y decir:

—Lo estaba.

—Tal vez debería mandarle un mensaje. Ver si está ocupada.

—Dios. ¿Por qué te he dejado quedarte aquí? No eres más que una prolongación de estos putos idiotas —suelta, arroja la toalla sobre la mesa y se lleva la cerveza a los labios, bebiéndosela casi toda de un trago.

—No voy a ofenderme por eso —dice Stella, con tono burlón, mientras estudia a Theo—. Porque me gusta estar aquí. Pero si quieres que te enganche, puedo intentarlo.

—No, yo…

—No tengo ni idea de cuál es su tipo, pero… —Lo estudia, recorriendo con la mirada todo su cuerpo mientras él se sienta en el sofá. Si no fuera porque me aprieta el muslo con los dedos, me pondría celosa—. Estás bueno. Así que dale suficiente alcohol y puede que se anime.

—Joder —resopla Alex—. Sabía que me gustabas, Princesa.

—Cabrones —murmura Theo, apurando el resto de su cerveza.

—En serio. ¿Cuánto tiempo ha pasado? Probablemente se caerá pronto.

—Vete a la mierda. Sabes muy bien que tuve una chica aquí hace poco.

—¿Recientemente? Hace poco Stella se corrió en mi polla —anuncio, ganándome una bofetada—. Aquel día no oí ni vi nada más que algo de ropa femenina. Y —añado—, fue hace semanas, joder—. Alex tiene razón. Se te va a caer.

Stella ahoga una carcajada ante la mirada incrédula de Theo.

—No es sano restregarse constantemente con el sonido de tus amigos follando, hermano.

Theo se levanta más rápido de lo que creía posible.

—Los odio, gilipollas —se burla, dirigiéndose a su habitación y dando un portazo como una perra.

—Uy —dice Stella, pero no hay culpabilidad en ello, sólo risa apenas contenida.

—¿De verdad va detrás de Emmie? —pregunta al cabo de un minuto mientras todos escuchamos a Theo chocar por su habitación, expulsando su frustración como un niño pequeño que no se ha salido con la suya.

—Su polla sí, pero el resto de él no está del todo de acuerdo.

—Ugh, chicos —resopla Stella—. ¿Sabes lo difícil que haces esta mierda?

—¿Nosotros? —Alex pregunta—. Te haré saber qué hacemos esta mierda fácil. Todo lo que queremos es un polvo rápido, sin sentimientos ni arrumacos cariñosos. Fácil.

—¿Ah, sí? —pregunta Stella, mirándome con las cejas levantadas.

—Habla por ti, hermano. Yo me quedo con los mimos —digo, demostrando mi punto de vista al subir a Stella a mi regazo y acariciarle el cuello. Su cabeza cae hacia un lado, dándome mejor acceso mientras su culo se frota contra mi verga que se hincha rápidamente.

—Sí, bueno, lo has azotado. No tengo interés en limitarme a un coño.

—Encantador —murmura Stella en un suspiro mientras le lamo el cuello—. No te preocupes, Alex. Con esos sentimientos tan entrañables, ninguna mujer va a querer quedarse más que un mediocre revolcón en las sábanas contigo.

Resoplo una carcajada contra su garganta, sintiéndome muy bien conmigo misma.

—¿Mediocre? Te haré saber que…

—Te he besado. Sé de lo que hablo.

El sonido más extraño sale de Alex, haciéndome desear poder verlo.

—Joder —murmuro, enredando mis dedos en el pelo de Stella—. Te quiero.

Aprieto los labios contra los suyos e introduzco la lengua en su boca para provocarla.

—Hermano —grita Alex—, lo están haciendo de nuevo. Vamos a necesitar aceite.

Ambos estallamos en carcajadas ante sus palabras y nos separamos.

—Sabes —dice Stella mientras se tumba en el sofá y coloca sus piernas sobre mi regazo, ocultando mi erección a Alex—, no estás tan mal.

—Ah, ya ves. Sabíamos que al final te ablandarías con nosotros.

—Pero cuidado. Todavía hay tiempo de sobra para que te amenace las pelotas con mi cuchillo.

Alex y yo nos reímos cuando Theo reaparece.

—Oh bien, me perdí el porno.

Saca cervezas frescas de la nevera y nos las lanza a cada uno.

—Entonces, ¿qué pasa después? —pregunta, ignorando nuestra conversación anterior como si nunca hubiera ocurrido.

—Hora de volver al colegio, supongo —responde Stella con un suspiro—. Tengo muchas ganas de volver a ver a Teagan.

—Ella también te ha echado de menos, por lo que he oído —Alex contesta.

—No lo dudo.

Los cuatro conversamos tranquilamente sobre la escuela y la vida mientras bebemos las cervezas que Theo nos suministra. Stella encaja como siempre lo ha hecho con nosotros tres, cachondeándose de los chicos y llamándonos la atención por nuestras gilipolleces.

Realmente es una de nosotros. Esto sólo demuestra lo jodidamente equivocado que estaba, al no verlo antes.

CAPÍTULO 29

Stella

La mañana siguiente llega demasiado rápido.

Sabía que tenía que arrancarme la tirita y volver al colegio, pero la idea de salir del carro y ser inmediatamente el objeto de la atención de todo el mundo es suficiente para que me den ganas de meterme bajo las sábanas con Seb y no salir nunca.

—¿Qué te pasa, cariño? —murmura detrás de mí somnoliento, con la mano extendida sobre mi vientre y estrechándonos más.

—¿Qué te hace pensar que algo está mal?

—Estás tensa. Lo supe en cuanto te despertaste. Todo tu cuerpo esta tenso.

Sus labios me besan el hombro, haciendo que me relaje un poco.

—Sólo pensaba en la escuela.

—No tienes de qué preocuparte. Nadie te tocará allí. No ahora que eres uno de los nuestros. Te habrás dado cuenta o no, pero casi todo el mundo nos tiene miedo.

—Porque los cinco necesitan que sus egos se inflen más de lo que ya están —bromeo.

—Ríete todo lo que quieras, pero te encanta que te cubran las espaldas cinco de los tipos más malos y respetados de toda la escuela.

—Claro, necesito más razones para que todas las chicas me odien —me río ligeramente mientras su mano se desliza hacia abajo.

—¿Desde cuándo te importa lo que piensen de ti? —me pregunta, dándome un codazo en el muslo con el dorso de la mano para que me abra a él.

—No quiero —jadeo cuando sus dedos se deslizan por mis pliegues, rodeando perezosamente mi clítoris—. He terminado con el drama. Y prefiero que mi carro siga siendo del color que yo quiero—.

—Sí, eso me costó un poco.

Todavía, sus palabras me golpean.

—El tipo pensó que iba a necesitar un nuevo trabajo de pintura.

—Espera —digo, rodando sobre mi espalda para poder mirarle—. ¿Has arreglado mi carro?

Una sonrisa se curva a un lado de sus labios.

—Sí, cariño. ¿Quién crees que lo hizo?

—Um… —Dudo, el calor golpea mis mejillas—. Supuse que fue mi padre.

Me besa a lo largo de la mandíbula, sus dedos bajan y me acarician la entrada.

—Te robé la llave después de que me echaras, llamé a un tipo que conozco. Me debía un favor.

—Seb —medio suspiro, medio jadeo cuando él empuja más adentro, doblando los dedos para encontrar mi punto G—. No puedo creer que hayas hecho eso.

—No podía dejar a tu hermoso bebé así.

—¿Crees que es guapa?

—Sí, Diablilla —responde con una risita—. Lo es.

Cuando los dos nos vestimos con nuestros uniformes de *Knight's Ridge*, estamos mucho más relajados y listos para afrontar el día. Aunque, si tuviera la oportunidad, me despojaría de todo y me volvería a meter en la cama.

Seb golpea con el puño la puerta de Theo cuando pasamos.

—Levántate y brilla, hijo de puta. Hace un día precioso.

—Vete a la mierda —ladra en respuesta, haciéndonos reír a los dos.

Segundos después aparece, con su aspecto magnífico de siempre. No es justo que pueda beber tanto como anoche y seguir pareciendo un modelo esta mañana. Gilipollas.

—No me gusta cuando consigues coños regulares. Te hace demasiado feliz —se queja, demostrando que su humor no ha mejorado desde la noche anterior.

Todo es culpa nuestra. Le hemos regañado más de lo necesario por su falta de acción.

Aunque la expresión de su cara cuando le hicimos bromas sobre Emmie fue demasiado graciosa para no continuar.

—¿Una noche dura? —pregunto.

—Más bien una mañana dura —murmura, levantando una ceja hacia mí—. ¿Qué coño estás…? —ladra mientras Seb le agarra la mano derecha.

—Sí —dice, cortando sus quejas—. Alex tenía razón. Quemadura por fricción.

No puedo evitar reírme de la reacción de Theo.

—Tú —le espeta a Seb, —me invitas el café y desayuno. Me lo debes, joder.

—Oye, yo no tengo la culpa de tener una chica y tus pelotas están más azules que las del puto Papá Pitufo.

Theo gruñe a Seb, con las manos cerradas en puños.

—Dios. Les invitaré el café y a desayunar, pero no se maten a golpes.

—Aw, ¿has oído eso, hermano? Tu chica piensa que soy guapo. —Theo me pasa el brazo por el hombro y me aparta de Seb—. Cuéntame más, preciosa —me murmura al oído, asegurándose de que sea lo bastante alto como para que Seb lo oiga.

Dios, estos chicos y sus constantes concursos de medir pollas son agotadores.

—Vamos, novio —llamo por encima del hombro, guiñándole un ojo a Theo cuando se ríe al ver la expresión de la cara de Seb.

—¿Soy tu novio? —pregunta, con auténtica curiosidad, mientras los tres salimos del apartamento, o cochera, como ellos lo llaman.

—¿No quieres serlo?

—S-sí, yo… sólo… eh… nunca lo había sido antes.

—Sin presiones, hermano —se ríe Theo—. Quizá quieras investigar un poco, averiguar cuál es la descripción de tu trabajo.

—Hazla gritar, hazla sonreír. Creo que lo tengo clavado. Ahora, ¿puedo recuperar a mi novia? —Seb me roba de Theo antes de que salgamos a la hilera de garajes bajo el apartamento.

—Hola, novio —le susurro, dejándole caer un beso en la mandíbula.

—Tengo novia —susurra como si necesitara convencerse de que es verdad mientras me apiña contra el Maserati de Theo.

—Nada de sexo contra, sobre o en mi carro, chicos —ladra Theo desde el otro lado.

—Sabes, si me quedo…

—Lo estás —interrumpe Seb.

—Entonces mi bebé merece un lugar aquí.

—¿Quieres que mueva uno de mis carros fuera de aquí, Doukas? —Theo pregunta, sonando totalmente ofendido por la mera sugerencia.

—Lo ha pasado mal últimamente. Se merece un trato especial.

—Lo pensaré. Entra antes de que cambie de opinión.

Seb me da un picotazo en los labios antes de abrir la puerta trasera y subir detrás de mí.

~~~

—Todo va a ir bien —me asegura Seb, entrelazando sus dedos con los míos después de que todos hayamos terminado los cafés y los wraps del desayuno que cogimos de camino al colegio.

—Sí, lo sé —suspiro, sintiéndome de repente completamente agotada.

Han cambiado tantas cosas desde la última vez que salí de este lugar.

Pensaba que mi único problema era el gilipollas que me agarraba de la mano como si fuera mi salvavidas. Poco sabía yo, el resto de mi vida era aún más jodido que la mierda que me estaba dando.

—No me importa lo que piensen. —No estoy segura de sí lo digo por mi bien o por el de Seb, pero dejo que las palabras permanezcan en el aire a pesar de todo—. Yo… Odio el drama. Quería empezar aquí y esconderme en las sombras, pero estoy segura de que mi existencia no podría estar más lejos de eso si realmente lo intentara.

—Vamos, Diablilla. Mantén la cabeza alta y muéstrales lo perra mala que realmente eres.

Seb se inclina, me pellizca la barbilla con los dedos y me gira la cabeza para atrapar mis labios.

—Tienes dos minutos antes de que te arrastre por el cabello, Papatonis —gruñe Theo mientras la lengua de Seb me roza el labio inferior.

Seb lo rechaza antes de profundizar nuestro beso, pero sólo durante los dos minutos que nos corresponden. Al parecer, Seb intuye que Theo está llegando al final de su paciencia con nosotros esta mañana.

—Dales caña, nena. —Me da un último beso en la punta de la nariz antes de soltarnos los cinturones y salir del coche.

—Vaya, gracias, señor —digo con voz burlona cuando Theo me entrega el bolso del maletero.

—No se acostumbren al servicio, pero vamos a llegar tarde si no se mueven.

Le sonrío.

—Eres un buen amigo, Theo —le digo, poniéndome de puntillas y dejándole caer un beso en la mejilla.

—Cuidado, nena. Podría correrse en sus pantalones, está tan desesperado.

Resoplo una carcajada mientras Theo gruñe.

—Tu chico tiene ganas de morir, Princesa. Contrólalo, ¿sí?

Miro fijamente a Theo mientras Seb me rodea la cintura con el brazo, atrayéndome hacia él.

—¿Crees que puedo controlar eso? —pregunto sarcásticamente.

—¿Eso? —Seb resopla.

—Vamos, novio. Es hora de mostrarle a tu imperio que tienen una nueva reina.

Theo ahoga una carcajada mientras se pone a mi lado y los tres caminamos juntos hacia la entrada.

No tengo ni idea de dónde vienen, pero en cuanto llegamos al camino que lleva a las puertas principales, los otros tres se nos unen.

Mis ojos se cruzan con los de Toby un instante antes de que se ponga detrás de mí con Nico y Alex a cada lado.

Saber que me rodean me da esa confianza extra que necesitaba para cruzar esas puertas como si fuera el puto dueño del lugar.

En cuanto entramos los seis en la sala común, se interrumpe toda conversación y todas las miradas se vuelven hacia nosotros.

Muchas de las chicas me miran con desprecio, bajan los labios con disgusto y recorren mi cuerpo con la mirada, juzgándome. Lo único que hago es sonreír. Los celos son una verdadera putada.

La mayoría de los chicos están demasiado aterrorizados para mirarme abiertamente con mis guardaespaldas a mi alrededor.

Nadie necesita oír sus palabras de advertencia. Su lenguaje corporal lo dice todo.

Stella es nuestra, y cualquiera que sea tan estúpido como para acercarse a ella morirá.

Se me dibuja una sonrisa en los labios. Nunca me he sentido más poderoso en toda mi vida. Realmente es una experiencia embriagadora.

—¡Stella! —chilla una voz suave antes de que Calli salte delante de nosotros emocionada—. Creía que habías cambiado de opinión.

—No. Sólo quería hacer una entrada triunfal.

—Bueno —dice, mirando por encima de su hombro donde la mayor parte del lugar sigue centrada únicamente en nosotros—. Ciertamente lo has conseguido.

—Ah, mira, es la princesa y sus ranas —dice Emmie, también completamente impertérrita por los hijos de puta aterradores que me rodean mientras se acerca al lado de Calli.

Como de costumbre, las dos son polos opuestos con el maquillaje oscuro y las botas de mierda de Emmie y la cara casi desnuda y las bonitas zapatillas de ballet de Calli. Que sean amigas es casi de risa, pero funciona, y Calli necesita malas influencias en su vida. Me imagino que eso es exactamente lo que Emmie y yo somos.

—Aunque no me convence el que elegiste como príncipe. —Ella lanza una mirada en la dirección de Seb.

—Caballero, por favor —se burla.

—Como quieras. —Ella le hace señas para que se vaya mientras yo le doy un codazo a Theo en las costillas.

—Puedes irte a la mierda, princesa —murmura antes de que él y sus leales secuaces le sigan, dejándome sola con mis amigos.

—¿De verdad te has ido a vivir con él? Dime que Calli está mintiendo —suplica Emmie.

—No se puede, Em —digo con una amplia sonrisa, mirando a Seb por encima de su hombro mientras se acerca a unos chicos que también están en el equipo de fútbol.

—Probablemente deberías readmitirte en el hospital y que te revisen la cabeza, lo sabes, ¿verdad?

Suena el timbre antes de que pueda responder.

—Vamos, que llaman de clase —dice Calli, enlazando su brazo con el mío.

—Sí. Pero ya casi es fin de semana, ¿no? —pregunta Emmie mientras salimos de la sala común, dejando atrás las miradas y los susurros.

—¿Cuál es tu primera clase? —pregunta Calli, ignorando el comentario de Emmie.

—Economía.

—Voy en esa dirección —interrumpe Emmie—. Aunque estoy segura de que al menos uno de tus guardaespaldas va a llevarte a clase. —Pone los ojos en blanco.

—Hay cosas peores que ser perseguida por ellos —le digo.

—¿En serio? —pregunta como si hubiera perdido la cabeza.

—¿Qué? Son bonitos.

—Sí, si te gusta ese tipo de ego engreído y sobreinflado.

—No son tan malos —digo, saltando en su defensa, algo que nunca pensé que haría, pero bueno, aquí estamos.

—Lo que tú digas. Así que, de todos modos —dice después de que hayamos despedido a Calli mientras toma un giro diferente—. Mañana por la noche. Deberíamos hacer algo.

Trago saliva algo nerviosa. Odio haber tenido que ocultarle a Emmie, y a Calli hasta cierto punto, lo que realmente me pasa y el riesgo que sigo corriendo.

—Tal vez. ¿Qué tienes en mente?

—No sé. Pero necesito algo de diversión. No puedo con todo este drama y esta mierda.

Mis pasos vacilan ante la tristeza de su tono.

—¿Va todo bien, Em? —pregunto, dándome cuenta de que probablemente he estado demasiado envuelta en mi propia mierda estas últimas semanas.

—S-sí, por supuesto. —Se dibuja una sonrisa en la cara, pero no llega a sus ojos y, desde luego, no me hace creerla.

—Hablaré con los chicos, a ver qué se nos ocurre. —Me lanza una mirada que pregunta si estoy hablando en serio, así que continúo:

—¿Qué? Puede que te gusten si les das una oportunidad.

—Improbable.

—Vale, bueno, qué tal si… están de muerte en la cama y estoy segura de que podrías aprovecharlo. —Le muevo las cejas y ella suelta una carcajada.

No tengo ni idea de la experiencia de Emmie en ese aspecto -no es algo de lo que hayamos hablado-, pero por alguna razón sé que no es ni de lejos tan inocente como Calli.

—Es posiblemente lo único que tienen a su favor. Aunque, según mi experiencia, cuando necesitan hacer tanto ruido, probablemente es porque están sobrecompensando.

—Bueno, puedo informar felizmente que no lo son. Bueno, no todos. —Me encojo interiormente, pero a la vez doy gracias por no haberme acercado tanto a Toby como a los demás la noche del cumpleaños de Nico.

—Vale, tenemos que ir a clase, pero creo que tenemos que discutir esto con más detalle.

—¿Te estás tirando a uno de los chicos? —pregunto riendo.

—No, el hecho de que claramente has estado midiendo sus pollas.

—¿Qué? —jadeo, riéndome de ella—. No he estado haciendo esas cosas. —La miro inocentemente con las pestañas.

—Sí, sí. Como quieras. Haz planes, ¿sí? Necesitamos una noche.

—Claro —acepto mientras ella entra en su clase.

No miro atrás mientras sigo adelante hacia donde tengo que estar. Está detrás de mí. Puedo sentirlo.

—¿Necesitas una noche para qué? —pregunta Seb, echándome el brazo por los hombros.

—Noche de chicas. Estoy harta de toda la testosterona que tengo que aguantar a diario.

No puedo evitar reírme al ver su cara.

—Bueno, supongo que entonces es un buen trabajo que todos tengamos que trabajar el viernes por la noche—.

—¿Oh? ¿Desde cuándo?

—Desde que el jefe le dijo a Theo que lo estamos.

—Me parece justo.

Se detiene junto a la puerta de mi clase y me apoya contra la pared.

—Puedes tener la casa para ti sola para hacer todas tus mierdas de chica —murmura, frotando su nariz contra la mía.

—¿Mierda de chica? —pregunto, levantando las cejas.

—Sí. Máscaras faciales, peleas de almohadas.

—Dios mío —me río—. ¿Qué tal si hablas con Alex, nos consigues un poco de esa buena hierba, y yo traigo el vodka?

—Hmm… ¿Así que lo que intentas decirme es que para cuando llegue a casa estarás borracho y colocado?

—Buena oportunidad.

—Y teniendo una pelea de almohadas en tu lencería sexy.

—Menos posibilidades de eso.

—Qué pena.

—Estás loco.

—Lo sé. Ahora, tienes que ir a clase antes de que acabes llegando tarde. —Pero mientras dice esto, acerca sus labios a mi cuello y empieza a besarme.

—Sí, tú también si no paras.

—Conozco un armario muy bueno —gime en mi oído.

—Seguro que sí —digo riendo, presionando mis palmas contra su pecho y obligándole a retroceder.

Me mira con los párpados pesados bajados y un mohín en los labios.

Parece guapo. Demasiado guapo.

—Clase, Sebastian. Hasta luego.

—Última oportunidad —me ofrece, dando un paso atrás y recorriendo mi cuerpo con la mirada.

—Vete a clase, novio. —La sonrisa que me dedica antes de levantar la mano en señal de saludo hace que me tiemblen las rodillas y que me entren mariposas en el estómago.

Maldita sea, me está convirtiendo en una de esas chicas.

—Señorita Doukas, me alegro mucho de verla de vuelta —dice la señorita Phillips, mi profesora de economía, deteniéndose ante mí con una expresión divertida en el rostro.

—Gracias. Es… eh… bueno estar de vuelta.

—Parece que no pierdes el tiempo en volver a meterte en faena —dispara por encima del hombro antes de meterse en su aula justo cuando suena a nuestro alrededor el segundo timbre de comienzo de clase.

Me apresuro a entrar y me siento delante.

Mi llegada suscita murmullos de inmediato, pero me cuadro de hombros y dejo que sus habladurías resbalen sobre mí. No es algo a lo que no esté acostumbrada.

Capítulo 30

Stella

Estar de vuelta en la escuela y ser constantemente vigilada por uno de los cinco temibles miembros de la mafia en todo momento hace que de alguna manera me sienta normal.

A donde fuera, aparecía uno por arte de magia y, el viernes por la tarde, lo había convertido en un pequeño juego e intentaba hacer todo lo posible por esquivarlos, sólo para divertirme. Debo decir que no se me da muy bien.

Desde que volví a pisar suelo inglés y me mudé a casa de Theo con él y Seb, no he recibido ninguna señal de que mi acosador siga existiendo. Pero, aunque me gustaría pensar que eso significa que se ha ido, los chicos no están tan seguros.

Por eso dieron a los dos guardias de seguridad de la puerta principal de la cochera y de la entrada al garaje instrucciones muy estrictas de que no nos dejaran salir esta noche.

Hace poco más de dos horas, los cinco se han ido con sus trajes negros tan sexys como el pecado a trabajar en el hotel para algún evento que han organizado. No hice ninguna pregunta cuando Theo dejó claro que no iba a revelar ningún detalle sobre lo que estaban tramando. Me parece bien, seguro que más tarde encuentro la forma de sacárselo a Seb.

—Tengo que hacer algo —me quejo, dejo el vaso vacío en la mesita y miro entre Calli y Emmie, que están tumbadas en el otro sofá con sus propias bebidas.

La necesidad de romper las reglas y soltarme arde por mis venas. Seb también lo sabía, de ahí la seguridad extra.

—La fiesta de Halloween es el domingo por la noche —dice Calli, con la aprensión por lo que estoy a punto de sugerir clara en su rostro.

—Más vale que sea tan bueno como has prometido —dice Emmie, mirando a Calli de reojo—. Si es cutre, vas a tener mucho de lo que responder, Cirillo.

—No lo será. La fiesta de Halloween de sexto de *Knight's Ridge* es legendaria.

—Mmm… —Emmie retumba—. Ya veremos.

—Va a ser impresionante. Además, estará lleno de seguridad, así que quizá los chicos puedan disfrutarlo.

—Sí, va a ser en un edificio abandonado lleno de gente con disfraces y máscaras. Eso no va a pasar. Seb ya ha amenazado con no ir —digo, recordando la acalorada discusión que tuvimos al respecto anoche.

—Nadie hará nada.

—Pareces muy segura de ti misma —dice Emmie, alzando una ceja hacia Calli.

—Papá y el tío Damien lo tienen cubierto. No va a pasar nada.

No dudo de ella. Empiezo a pensar que toda esta protección por si acaso ese asqueroso intenta algo más es un poco exagerada, así que me sorprende su confianza. Aparte de Seb, ha sido una de las más paranoicas en los últimos días, comprobándolo todo dos veces, no dejándome entrar en una habitación de la escuela hasta que ella ha estado primero por si alguien me estaba esperando. No estoy del todo seguro de lo que pensaba hacer si realmente había alguien al acecho, pero no puedo negar que una parte de mí quería que fuera sólo para poder ver lo que pasaría.

—¿Qué quieres hacer? —pregunta Emmie, ignorando la anterior preocupación de Calli.

—Salgamos. Quiero ir a bailar. Sólo nosotras. No se permiten chicos.

—Stella —advierte Calli.

—¿Qué? No puedo pasar otra noche encerrada esperando a que pase algo. Es asfixiante. Quiero salir. Quiero ser normal.

—Y lo harás, cuando los chicos encuentren a este jodido retorcido.

—Suponiendo que no se haya aburrido y haya seguido adelante.

—O hasta que consiga un hueco cuando no estés protegida y lo haga mejor.

—¿Un trabajo mejor? —pregunto, divertida en mi tono.

—Ay, ya sabes lo que quiero decir. De todos modos, es poco probable que pasemos a los chicos de abajo.

—Oh, no sé… Creo que las tres podríamos ser bastante persuasivas si quisiéramos.

Una sonrisa malvada se dibuja en los labios de Emmie. Aún no tengo ni idea de lo que le pasa. Parece más que contenta de dejarlo a un lado y centrarse en nuestras vidas. Espero que con un poco más de alcohol y un poco de la hierba de Alex que llevo en el bolso, empiece a abrirse un poco.

—Me apunto —dice, sentándose hacia delante, con los hombros decididos—. ¿Tienes una identificación falsa, Cal?

—Uh…

—Claro que no. —Emmie pone los ojos en blanco ante nuestra inocente amiga.

—¿Por qué iba a necesitar una? Nico apenas me deja salir de casa, y mucho menos asistir a cosas para las que soy demasiado joven.

—Bien. Te tengo cubierta, chica. —Emmie coge su móvil de al lado y empieza a darle golpecitos a la pantalla.

—¿Qué estás haciendo? —pregunta Calli, sentándose para poder ver la pantalla—. ¿Quién demonios es Jonno?

—Sólo un tipo que puede conseguirnos cualquier cosa que necesitemos —dice crípticamente—. Sonríe —dice, tomando rápidamente una foto de Calli, para horror de ella.

—¿Qué coño estás haciendo?

—Confía en mí, chica. Jonno te enganchará.

—Yo… esto… Stella —gimotea, mirándome como si fuera a saltar y ayudarla.

—¿Qué? Necesitas una falsificación. —Le guiño un ojo a Emmie.

—Dios mío —suspira, dejándose caer en el sofá.

—Oh, no. Vamos a salir.

Emmie me sonríe y, juntas, levantamos a Calli del sofá y la arrastramos hasta la habitación que comparto con Seb.

—Para que conste, esto es una muy mala idea —afirma, poniendo las manos en las caderas y lanzándonos miradas de advertencia.

—Bébete esto —dice Emmie, obligando a Calli a coger la botella de vodka que ha cogido de la cocina al pasar.

—Entonces fúmate uno de estos.

—Chica —chilla Emmie—. ¿Nos has estado escondiendo la mercancía?

Me llevo el porro a los labios, lo enciendo con el Zippo que Seb ha dejado a un lado y le doy un tirón.

—Jódeme —respiro, soltando el golpe—. Así está bien.

Se lo paso a Emmie antes de poner una lista de reproducción en el móvil y ponerla a todo volumen por todo el apartamento.

—¿Nunca lo habías hecho? —le pregunta Emmie a Calli, que sujeta el canuto entre los dedos como si estuviera a punto de morderla.

No puedo evitar reírme de ellas dos. Son como la luz y la oscuridad. Ángel y Diablo.

—Respira.

Calli me lanza una mirada de preocupación.

—Querías una mala influencia en tu vida, Cirillo. Dios respondió a tus plegarias, porque tienes dos.

—A la mierda —murmura antes de dar la primera calada y toser hasta que juro que está a punto de vomitar sobre la lujosa alfombra color crema de Theo.

—Dios mío, eso es… —Hace una pausa, supongo que mientras los efectos la golpean—. En realidad, bastante bueno.

Echo la cabeza hacia atrás, riéndome cuando recibe otro golpe.

—Vaya, virgen. No te dejes llevar —me reprende Emmie, arrebatándome el porro mientras bebo un trago de vodka de la botella antes de abrir el armario.

Mi ropa ahora ocupa más de la mitad, algo que a Seb, por suerte, no le molesta tanto, ya que él tampoco se ha mudado aquí.

—Bien, necesitamos algo sexy —anuncio, rebuscando entre lo que he traído en busca de opciones.

—Ni siquiera intentes ponerme un vestido. Estoy bien como estoy —grita Emmie por encima de la música.

Echo un vistazo por encima de mi hombro a sus calzoncillos, sus medias de rejilla y su camiseta de tirantes.

Leyendo claramente la expresión de mi cara, levanta el dedo, indicándome que espere antes de quitarse la camisa y robarme la navaja rosa de la mesilla de noche.

En sólo unos segundos le ha dado un tajo en el cuello y le ha arrancado la parte inferior de la camisa.

Se lo vuelve a poner, ajustándoselo para que cuelgue bajo sobre un hombro y muestre su delgada cintura.

—Bien, entonces… sólo Calli.

~~~

Ha pasado más de una hora cuando salimos del apartamento, para horror del tipo que vigila la puerta.

Es mayor que nosotros, aunque no por mucho, y claramente no lo suficientemente mayor como para hacer cualquier intento de ocultar el hecho de que está totalmente comprobando cada uno de nosotros.

—Vamos a salir —le digo, con la voz ligeramente arrastrada pero llena de confianza, mientras me acerco a él con los hombros echados hacia atrás.

—No lo creo. Tenemos instrucciones estrictas de...

—¿Siempre haces lo que te dicen...?

—Carl —termina por mí.

—¿Siempre haces lo que te dicen, Carl? —Casi ronroneo, mi voz rebosa atractivo sexual.

—Si quiero seguir vivo, sí.

—¿Qué tal si se me ocurre una forma de que rompas las reglas, pero sigas respirando por la mañana?

—Joder, sabía que no tenía que haber aceptado este trabajo —murmura para sí mientras me mira descaradamente las tetas.

Es bueno saber que mi vestido está haciendo la mitad del trabajo por mí esta noche.

—Bien, llévanos a *The Avenue* y no le enviaré a Seb ese vídeo en el que me miras —digo señalando con la cabeza hacia donde Emmie tiene su móvil—. Y le convenceré de que todo ha sido culpa mía y le quitaré tu castigo. —Le guiño un ojo y él gime—. Pórtate bien e incluso puede que te dejemos bailar con nosotros.

—Esa es una forma segura de acabar con una bala en la cabeza.

Cruzo los brazos bajo los pechos, subiéndolos un poco más, y espero a que tome una decisión.

—Cass —llama, y ni un segundo después aparece el otro tipo del garaje—. Nos vamos.

—Eh… —Mira entre Carl y yo—. ¿Estás seguro de esto?

—No.

No puedo evitar reírme mientras Carl se dirige hacia su carro.

—Buena elección, Carl. Odiaría tener que manchar tu sangre en mi bonito cuchillo nuevo—. Lo saco de donde lo tengo atado al muslo y lo abro de un tirón.

—El jefe tenía razón —murmura Cass—. Es tan mala como los chicos.

—Peor —le digo, abriendo la puerta del acompañante del coche de Carl y dejándome caer en el asiento antes de que Cass tenga oportunidad.

—¿En serio? —murmura, para mi diversión.

—Vigila a mis chicas, Cass. —Le guiño un ojo y cierro la puerta.

Estoy jugando con fuego. En cuanto Seb compruebe la aplicación de rastreo que tiene conectada a mi móvil, se desatará el infierno. La emoción corre por mis venas al pensarlo.

Va a estar furioso, y puede que esté tirando a Carl y Cass debajo de un autobús ahora mismo, pero demonios si no estoy desesperado por la inminente pelea que nos espera.

Me muerdo el labio inferior, la sangre ya empieza a hervirme al pensar en sus toques brutales y en las palabras despiadadas que sin duda va a escupirme por desafiar las órdenes.

—Eres un problema. Espero que lo sepas —me informa Carl, como si fuera una novedad.

—Lo sé. Pero, ¿qué sentido tiene la vida si no puedes romper algunas reglas y divertirte un poco? ¿Verdad, Em? —llamo detrás de mí, sabiendo muy bien que está totalmente de acuerdo con este plan.

—Claro que sí.

En cuanto llegamos a la puerta del club, Emmie se escabulle por el lateral del edificio para reunirse con el chico al que le había mandado un mensaje sobre el carné falso de Calli, y sólo unos minutos después los tres y nuestras dos sombras estamos en la cola, listos para entrar.

Ninguno de los porteros cuestiona siquiera las identificaciones de Emmie o Calli, y antes de que nos demos cuenta, los tres estamos en medio de la pista de baile, moviendo las caderas al ritmo de la música atronadora.

—Joder, sí —grita Calli, totalmente borracha y colocada como una cometa por su primer contacto con la hierba—. Esta fue la mejor idea del mundo.

Nuestras escoltas se hacen útiles sirviéndonos bebidas a medida que avanza la noche, pero en ningún momento sus ojos se apartan de nosotros, lo que significa que puedo dejarme llevar totalmente y disfrutar de mi tiempo con las chicas.

El sudor cubre mi piel mientras bailamos, el pelo se me pega al cuello desnudo.

Dos chicos se acercan a Emmie y Calli por detrás. Está claro que son amigos, porque comparten una mirada mientras empiezan a moverse al compás de ellas. Ni un segundo después siento a alguien a mi espalda.

No se dicen palabras mientras bailamos los seis.

Es perfecto. Bueno, casi. Lo único que sería mejor sería si fuera Seb detrás de mí.

El tipo, quienquiera que sea, es un perfecto caballero, lo que me sorprende. Aunque no puedo evitar preguntarme si ha visto nuestra seguridad y está pecando de precavido.

Si lo ha hecho, no ha avisado a sus amigos, que están más que contentos de subir la temperatura con mis chicas. Las dos están en su salsa mientras se desinhiben y se revuelcan contra los chicos.

El zumbido de mi móvil en el bolso debería ser la primera señal de que se avecinan problemas, pero, como todo lo demás esta noche, lo dejo de lado para disfrutar. Ha pasado demasiado tiempo desde que ocurrió.

Los ojos abiertos de Carl y Cass cuando se lanzan hacia mí son mi segunda pista, y son ellos los que me hacen dejar de bailar sólo un segundo antes de que Calli grite mi nombre un compás antes de que empiece realmente la emoción.

CAPÍTULO 31

Sebastian

—Esto es una mierda —me quejo, haciendo guardia en la puerta del salón donde se celebra la despedida de soltera de esta noche.

—Hermano, estamos en una habitación llena de mujeres borrachas y cachondas —dice Alex, sus ojos escanean la habitación, devorando toda la piel que se muestra.

—Y yo podría estar en casa con mi propia mujer probablemente borracha y cachonda.

Nico levanta la mano y hace un sonido de látigo detrás de él.

Llevan toda la noche intentando llegar a mí con comentarios sobre que me están azotando, pero no funciona porque simplemente no me importa.

He entregado mis pelotas a Stella, y no podría estar más contento con mi decisión. Bueno, a menos que ella las estuviera manipulando físicamente ahora mismo, por supuesto.

—Sólo estás cabreado porque no puedes tirarte a una de las damas de honor en los lavabos como hizo ese perro —dice Alex, señalando con la cabeza a Nico.

—Oh sí, eso es. —Pongo los ojos en blanco.

Vete a saber por qué tuvimos que trabajar esta noche, dejando a Carl y Cass en nuestra casa para vigilar a las chicas. Podrían haber manejado más que bien a esta

350

panda de revoltosas. Demonios, tienen que ser más fáciles que lidiar con Stella y Emmie, eso seguro.

—Voy a por una copa —le digo a nadie en particular, apartándome de la pared y abriéndome paso entre las mujeres y los bailarines semidesnudos que hay por los alrededores.

—¿Qué te pongo, Seb? —Gavin, el camarero de esta noche, pregunta.

—Vodka, solo. Al diablo con las rocas.

Levanta la ceja.

—¿No te diviertes? Los demás parecen estarlo. Estoy seguro de que vi a Nico siendo arrastrado al baño de señoras no hace mucho.

—Has visto bien —murmuro, sacando el móvil del bolsillo y desbloqueándolo.

—Es increíble lo que una buena mujer puede hacerte, ¿eh? —pregunta riendo, sabiendo perfectamente que si no fuera por Stella, sería tan malo como Nico si me dieran media oportunidad.

—Sí, supongo —respondo distraídamente mientras espero a que se cargue el rastreador.

Estoy seguro de que no necesito molestarme. Estará en casa con las chicas, espero que emborrachándose para cuando vuelva. El infierno sabe que voy a necesitar todo lo que ella pueda ofrecerme después de lidiar con todo esto toda la noche.

Gavin desliza un vaso hacia mí y yo lo devuelvo de un golpe mientras mi aplicación sigue buscando.

—¿Qué coño? —ladro, golpeando el vaso con tanta fuerza que se hace añicos contra la barra.

351

—¿Qué pasa? —Gavin pregunta, pero llega demasiado tarde. Ya estoy a medio camino de la habitación.

Me acerco a Toby por detrás y le agarro la nuca.

—Tú vienes conmigo —ladro, dirigiéndole hacia la salida.

—¿Qué coño están haciendo? —Theo grita detrás de nosotros.

—Voy a matar a la hermana de Toby —anuncio, con la voz llena de intenciones mortales.

—¿Qué ha hecho? —pregunta Toby con un suspiro, sin parecer sorprendido en lo más mínimo.

Me agarro con fuerza a su cuello.

Puede que estuviera de acuerdo en que saliera por ahí con la esperanza de atraer a su acosador para que pudiéramos poner fin a esta mierda, pero el acuerdo era con nosotros -conmigo- vigilándola.

—Se va a arrepentir de esto, joder —murmuro, continuando hacia delante.

—Estaremos bien sin ti —dice Theo sarcásticamente.

—¿Te estaba dando a elegir? Aunque, si quieres darle una lección a tu chica emo, quizá quieras venir—. Miro hacia atrás justo a tiempo para ver cómo me regaña antes de que Toby y yo desaparezcamos por la puerta.

—¿Dónde está? —pregunta Toby mientras marchamos por el vestíbulo del hotel hacia el ascensor que nos llevará al aparcamiento subterráneo para agarrar mi carro..

—*The Avenue.*

—¿Con Emmie y Calli?

—Algo me dice que no fue sola.

—¿Y qué hay de Carl y Cass?

—Jodidamente muertos, en lo que a mí respecta. Tenían un trabajo.

Toby se echa a reír.

—¿Qué? —Ladro, mi paciencia ya se ha agotado.

—Eres consciente de que esto es culpa tuya, ¿verdad?

—¿Mía? ¿Cómo coño lo sabes? —pregunto mientras se abren las puertas del ascensor y rodeamos a la gente que espera para entrar. En cuanto nos miran, dan un paso atrás y deciden esperar al otro.

Pulso el botón del sótano y las puertas se cierran.

—Le pusiste un reto al decirle que se quedara allí esta noche. ¿Qué esperabas?

—¿Para que haga lo que se le dice?

—Has conocido a tu novia, ¿verdad?

—Cállate la boca, Ariti, o acabarás en una tumba sin nombre con Carl y Cass.

Se ríe como si estuviera bromeando. Lo único que hago es crujirme los nudillos, intentando contener mi mal genio mientras se abren las puertas.

El trayecto hasta *The Avenue* sólo dura quince minutos. Las carreteras son tranquilas y, por algún milagro, conseguimos aparcar no muy lejos de la entrada.

Haciendo caso omiso de la cola que rodea el edificio para entrar, nos dirigimos directamente a los porteros, que al instante abren la cuerda para nosotros, permitiéndonos entrar.

No tengo ni idea de en qué planta estarán, pero supongo que no habrán hecho mucho esfuerzo para subir o bajar. Algo me dice que quiere asegurarse de que pueda encontrarla lo más fácilmente posible. ¿Por qué coño iba a traer su móvil para que la localizara si no quería que la persiguiera?

El club está lleno. No me sorprende, al fin y al cabo, es viernes por la noche.

Toby y yo estamos en el borde de la pista de baile, escudriñando a la multitud. Pero no la veo.

El corazón me retumba tan fuerte en el pecho que empieza a dolerme mientras las uñas se me clavan en las palmas de las manos de lo apretados que tengo los puños.

Mis ojos siguen recorriendo todos los cuerpos sudorosos y giratorios cuando el codo de Toby me golpea las costillas, un poco más fuerte de lo absolutamente necesario, pero me olvido de todo cuando sigo su dedo.

Si pensaba que me había enfadado por su numerito, no es nada comparado con verla bailar con otra persona.

—Está jodidamente muerto —gruño, abriéndome paso entre la multitud.

—Seb, no, no... —La advertencia de Toby se desvanece en la nada mientras la música atronadora se mezcla con la sangre que pasa a toda velocidad por mis oídos, mi ira sacando lo mejor de mí.

A los que no me ven venir los echo a un lado en mi necesidad de llegar a ella.

Está completamente inconsciente mientras avanzo, sus caderas giran contra ese polvo mientras se pierde en el momento.

Disfruta de esa dicha, nena. Está llegando a un final abrupto.

Calli, por suerte, no es tan inconsciente a pesar del hecho de que tiene las manos de un cabrón sobre ella. Tiene que saber que esto es un club Cirillo. Tiene que haber sabido que estaríamos aquí.

—Stella —chilla un segundo antes de que yo llegue hasta ellos, dándole a mi chica el más breve de los avisos antes de que el chico con el que estaba bailando salga despedido por la pista, chocando con otras personas borrachas e inconscientes.

—Seb, no —grita mientras paso por encima de él, agarrándolo de la camisa para arrastrarlo hacia arriba antes de que mi puño se estrelle contra su mejilla.

La neblina roja de la ira acaba por consumirme y pierdo el control de lo que coño estoy haciendo mientras lo descargo todo contra este maldito canalla.

No es hasta que unas manos me rodean la parte superior de los brazos, arrastrándome físicamente de vuelta de la jodida desmayada, que me doy cuenta de lo mal que lo he pasado.

Mi pecho se agita, el sudor hace que la camisa se me pegue a la espalda y mis puños gritan de dolor. Pero nada de eso es suficiente para impedirme luchar por liberarme para continuar.

—Seb, cálmate de una puta vez —me ladra Theo al oído.

Mi confusión al oír su voz es lo que necesito para volver del todo a la realidad mientras mis pies se arrastran por el suelo pegajoso.

La gente rodea al tipo al que acabo de darle una paliza, impidiéndome ver el desastre que le he hecho en la cara.

—Tenemos que largarnos de aquí ahora mismo.

—Stella —grito.

—Toby la tiene —gruñe.

Theo me empuja hacia la salida mientras los guardias de seguridad se acercan corriendo. Saben exactamente quién ha causado los problemas, pero nos miran y hacen la vista gorda. No vale la pena perder el trabajo por arrastrarnos.

—Eres un hijo de puta con suerte —añade Alex por encima de mi otro hombro mientras salimos a la calle.

—¿Qué coño te pasa? —Stella grita, poniéndose justo en mi cara en el momento en que mis pies tocan el pavimento.

Mi mano se mueve más rápido de lo que mi cerebro puede procesar y mis dedos rodean su garganta, apretando en señal de advertencia.

—¿Yo? ¿Qué coño me pasa? Todo lo que tenías que hacer era quedarte en tu puta casa —siseo, mi ira apenas controlada hace temblar mi mano mientras la sujeto, empujándola hacia donde abandoné mi coche.

Sus labios se separan para responder, pero no sale ninguna palabra.

—¿Querías las muertes de Carl y Cass en tu conciencia? ¿Era eso? Porque eso es todo lo que has hecho esta puta noche.

—N-no —dice finalmente mientras su espalda choca con mi carro—. Esto es culpa mía, no de ellos. Nos estaban protegiendo. Haciendo su trabajo.

—Entonces, ¿por qué estabas apretada contra un maldito que no era yo cuando se supone que estás a salvo en casa?

Sus dientes rechinan, haciendo saltar su mandíbula.

Me inclino hacia ella y le paso la nariz por la mandíbula, un movimiento que no concuerda con la dureza con la que le agarro la garganta.

—No debería estar en el trabajo preocupándome por ti, cariño.

Percibo sus intenciones antes de que se mueva y salto cuando levanta la rodilla.

—Espero que hayas considerado las consecuencias de este pequeño truco.

Sus ojos se oscurecen con malvadas intenciones.

—Puto infierno —murmuro, metiendo la mano en el bolsillo y lanzando las llaves a Alex, que está a mi lado, mirando el espectáculo.

—Llévanos a casa, hermano. Stella y yo necesitamos tener una pequeña charla.

En mis labios se dibuja una sonrisa que hace que su garganta se estremezca al tragar saliva.

Oh sí, ella sabía demasiado bien lo que estaba haciendo.

Abro la puerta trasera de mi Aston, le gruño para que entre y casi la tiro por la puerta.

Estoy a punto de seguirle cuando una mano se posa en mi hombro.

Me doy la vuelta y veo a Toby mirándome fijamente.

Mi mirada se detiene en la suya durante un instante, escuchando alto y claro su advertencia tácita.

—Probablemente deberías volver con ellos. No necesitas ver esto.

Sus labios se separan para discutir, pero no le doy oportunidad y subo al carro mientras Alex se deja caer en el asiento del conductor.

No miro atrás, así que sólo puedo suponer que Theo, Toby y Nico tienen a Calli y Emmie bajo control.

Quién sabe, quizá la noche de Theo cambie si Emmie está la mitad de borracha que Stella.

El motor retumba bajo nosotros mientras Alex se aleja de la calle.

Stella sigue tanteando con el cinturón de seguridad cuando me acerco a ella, le rodeo la cintura con las manos y la levanto, colocándola a horcajadas sobre mi regazo.

—¿Pero qué...? —Sus palabras se cortan en cuanto me mira a los ojos.

Stella ya me ha visto en mis peores momentos, o eso creía, así que el hecho de que la expresión mortal de mi cara en este momento la deje sin habla dice mucho.

—Hermano, no seas gilipollas —me advierte Alex, pero mi única respuesta es reírme mientras arrastro el bolso de Stella por su cuerpo y lo tiro al asiento de al lado.

—Ve por el camino más largo —le digo, manteniendo mis ojos fijos en los de Stella—. Y no mires atrás, joder —le advierto un segundo antes de rodear con los dedos el escote de su vestido y dar un tirón. Los finos tirantes sobre sus hombros se rompen cuando la dejo al descubierto—. Vas a pagar por esto, Diablilla.

Adelantándome, me meto uno de sus pezones en la boca y lo muerdo hasta que grita de dolor.

—Joder, Seb —se queja Alex.

—Cállate y conduce.

—Joder, Seb. No puedes —gime Stella mientras alivia el dolor con mi lengua, lamiendo su carne sensible.

Pero en contraste con sus palabras, sus caderas ruedan, el ardiente calor de su coño machacando mí ya dolorosamente dura polla.

Una mirada a ella en este pequeño vestido pecaminoso y yo estaba jodidamente ido para ella, truco estúpido o no.

—Seb —gime fuerte, usando mi cuerpo para su propio placer.

—Joder —murmura Alex desde delante, pero lo bloqueo.

—Oh, no lo mereces —le digo, levantándola ligeramente para que pierda la fricción que tanto ansía—. No te mereces ningún placer después de lo que has hecho.

—Seb, por favor. Necesito…

Me río entre dientes.

—Oh, nena. Sé exactamente lo que necesitas.

Deslizo mis manos por sus muslos y empujo su vestido por la cintura, dejando al descubierto su bonito tanga de encaje.

Enrollo los dedos a los lados y tiro. Suelta un gemido lascivo cuando la tela se separa de su cuerpo.

Con otra queja entre dientes, Alex sube el volumen de la música para intentar ahogarla.

Hago una bola con el trozo de tela y me lo meto en el bolsillo.

—¿Otro para tu colección? —pregunta Stella, con voz sarcástica.

No respondo. No necesita que lo haga.

—Oh, mierda, Seb —grita cuando encuentro su coño hinchado y rodeo las yemas de mis dedos.

—Sabías exactamente lo que estabas haciendo esta noche, ¿verdad, Diablilla?

—P-por favor —suplica cuando muevo los dedos.

—Contéstame.

—Sí.

—¿Y no podías haberlo pedido amablemente? Tenías que hacer que le jodieran la cara a ese inocente y mataran a dos de los nuestros.

—No, por favor no. Todo esto fue culpa mía. Ellos nos cuidaron. Por favor —casi solloza mientras vuelvo a presionar.

Sus piernas tiemblan por la necesidad y yo empujo mis dedos hacia atrás, clavando dos en su interior.

—Sí —grita.

—Sólo tenías que hacer una cosa, Diablilla. Quedarte en tu puta casa —murmuro, hablando sobre todo conmigo mismo mientras me follo su coño codicioso, acercándola a la liberación que tanto ansía.

—Lo siento.

—No, joder, no lo harás —afirmo, arrancándole los dedos y llevándoselos a la boca—. Chupa.

No pierde ni un segundo y se mete los dedos en la boca con avidez, haciéndolos girar con la lengua igual que hace con mi polla antes de metérsela en la garganta.

Me duele la polla, presionando dolorosamente contra la bragueta del pantalón.

—A la mierda —murmuro, abriéndome el cinturón y empujando la tela por las caderas, lo justo para liberarme.

Stella no suelta mis dedos, pero sus ojos se clavan en mi polla mientras me acaricio un par de veces.

—¿Esto es lo que quieres?

Ella asiente con entusiasmo.

—De esto se trataba esta noche. Me encanta que me echaras de menos, nena, pero era un poco innecesario cuando podías haberme pedido la polla.

Me introduje en ella sin previo aviso, acomodándome por completo en un segundo.

Sus paredes se ondulan a mi alrededor, haciéndome rechinar los dientes mientras intento mantener la compostura. Puede que sea mi puta dueña, pero ahora mismo no necesita verlo. Ver cómo me pone de rodillas con solo una puta mirada, una caricia, un comentario perverso.

Retiro los dedos de su boca y vuelvo a rodear su garganta con la mano. Me encanta ver cómo sus ojos brillan de deseo en cuanto lo hago. Hago girar su pezón con la otra mano, haciéndola chorrear alrededor de mi cuerpo mientras la penetro lentamente.

—Sí —grita cuando giro las caderas y toco ese punto de su interior que la vuelve loca.

—Disfrútalo, cariño. Tú no te corres.

—¿Qué? —tartamudea, con los ojos desorbitados.

—Ya me has oído. No te lo mereces. Querías un castigo por este pequeño truco. Aquí es donde empezamos. Coge mi polla como una buena niña. No saldrás de este carro hasta que esté con mi semen corriendo por tu cuerpo.

Todo su aliento sale de sus pulmones.

Se oye un golpe en la parte delantera del carro antes de que jure que oigo a Alex murmurar:

—¿Qué coño he hecho para merecer esto?

—Haz un buen espectáculo, nena. Alex está disfrutando mucho. Y sabemos cómo te gusta complacernos.

—Coño. Te odio, Seb.

—No lo sabes, cariño. Y ese es la mitad del problema, ¿no?

Entrecierra los ojos y frunce los labios con rabia. Pero en cuanto muevo las caderas, su mandíbula se afloja y el placer la recorre.

—Sé una buena chica y haz lo que te digo, y tal vez te deje venir más tarde—.

Sus ojos brillan con desprecio, pero lo único que hago es sonreírle.

Puede que ella haya empezado este juego, pero yo le seguiré el juego y me aseguraré de ser el que lo termine. Puede maldecirme todo lo que quiera, pero sabe muy bien que es exactamente lo que quería.

Me la follo deprisa, con mis manos sujetándola con un agarre contundente, pero cada vez que está a punto de correrse, bajo el ritmo y dejo que se desvanezca.

—Te voy a matar —gruñe cuando lo hago por quinta o sexta vez.

Echo un vistazo por la ventanilla y veo que Alex por fin se ha hartado, ya que sólo estamos a un par de minutos de casa.

Esta vez, me la follo hasta que soy yo el que explota, mi polla sacudiéndose violentamente dentro de ella, llenándola con todo lo que tengo.

Su cuerpo tiembla mientras lo toma, con su propio placer al alcance de la mano, pero sabe que no debe dejarse caer de cabeza en él.

—Buena chica —gruño, enredando los dedos en su pelo y arrastrándola hacia abajo para poder besarla.

—Eres un puto cabrón —gruñe Alex en cuanto el coche se detiene antes de saltar y cerrar la puerta tras de sí, probablemente con la polla intentando salirse de los pantalones.

Retira a Stella de mis labios y sus ojos se clavan en los míos, brillando en ellos la diversión, pero no la deja escapar.

—Vámonos. Apenas he empezado contigo.

Capítulo 32

Stella

Mis piernas parecen de gelatina mientras salgo de la parte trasera del carro de Seb con su semen cubriéndome los muslos. Me duele el vientre, me aprietan los músculos, desesperada por tener algo a lo que agarrarme para recuperar el orgasmo perdido.

Tengo la garganta seca y la cabeza me da vueltas por los efectos persistentes del alcohol que he consumido y de los que los toques brutales de Seb aún no han conseguido librarme.

Sabía en lo que me estaba metiendo esta noche. Sabía que estaba jugando con fuego. Pero después de los dos últimos días en la escuela y de tener que mirar constantemente por encima del hombro, estaba más que preparada para quemarme.

Fue imprudente y peligroso, y no sólo para mí, pero lo necesitaba. Y maldita sea si no me siento ya mejor por ello, a pesar de mi orgasmo robado.

Necesito volver a ser yo. Necesitaba rebelarme. Necesitaba ese subidón, esa adrenalina. Pero más que nada, necesitaba ese Seb.

Ha sido tan dulce, cariñoso, considerado… y aunque aprecio eso después de todo lo que hemos pasado en las últimas semanas, necesitaba a ese chico que conocí. El que no me trataba como si fuera de cristal, el que hace que duela, el que se marcó en mi alma antes de que ninguno de los dos supiéramos que era capaz de hacerlo.

—Pareces una puta —me escupe nada más salir del carro, sus ojos oscuros, furiosos y hambrientos recorriéndome de arriba abajo mientras me quedo de pie sujetándome el vestido estropeado, cubriéndome los pechos desnudos.

—¿Y de quién es la culpa? —Sonrío, sabiendo perfectamente que parecía perfectamente aceptable hasta que me puso las manos encima.

Se acerca a mí, me agarra la mandíbula con las manos y sus dedos se clavan en mi piel de la forma más deliciosa.

La punta de su nariz choca con la mía cuando nuestras miradas se cruzan.

Mi pecho se agita mientras espero a que me bese, pero nunca lo hace.

—Entra. No hemos terminado.

Joder, espero que no.

—Bien —ronroneo, cerrando el último espacio entre nosotros y frotando su semi a través de los pantalones.

—Adentro. Ahora.

Con la mano en la nuca, me empuja hacia la entrada.

Otro carro se detiene detrás de nosotros y, cuando miro hacia atrás, veo cómo Carl y Cass salen del Range Rover negro en el que nos llevaron al club. No sé si nos seguían o estaban limpiando el desastre que había dejado Seb, pero tampoco me importa.

—Más les vale que sus dotes de persuasión sean buenas si quieren seguir con vida —murmura Seb, con una voz grave y peligrosa que me hace estremecer.

Atrapo la mirada de Carl y le guiño un ojo en silencio, diciéndole que les cubro las espaldas antes de que la puerta se cierre tras nosotros.

No hay palabras entre nosotros mientras me empuja escaleras arriba, su mano me quema la nuca mientras el resto de mi cuerpo ansía su tacto.

Cuando llegamos, ya están todos sentados en los sofás con bebidas y sonrisas cómplices.

—¿Dónde está Alex? —pregunto, dándome cuenta de que ha desaparecido.

—El cabrón corrió directo al baño en cuanto subió aquí. ¿Qué le has hecho? —pregunta Theo, con un brillo divertido en los ojos al ver mi estado.

No puedo evitar soltar una carcajada.

—Si te está imaginando mientras se casca una, lo mato, joder —me gruñe Seb al oído.

—Contrólate, cavernícola. Sabe que soy tuya. Ha sido testigo suficiente.

—Stella, ¿estás bien? —me pregunta Calli, mirando nerviosamente entre mi vestido estropeado y Seb a mi espalda.

—Nunca mejor dicho.

—Sube la música o vete —gruñe Seb, claramente harto de socializar mientras me empuja hacia el pasillo que lleva a nuestra habitación.

Nuestra habitación.

Puede que no tenga ni idea de lo permanente que será mi estancia aquí, pero esas dos palabras siguen haciendo estallar mariposas en mi interior.

Seb se detiene al pasar junto al baño principal y golpea la puerta con el puño. —Theo ha comprado un nuevo bote de vaselina, por si necesitas que te lo preste —grita, para regocijo de los que vienen detrás.

Resoplo una carcajada cuando del otro lado de la puerta no sale más que un gruñido.

Seb sigue adelante, y algo me dice que lo que venga a continuación no va a mejorar la situación de Alex. Debería salir y echar un polvo.

Me da un empujón cuando llegamos a nuestro dormitorio y me tropiezo dentro, deteniéndome al chocar con la cama.

—Ponte en cuatro —me exige, impidiendo que me dé la vuelta o incluso que me gire para mirarle cuando el crujido de la tela llega a mis oídos.

Me quedo allí, como me ha dicho, mientras él desaparece en el baño. Cada segundo que pasa sin tocarme me parece una puta hora, y cuando por fin vuelve y sus pasos se acercan, casi gimo de anticipación.

Tengo los músculos tensos, esperando a ver qué va a hacer ahora para castigarme.

Por fin, joder, se acerca a mí, con una mano me sube el vestido por encima del culo, con los dedos de la otra mano se mete entre mis piernas, esparciendo lo que queda de su semen a mi alrededor.

—Mía —gruñe. Como si realmente necesitara recordarlo.

Arqueo la espalda y le ofrezco más de mí misma, desesperada por encontrar ese placer sin sentido que sólo él puede proporcionarme.

Pero justo cuando creo que va a darme lo que necesito, sus dedos se apartan antes de que la palma de su mano choque con la mejilla desnuda de mi culo.

—Síííííí —siseo mientras me alivia la quemadura durante un par de segundos antes de repetir la acción dos veces más, asegurándose de que tengo un brillante recuerdo suyo justo en mi culo. Como si la marca en mi muslo no fuera suficiente.

—Dime que eres mía —exclama, con una mano calmando el escozor y la otra volviendo a mi empapado coño.

—Soy tuya, Seb. Toda tuya, joder.

—Claro que sí.

Se agacha, su aliento recorre mi culo y yo me quedo quieta. Estoy a punto de preguntarle qué demonios está haciendo cuando me escupe.

—Oh Dios —gimoteo, sabiendo exactamente lo que viene.

Mi cuerpo se aprieta de necesidad cuando roza la cabeza de su polla contra mi puerta trasera.

Su mano se desliza por mi columna, sus dedos se retuercen en mi pelo.

—No puedo prometer que esto no vaya a doler —murmura, abriéndome con sus dedos durante unos instantes.

—Seb. —Su nombre sale de mis labios como un gemido de necesidad y se hace más fuerte cuando retira los dedos y su polla empuja contra el apretado músculo de mi culo.

—Relájate, cariño —me tranquiliza, su voz se suaviza de repente y olvida por un momento su tono exigente.

Hago lo que me dice, dejando que empuje dentro.

—Joder. Joder, estás apretada.

Puede que sea mi primera experiencia en esto, pero joder si no lo estoy deseando, el dolor, el olvido sin sentido que ya sé que va a llegar.

—Más —le ruego cuando se detiene a medio camino para asegurarse de que estoy bien—. Fóllame, Seb. Coge lo que necesites. Yo también lo necesito.

—Joder, eres perfecta, nena.

Se precipita hacia delante, su contención se rompe ante mis palabras.

El dolor me inutiliza durante unos segundos, pero se calma rápidamente cuando se retira, enviando ondas de choque por todo mi cuerpo mientras su agarre de mi cabello se hace más fuerte.

—Joder —vuelve a ladrar mientras empuja de nuevo, lo suficientemente alto como para que se le oiga por encima de la música que se filtra desde el salón.

Me arqueo hacia atrás, forzándole a entrar más profundamente ahora que el dolor ha remitido y mi orgasmo perdido se hace notar.

—Eso es, nena —me anima, deslizando su mano por debajo de mí para encontrar mi clítoris.

Gimo con fuerza mientras él juega conmigo a la perfección y sus caderas me penetran a una velocidad deliciosa, permitiéndome sentir cada movimiento.

—No voy a durar, Diablilla —me dice tras uno o dos minutos de ahogarme en él.

—Entonces córrete —exijo—. Quiero sentir cómo te corres en mi culo.

—Joder.

Aumenta la velocidad, sus dedos se hunden en mi coño mientras su pulgar sigue rodeando mi clítoris.

—Oh, mierda, nena —gruñe mientras mis músculos se contraen con mi inminente liberación—. Córrete para mí, Princesa.

Me rompo en pedazos, grito mientras mi cuerpo se convulsiona a su alrededor, mis miembros se rinden y me obligan a caer sobre la cama.

Sin embargo, él está justo detrás de mí y se desploma sobre mí mientras el sonido de nuestras respiraciones entrecortadas llena la habitación, nuestros cuerpos resbaladizos de sudor pegados el uno al otro mientras bajamos de nuestros increíbles subidones.

Me aparta el cabello, sus labios calientes cosquillean contra la concha mientras dice palabras que hacen que mi corazón revolotee alocado en mi pecho.

—Te quiero, Diablilla. Nunca, nunca dejes de empujarme a ser la peor versión de mí mismo.

—Trato hecho —respiro, perdiéndome ya por el cansancio de la noche.

~~~

Dios mío.

Cada centímetro de mi cuerpo me duele cuando me doy la vuelta a la mañana siguiente. Me tiran los músculos, me duelen las nalgas y una puta banda de música se ha instalado en mi cabeza.

Gruño, hundiendo la cara en la almohada, rezando para que el sueño vuelva a apoderarse de mí y haga que todo desaparezca.

No recuerdo mucho después de que Seb me inmovilizara en la cama una vez que se corrió en mi culo, pero mientras estoy tumbada, pequeños flashbacks empiezan a parpadear en el borde de mi conciencia.

Lo fría que estaba la encimera del baño mientras Seb me comía como un muerto de hambre. La pared de la ducha. La cama. Otra vez.

Joder. No me extraña que me duela todo.

Mi necesidad de ir al baño me impide incluso intentar volver a dormir.

Tiro las sábanas, balanceo las piernas con cautela y me siento, rezando para que el estómago no se me revuelva y me obligue a salir corriendo hacia el baño.

Por suerte, parece que se queda asentada y, aparte del continuo martilleo en mi cabeza, lo único que noto es el estado de mis muslos.

—Joder —murmuro, pasando suavemente la yema del dedo por los moratones que ha dejado Seb.

Encuentro un vaso de agua y pastillas en la mesilla de noche, me las trago con avidez y escurro el agua antes de ir al baño y arriesgarme a mirarme en el espejo.

—Dios. —Me veo como si hubiera sido mutilado por un oso. O un chico malo con un problema de ira.

No puedo evitar sonreír al pensar en la noche anterior.

Fue estúpido por mi parte jugar así con él. Pero maldición, valió la pena. Y en todo caso, acabo de demostrar que puedo salir de casa sin que algún descerebrado intente matarme. Guardaespaldas, palizas brutales y sexo en el coche delante de Alex aparte, fue una noche bastante normal.

Me río de mí misma y sacudo la cabeza.

Normal.

¿Qué demonios sabemos nosotros de normal?

Hago pis, me cepillo los dientes y me limpio la cara del maquillaje de anoche antes de encontrar una de las camisas de Seb y ponerme unas bragas limpias y salir de la habitación en busca de mi chico.

Unas voces profundas retumban en la sala y, cuando doblo la esquina, me encuentro a Seb, Theo y Toby sentados en los sofás, todos con cafés y relajándose en ropa deportiva. Tanto Seb como Theo están sin camiseta, con la tinta y los abdominales a la vista. Es todo un espectáculo para ser primera hora de la mañana.

—Hola —digo, sin sentirme mal por interrumpir lo que sea que estén hablando mientras me dejo caer en el regazo de Seb.

—Hola, cariño. Iba a ir a buscarte en un rato. Toby trajo café y desayuno.

—Mi héroe —suspiro, beso a Seb en la mejilla y cojo la caja de comida para llevar que supongo que es mía y está en la mesita.

—Pensé que lo necesitarías —murmura Toby, con las mejillas encendidas por la vergüenza.

—¿Dónde están los otros dos idiotas? —pregunto, intentando cambiar de tema. Realmente no necesito sentarme aquí y tener una conversación con mi hermano recién descubierto sobre uno de sus mejores compañeros follándome hasta que me desmayé anoche.

—Salieron después de que tú… desaparecieras —dice Theo, terminando su envoltorio del desayuno.

—Al parecer, el bote de vaselina de Theo no fue suficiente para Alex —anuncia Seb alegremente antes de que Theo haga una bola con la bolsa de papel en la mano y se la lance a la cabeza—. Hey. Era un hecho, no una broma.

Poniendo los ojos en blanco, Theo murmura:

—Más le valdría no haberme metido los dedos en la vaselina —haciéndonos soltar una carcajada.

—¿Qué vamos a hacer hoy? —pregunto cuando se me ha pasado la risa.

—Solemos pasar las mañanas de los sábados entrenando, pero te estábamos esperando.

—¿Entrenar? ¿En un gimnasio?

—Sí, ¿quieres unirte a nosotros, Diablilla?

—¿Los veo a los tres, perdón a los dos acalorados y sudar en el gimnasio? —digo con una mueca de dolor en dirección a Toby—. Eh… ¡por supuesto que sí!

Seb me agarra de la mandíbula, me gira la cara hacia la suya y me mira con los ojos entrecerrados.

—Cálmate, cavernícola. Aquí todo el mundo sabe a quién pertenezco.

—Bien. Deberían. Come y luego nos vamos. Theo tiene que ir a ponerse una camiseta.

—Vete a la mierda, hermano. No es mi culpa que tu chica prefiera verme flexionar mis músculos.

Les gruño, pero a la vez no puedo borrar la sonrisa de mi cara. No puedo evitar provocarles para que discutan como viejas. Se está convirtiendo en mi pasatiempo favorito.

Pasamos casi todo el día en el gimnasio Cirillo, al final del jardín de Theo. Alex y Nico aparecieron finalmente, con peor aspecto después de su improvisada noche de fiesta. Está claro que Alex no bebió lo suficiente como para olvidar lo que se vio obligado a vivir la noche anterior, porque nada más entrar en el edificio se acercó al saco de boxeo en el que yo estaba descargando toda mi agresividad y me preguntó qué tal me había ido el viaje.

Debo decir que me moví más rápido de lo que él esperaba, como demuestra el ojo morado que tiene ahora, para diversión del resto de los chicos.

Entrené con cada uno de ellos, para irritación y preocupación de Seb, pero fue estupendo tener varios sparrings con distintas habilidades. Resulta que mi propio hermano es bastante bueno en el ring, y a diferencia de Nico y Theo, que tenían miedo de ir a toda pastilla contra mí a pesar de mi insistencia en que estaba bien, él no se contuvo. Incluso Seb se relajó un poco desde su posición al lado del ring, observando cada uno de mis movimientos y mostrando una erección muy evidente detrás de sus pantalones de chándal.

Saber lo que le estaba haciendo con mi sujetador deportivo y mis leggings no hizo más que espolearme, aunque mi cuerpo siguiera gritándome por todo lo que le había hecho pasar la noche anterior.

Después de ducharnos, alguien tomó la iniciativa de pedir un puto chino, y Nico fue a recoger a Calli a regañadientes. Todos pasamos la noche juntos. Fue agradable, y nadie tuvo que hacer una parada en el baño con la vaselina de Theo como compañía.

Bueno, no que yo sepa.

Capítulo 33

Stella

—Esto no me gusta —se queja Seb desde su sitio tumbado en la cama mientras yo preparo la maleta para pasar la noche.

—Todo va a ir bien. Tú mismo has dicho que Damien y Evan han supervisado personalmente la seguridad. Conocemos a todos los de la lista de invitados, y nadie más va a entrar en la fiesta.

—Lo sé, pero…

—Seb —le digo, cortándole. —Estás actuando como un marica. No me va a pasar nada.

—Lo sé —dice, empujando para sentarse en el borde de la cama—. Es que… no puedo volver a hacerlo.

—Yo tampoco. Pero no vamos a llegar a eso. No vamos a encerrarnos aquí y escondernos de ese hijo de puta. Si tenemos suerte, intentará estrellarse y podremos atraparlo, acabar con Halloween metiéndole una bala en el cráneo a alguien.

Se levanta, se acerca a mí y me rodea la cintura con los brazos.

—Parece una forma perfecta de acabar el día. Lo atraparemos —me asegura por millonésima vez.

—Lo sé. Pero no vamos a detener nuestras vidas mientras tanto. Quiero ver cómo lo celebráis los británicos.

Seb niega con la cabeza, sabiendo que no voy a ceder en esto antes de agacharse y capturar mis labios.

—Ni lo pienses —digo, apartándome—. No vas a distraerme con sexo esta vez.

—Seguro que podría—. Me acerca la cara al cuello y me recorre un escalofrío de deseo.

—No. Tengo que ir a casa de Calli. Estará esperando.

—Al menos dime cuál es tu disfraz. —Hace un mohín.

—No lo sé. Calli lo ha mantenido en secreto. —Es algo que no me sienta del todo bien por miedo a que vaya a vestirme como una Barbie princesa o algo así. Me estremezco al pensarlo, pero no puedo negar que me gustaría presenciar su intento de meter a Emmie en un vestido brillante con volantes.

—Sabes algo, ¿verdad? —Seb gruñe, asumiendo que mi sonrisa es porque estoy mintiendo.

—No, la verdad es que no. Será una sorpresa para los dos. ¿Tienes tus colmillos listos?

—Todo listo para beber tu sangre, nena.

Vale, esa afirmación no debería hacerme las cosas que me hace.

Quince minutos después, Calli prácticamente me está arrancando de las garras de Seb para que vayamos a prepararnos para lo que sea que nos depare esta noche. Lleva días contándome lo increíble que es su fiesta de Halloween, pero hasta que no la vea, me reservaré mi opinión. No hace falta ser un genio para darse cuenta de que los británicos no celebran la fiesta hasta los extremos que los americanos. Juro que podría contar con una mano cuántas calabazas he visto. No está bien.

—Vamos, Em está esperando. Le dije que no puede ver los trajes hasta que estés aquí.

La sigo por la casa y subo las escaleras mientras Seb se dirige en dirección contraria para reunirse con los chicos en el sótano de Nico.

—Por fin. No creíamos que fuera a perderte de vista —dice Emmie, con una botella de alguna bebida premezclada rosa en la mano.

—No le hizo mucha gracia.

Suspira.

—No puede ir tan mal como la otra noche. ¿Qué le pasa?

—No sé, el viernes por la noche fue bastante impresionante

—Eso hemos oído —dice.

—Todos sobrevivieron. Nadie fue arrestado. No veo el problema.

—Sólo uno de nosotros echó un polvo —murmura.

—Te dije que tenían habilidades, chica. Deberías haber saltado sobre uno de ellos cuando tuviste la oportunidad. ¿No te llevó Theo a casa?

—Sí, el maldito maleducado apenas me dirigió la palabra.

—Nunca dije que debieras tener una conversación con él, Em. —Le guiño un ojo.

—Calli tiene razón. Eres una mala influencia.

—En ti, lo dudo mucho.

—Vale, ya basta. Quiero enseñaros nuestros trajes —dice Calli emocionada.

—Oh, no puedo esperar —canta Emmie, burlándose del entusiasmo de Calli y aplaudiendo como una idiota.

—Puedes estar sin invitación, ¿sabes? —le dice Calli, con un tono mortalmente serio.

Emmie pone los ojos en blanco.

—Veamos a qué nos enfrentamos.

Una amplia sonrisa ilumina el rostro de Calli mientras se vuelve hacia las bolsas de vestidos que cuelgan de las puertas de su armario.

Miro a Emmie, con el miedo en el estómago.

—Ni lo pienses —anuncia Emmie—. Ni de coña.

Al volverme, no puedo evitar soltar una carcajada ante la elección del disfraz de Calli para los tres.

—Espera —dice levantando la percha—. Se pone mejor.

—¿Mejor? —Emmie pregunta con pura incredulidad.

Le da la vuelta a la chaqueta rosa chicle y, en lugar de *Pink Ladies* como yo esperaba, dice Princesa en brillantes.

—Vete a la mierda, Calli Cirillo. No hay ninguna posibilidad de que salga de esta casa llevando eso.

—Pero la falda te quedará monísima —digo, mirando la falda negra estilo años sesenta con un perro rosa.

—No hago faldas. De ninguna manera. De ninguna puta manera.

—Vamos, no seas aguafiestas. Pensé que sería divertido.

—Más o menos lo es —digo, acercándome a la chaqueta y pasando el dedo por encima de la palabra—. Al fin y al cabo, todas somos princesas. —Le guiño un ojo a Emmie.

—Sí, y preferiría que ellos —dice refiriéndose a los chicos—. No supieran de mis conexiones.

—Tío —dice Calli, exasperada—. Te apellidas Ramsey y conduces una maldita moto. Se van a dar cuenta si no lo han hecho ya.

—Vaya, alguien ha estado investigando.

—No sé nada de mi vida, también puedo aprender algo de la tuya. Tu chico está bueno, por cierto.

—¿Cruz? En serio, Cal. Es demasiado mayor para ti.

—Sí, lo sé. Todavía sexy, sin embargo.

—Igual que tu padre —añado—. Ahora bebe esa mierda rosa y preparémonos.

—No me voy a poner la falda —se enfurruña Emmie, obviamente decidiendo que esa es una pelea que podría ganar.

—Tenía el presentimiento de que dirías eso, así que traje esto para ustedes dos—.

Nos lanza una bolsa a cada una y sacamos leggings y blusitas cortas de aspecto mojado.

—Bueno, es mejor que una falda, supongo.

—Deja de quejarte y métete en ellos. Puede que incluso te ayuden a acabar con tu sequía.

Los labios de Emmie se separan para discutir, pero rápidamente los vuelve a cerrar, sabiendo que no tiene respuesta.

Para cuando nos vestimos y nos peinamos y maquillamos a punto, ya hemos terminado los cócteles y nos hemos zampado la botella de vodka que Emmie llevaba en el bolso.

Me siento más que un poco mareado mientras bajamos las escaleras para reunirnos con nuestros acompañantes vampíricos.

—Vaya —respiro cuando nos encontramos a los cinco esperándonos al pie de la escalera.

—Mierda —jadea Emmie a mi lado, pero su reacción es tragada por las risas de los chicos ante nuestros atuendos.

Tanto Emmie como yo llevamos leggings, ella con botas moteras y yo con tacones de infarto, mientras que Calli ha optado por lo femenino con su falda y sus Mary Janes.

—Joder, te ves increíble —dice Seb, arrastrándome hacia su cuerpo e inclinándose para besarme. Los lentes de contacto de sus ojos los hacen aún más hipnotizantes que de costumbre, y me ahogo completamente en ellos.

—Uh-uh, no arruines el pintalabios. Chúpame el cuello. —Le guiño un ojo y gime como si le doliera.

—Vamos a empezar el espectáculo, chicos —anuncia Nico, que parece muy aburrido.

—¿Qué le pasa? ¿Y dónde está su camisa?

—Joder sabe. Vamos. —Seb pasa su dedo por el mío y nos dirigimos a los coches.

El trayecto hasta el edificio abandonado es más corto de lo que esperaba, pero en cuanto salimos de la carretera principal y nos adentramos en la oscura callejuela con árboles bajos y colgantes, empiezo a sentir escalofríos.

—¿Estás bien? —Seb me susurra al oído, percibiendo mi reacción.

—Sí, claro. —Le sonrío ampliamente, diciéndome a mí misma que es sólo la anticipación de lo que esta noche llena de horror puede deparar.

Calli ha prometido la casa del terror de todas las casas del terror, así que supongo que pronto sabremos si se va a comer sus palabras. Aunque, si mi reacción sirve de algo, no creo que lo haga.

—Oh, vaya —suspiro al ver lo que supongo que es el lugar de la fiesta.

El viejo edificio ya es bastante espeluznante sin los zombis que parecen rodearlo, saludando a todo el mundo según llega.

El humo llena el cielo oscuro y las luces bajas parpadean en las ventanas. Nada de eso hace mucho por aliviar el malestar que corre por mis venas.

—¿Seguro que estás bien? —Seb pregunta de nuevo.

—Sí, estoy emocionada.

—Joder, esperaba que te aterrorizaras y tuvieras que aferrarte a mí toda la noche. —Me guiña un ojo y me río, me encanta su tontería.

Los carros se detienen y salimos en tropel, reuniéndonos con los demás.

—Ves, te lo dije —dice Calli entusiasmada, saltando sobre sus pies.

—Es… realmente algo.

Miro a Emmie y veo que ella también contempla el viejo edificio con algo parecido al asombro.

Al sentir mi mirada, me devuelve la mirada.

—Tal vez esta noche no va a apestar después de todo.

—Tengo algo que puedes chupar —ofrece Alex, ya con la cabeza en algo.

—Joder. Me retracto.

Se vuelve hacia la entrada, donde unos zombis, que supongo que son la seguridad de Damien, están comprobando la lista de invitados y permitiéndoles entrar.

—Buenas noches —dice Theo a los dos tipos, y al mirarlos de cerca, los reconozco como mis cómplices del viernes por la noche.

—Adelante —dice Carl mientras Cass nos cuenta a todos.

—Me alegra ver que siguen vivos —digo al pasar. No los había visto desde aquella noche, y debo decir que se me había pasado por la cabeza la idea de que ya se habían deshecho de ellos en alguna parte.

—Gracias por no liquidarlos —le susurro a Seb mientras nos dirigimos a la fiesta.

Se ríe de mi comentario.

—No soy un monstruo total, Princesa.

—¿Seguro? —Niega con la cabeza y coge dos vasos de la bandeja de bebidas de color rojo sangre que nos ofrece otro zombi.

—Estoy impresionada —respondo.

—Bebe, nena. Tengo planes malvados para ti esta noche.

—¿Cuándo no?

Como grupo, nos adentramos en el edificio.

El lugar es increíble. La decoración es impresionante, e incluso hay zombis animatrónicos y momias en rincones oscuros que asustan de muerte a la mayoría de los invitados, algo de lo que nos reímos durante demasiado tiempo mientras bebemos más sangre falsa de la que estoy seguro que es saludable antes de encontrar la enorme pista de baile improvisada.

—Así es como debes bailar, Diablilla —me dice Seb al oído, con las manos sujetas a mis caderas y mi culo rechinando contra su semi—. Estos leggings me están volviendo loco —admite.

—Deseando haber elegido la falda para que pudieras deslizar una mano hacia arriba, ¿eh?

—Me conoces tan bien —murmura, besándome en el cuello.

Cada canción se funde con la siguiente a medida que las bebidas que hemos consumido empiezan a hacer efecto. El lugar empieza a girar un poco mientras mi cuerpo se calienta.

Me vuelvo hacia Seb y le beso con todas mis fuerzas para demostrarle lo que siento por él.

Aún no he encontrado las palabras, o al menos no la confianza para confesárselo. Él está totalmente de acuerdo, pero aún me queda una pequeña duda en el fondo de la mente, los recuerdos de lo que fuimos al principio aún están demasiado frescos para poder olvidarlos del todo.

Pero lo haré. Se desvanece un poco más con cada caricia y cada promesa susurrada que me hace.

Necesito recuperar el aliento, apoyo la cabeza en su hombro y me muevo con él, disfrutando de la sensación de sus brazos a mi alrededor.

Se tensa, algo le llama la atención, y cuando miro, veo a Theo y Alex intentando llamar su atención desde la puerta.

—Lo siento, cariño. Ahora vuelvo, ¿vale? ¿Estás bien con Calli y Em?

—Por supuesto. No tardes mucho —digo, sin importarme que suene como una tonta enamorada.

Me da otro beso en los labios antes de soltarse de mí.

Volviéndome hacia mis amigos, agarro la última copa de una bandeja que un zombi lleva a mi lado y la bebo de un golpe antes de pasarle el vaso de vuelta. Él asiente antes de desaparecer entre la multitud.

—¿Cómo de alucinante es esta fiesta? —Calli grita por encima de la música. Está borracha, con los ojos desorbitados y bailando completamente fuera de tiempo al ritmo de la música que llena el espacio que nos rodea.

—Sí, tenías razón. Esto es bastante dulce.

Agarro las manos de ambos y bailamos juntos, sin necesidad de chicos para disfrutar.

A medida que avanzamos, mi cuerpo empieza a arder hasta el punto de que tengo que dejar de moverme y abanicarme la cara.

—¿Estás bien? —Emmie grita.

—Sí. Voy a tomar el aire. Volveré.

—¿Quieres que vayamos? —Miro a Calli con la cabeza echada hacia atrás y los ojos cerrados.

—No, quédate tú con ella —digo riendo.

A medida que me abro paso entre la multitud, mi necesidad de aire fresco empieza a apoderarse de mí.

La cabeza me da vueltas, las piernas empiezan a cobrar vida propia y me encuentro apoyada contra la pared.

Santo cielo. ¿Qué había en esa bebida?

Al darme cuenta, mis ojos se abren de par en par.

No. Seguramente nadie habría…

Atravieso una puerta a trompicones, aspirando el aire fresco del atardecer mientras rebusco mi móvil en el bolso.

Mi vista se nubla mientras miro fijamente la pantalla. Creo que encuentro el contacto de Seb y pulso llamar, pero justo cuando me llevo el móvil a la oreja, aparece una figura por la esquina del edificio.

No sé cómo lo sé. Pero lo sé al instante.

—Mejor corre mientras puedas, Stella Doukas.

El miedo se apodera de mí y hago algo que nunca haría si estuviera sobrio y no sufriera los efectos de lo que sea que haya contenido esa maldita bebida.

Corro.

—¿Stella? ¿Stella? —Una voz resuena en la oscuridad mientras mis pies me guían hacia los árboles que rodean el edificio abandonado—. ¿Stella? ¿Dónde estás, cariño?

Seb.

Es Seb.

—Estoy en los árboles. Él está aquí. Está aquí, Seb. —Creo que lo susurro, pero estoy perdiendo rápidamente el control de la realidad.

Los pasos se hacen más fuertes detrás de mí, una ramita se rompe y grito como una perra.

—Ya vamos, nena. Ya vamos.

Choco con un árbol y tropiezo hacia atrás, cayendo de culo, y cuando levanto la vista, me encuentro con una figura oscura que se cierne sobre mí y una pistola apuntándome a la cabeza.

—No vas a ganar —le advierto, deseando como el demonio tener una puta pistola propia atada a mí ahora mismo.

Piensa, Stella. Piensa, joder.

Pero tengo el cerebro hecho papilla.

—Ya vienen. Y te van a matar.

Suena un disparo, que me hace estremecerme, y por un segundo espero que llegue el dolor, pero nunca llega. Y cuando levanto la vista, ya no está.

Parpadeo un par de veces mientras mis chicos - supongo- se adentran en los árboles.

El eco de los gritos se filtra hasta mí mientras lucho con mi cuerpo indispuesto para ponerme en pie.

Dos disparos más atraviesan el aire y mi cuerpo se estremece al oírlos.

—NO —oigo gritar a alguien. Una voz que reconozco.

El miedo que lleva dentro es el empujón que necesito, y mis piernas empiezan a moverse. Me arden los pulmones, la cabeza me da vueltas, pero no me detengo hasta que tropiezo entre los árboles y descubro el resultado de aquellos disparos.

—No —grito, al ver dos cuerpos en el suelo y reconocer al instante que ninguno es el de mi acosador... sino dos de las personas más importantes de mi vida.

La historia de Seb y Stella concluye en ***Imperio Cruel***.